Anita Shreve
Beim Leben meiner Familie

PIPER

Zu diesem Buch

Als junger Sanitäter rettet Webster Sheila das Leben - und verliebt sich Hals über Kopf in die eigenwillige, schöne Frau. Für eine allzu kurze Zeit sind sie glücklich miteinander, doch schnell fühlt sich Sheila von dem beschaulichen Leben mit Webster eingeengt. Hin- und hergerissen zwischen Liebe und Freiheit, wächst in ihr der Wunsch auszubrechen, bis sie sich schließlich in den Alkohol flüchtet. Als ein schlimmer Unfall geschieht, hat Sheila keine Wahl mehr: Sie flieht aus ihrem Leben und lässt Webster und ihre kleine Tochter Rowan zurück. Achtzehn Jahre sind seit diesem unbegreiflichen Tag vergangen. Webster hat Rowan allein großgezogen. Doch immer öfter rebelliert sie gegen ihn, und Webster fürchtet, sie ganz zu verlieren. Schließlich sieht er nur einen Ausweg: Er muss Sheila zurück in das Leben seiner Familie holen ...

Anita Shreve lebt mit ihrem Mann in Boston/Massachusetts. Mit ihren Romanen, die von der Kritik für ihre kühle Eleganz gefeiert werden, erreicht sie weltweit ein Millionenpublikum. Zu ihren größten Erfolgen gehören »Die Frau des Piloten«, »Olympia« und der für den Orange Prize nominierte Roman »Das Gewicht des Wassers«. Zuletzt erschien von ihr »Das erste Jahr ihrer Ehe«.

Anita Shreve

Beim Leben meiner Familie

Roman

Aus dem Amerikanischen von
Mechtild Sandberg

Piper München Zürich

Mehr über unsere Autoren und Bücher:
www.piper.de

Von Anita Shreve liegen bei Piper vor:
Die Frau des Piloten
Olympia
Der weiße Klang der Wellen
Alles, was er wollte
Das Gewicht des Wassers
Stille über dem Schnee
Die Nacht am Strand
Eine Hochzeit im Dezember
Weil sie sich liebten
Gefesselt in Seide
Verschlossenes Paradies
Das erste Jahr ihrer Ehe
Beim Leben meiner Familie

MIX
Papier aus verantwortungsvollen Quellen
FSC® C083411
FSC www.fsc.org

Ungekürzte Taschenbuchausgabe
Juli 2014

Titel der amerikanischen Originalausgabe:
»Rescue«, Little, Brown and Company, New York 2010

Umschlaggestaltung: Cornelia Niere, München
Umschlagabbildung: Lee Avison/trevillionimages
Satz: Kösel Media GmbH, Krugzell
Gesetzt aus der Bembo
Papier: Munken Print von Arctic Paper Munkedals AB, Schweden
Druck und Bindung: CPI books GmbH, Leck
Printed in Germany ISBN 978-3-492-30472-6

Für Jennifer Rudolph Walsh
In Zuneigung und großer Dankbarkeit

Webster läuft auf Strümpfen die schmale Treppe hinunter und sagt »Arme Ritter«, als er um die Ecke biegt.

Rowan, über die Pfanne gebeugt, an der vor lauter Kratzern kaum noch Teflon übrig ist, wird rot.

Webster liebt das Gesicht seiner Tochter. Selbst als Säugling hatte sie schon dieses zusätzliche Stückchen Stirn, vielleicht ein halber Zentimeter, über den Augenbrauen. Als hätte jemand eine Zange angesetzt und ihren Kopf ein klein wenig in die Länge gezogen. Es macht ihre blauen Augen größer und lässt sie wie leicht erstaunt über das Leben aussehen. Webster gefällt das. Rowan, mit braunem, fast schwarzem Haar, hat den gleichen Haaransatz wie er, spitz zulaufend, mit zwei Einbuchtungen wie Geheimratsecken an den Seiten. Sie kaschiert sie mit Stirnfransen. Webster kaschiert die seinen, stärker ausgeprägten, mit einer Baseballcap. Diese Ecken sind ein Problem und werden immer eins sein.

Webster öffnet den Kühlschrank, um den Saft herauszunehmen.

»Hab ich schon gemacht«, sagt Rowan.

Webster dreht sich um, der Küchentisch ist liebevoll gedeckt: Teller, Besteck, Servietten, die Butter in der alten Butterdose, nicht wie sonst auf einer Untertasse, der Saft in richtigen Saftgläsern. Rowan hat einen blassblauen Pulli von J. Crew an, den er ihr zu Weihnachten geschenkt hat.

Etwas geht zu Ende, und sie wollen es nicht unbeachtet lassen. Webster denkt das nun schon seit Monaten.

Der Geburtstag muss heute Morgen gefeiert werden. Webster hat die Nachtschicht.

Rowan lässt die Armen Ritter auf die Teller gleiten.

»Du hättest dich an einer Kochakademie bewerben sollen.« Webster setzt sich und rückt seinen Stuhl näher an den Tisch.

Falsche Bemerkung. Er erkennt es an dem kurzen Zucken ihres Mundes. Eben noch da, ist es gleich wieder weg.

Drei Universitäten haben Rowan abgelehnt, unter ihnen das Middlebury College, ihre erste Wahl. Webster erinnert sich, wie seine Tochter am 15. März in der Küche am Computer saß und darauf wartete, dass es fünf Uhr werden würde. Genau an diesem Tag, zu dieser Stunde verschickten bestimmte Universitäten ihre Bescheide. Webster klapperte am Spülbecken herum, bearbeitete immer wieder dasselbe Glas und tat so, als wäre er gar nicht da. Er wusste genau, wann es so weit war. Die Minute verstrich. Ebenso die nächsten Minuten. Kein Ton von Rowan. Kein Freudenschrei, kein glücklicher Juchzer. Vielleicht waren die Universitäten diesmal spät dran mit ihren Ergebnissen, dachte Webster, obwohl er wusste, dass es nie klappte, wenn man auf göttliche Intervention hoffte.

Er starrte auf den Rücken seiner Tochter. Sie saß ganz still, den Blick auf ihre Hände gerichtet, während sie mit dem silbernen Ring an ihrem Mittelfinger spielte. Webster hätte gern etwas gesagt, sie berührt, aber das ging nicht. Es würde ihr peinlich sein, alles nur schlimmer machen. Besser, er ließ Rowan in Ruhe. Nach zwanzig Minuten in unveränderter Haltung stand Rowan auf und verließ die

Küche. Sie ging in ihr Zimmer hinauf und kam nicht mehr herunter, nicht einmal zum Abendessen. Webster war erst wütend auf die Universitäten, dann nur noch traurig. Bis zum nächsten Morgen gelang es ihm, sich zu aufmunternder Zuversicht durchzuringen. Er versuchte ihr die Universität von Vermont schmackhaft zu machen, bei der sie sich nur zur Sicherheit beworben hatte und an der sie für den Herbst angenommen worden war. Aber sie wollte dort gar nicht hin. Sie hatte sich eine kleinere Universität gewünscht. Am schwersten zu ertragen war für Webster das Ausbleiben des Freudenschreis, des glücklichen Juchzers.

Rowan hätte ihn verdient gehabt.

Webster hätte ihn verdient gehabt.

»Köstlich«, sagt Webster jetzt.

Das Brot ist dick geschnitten, gut durchtränkt mit Milch und Ei und genau richtig geröstet. Rowan kippt Sirup auf ihren Teller. Webster isst seinen Armen Ritter ohne alles, wie immer, höchstens häuft er manchmal einen Löffel Marmelade auf das letzte Stück. Er erinnert sich nicht, die Eier gekauft zu haben, und er ist ziemlich sicher, dass in der Sirupdose nur noch Bodensatz war.

»Ich hab heute die Vier-bis-Mitternacht«, sagt er. »Ich muss für Koenig einspringen. Seine Tochter heiratet. Heute Abend ist das Essen für alle, die an der Probe für die Trauung teilgenommen haben.«

Rowan nickt. Vielleicht hat Webster ihr das schon einmal erzählt. »Ich hab sowieso bis sechs Training«, sagt sie.

Und wer macht ihr das Abendessen? Fünfzehn Jahre immer dieselbe Frage. Als er den Kopf hebt, bemerkt er einen in Klarsichtfolie eingeschlagenen Teller mit Armen Rittern auf dem Herd.

Erledigt.

»Mach jetzt mal dein Geschenk auf«, sagt Rowan. Keiner von ihnen hat vorher den Geburtstag erwähnt, seinen neununddreißigsten. Rowan, siebzehn, eins zweiundsiebzig groß, verschwindet im Esszimmer und kommt mit dem Geschenk zurück, das sie neben dem Teller ihres Vaters ablegt. Der Karton ist in Goldpapier mit roten Weihnachtsbäumen verpackt. Es ist fast Juni. »Was anderes hab ich nicht gefunden«, sagt sie.

Webster lehnt sich zurück und trinkt einen Schluck Kaffee. Er hält das Geschenk auf dem Schoß. Rowan hat reichlich Klebeband verwendet, sieht er. Mit seinem Schweizer Armeemesser, einem Geschenk von Sheila, hundert Jahre ist das her, schafft es Webster, das Päckchen zu öffnen, und er stellt den silbernen Würfel auf den Tisch. Er dreht und wendet ihn und entdeckt, dass er, auf eine Seite gelegt, Uhrzeit und Datum anzeigt. Wenn er ihn anders herum legt, gibt er das Wetter für die nächsten vier Tage an: zwei Sonnen; eine Wolke, die Regen ausgießt; und dann wieder eine Sonne.

»Er ist mit irgendeinem Wettersender verbunden«, erklärt Rowan, während sie ihren Stuhl näher an den ihres Vaters heranrückt. »Er funktioniert besser, wenn du ihn in der Nähe vom Fenster aufstellst. Auf der Seite hier ist ein Wecker. Ich hab ihn ausprobiert. Ganz in Ordnung. Der Klang, meine ich.«

Webster schätzt, dass der silberne Würfel Rowan mindestens drei Tage Lohn ihrer Arbeit bei Giant Mart, drüben auf der anderen Seite der Staatsgrenze, gekostet hat. Sie fährt zwei Nachmittage die Woche und jeden Samstag, wenn sie kein Spiel hat, von Vermont nach New York und wieder zurück. Webster legt Rowan die Hand auf den Rücken und reibt leicht, an der Stelle gleich unter ihrem langen Nacken. »Das Ding für die Außentemperatur kann ich gut gebrauchen«, sagte er. »Und was tut diese Seite hier?«

Rowan nimmt ihrem Vater den silbernen Würfel aus der Hand und zeigt es ihm. »Du schüttelst ihn ein bisschen hin und her, und dann stellst du ihn hin. Er sagt dir die Zukunft voraus, da in dem schwarzen Quadrat.«

Webster erinnert sich an die schwarzen Kugeln seiner Jugend, in denen Sprüche in wer weiß was für einer Flüssigkeit schwebten. Irgendetwas Giftigem wahrscheinlich.

»Wessen Zukunft?«

»Deine, nehme ich an. Jetzt ist es deine.«

Rowan setzt den Würfel ihrem Vater auf die Knie. Sie warten. Abrupt dreht Webster den Würfel um, aber er hat den Spruch – aufgestiegen wie eine Geistergestalt seiner Zukunft – bereits gesehen: *Sei bereit für eine Überraschung.* Er will die Prophezeiung nicht haben.

»Warum hast du ihn umgedreht?«, fragt Rowan.

»Überraschungen sind in meinem Beruf fast immer unerfreulich.«

»Du bist zu zynisch«, sagt sie.

»Ich bin nicht zynisch. Nur vorsichtig.«

»Vorsichtiger als gut für dich ist«, bemerkt sie mit einem Blick auf die Uhr. »Ich muss los.«

Sie rutscht von ihrem Stuhl und küsst ihn auf die Wange. Er beobachtet ihre anmutigen Bewegungen, tausendmal hat er ihr schon zugesehen. Jetzt hebt sie ihre Haare, dreht sie zusammen und lässt sie über ihre rechte Schulter fallen. Diese Geste hat er bei seiner Tochter nie gesehen, und sie trifft ihn mitten ins Herz.

»Danke für das Frühstück und das Geschenk«, sagt er.

»Gern.«

Webster kehrt zu seinem Armen Ritter zurück.

Er bemerkt eine merkwürdige Geräuschlosigkeit im Flur; kein Klappern des Schlosses, kein Schrammen der Tür in ihrem verzogenen Rahmen wie sonst. Nach ein paar Sekunden dreht er den Kopf.

Seine Tochter ist immer noch im hinteren Flur und schaut zum Fenster in der Tür hinaus.

»Was ist?«, fragt er.

»Nichts.«

»Rowan?«

»Nichts!«

»Schrei mich nicht an.«

Webster bemerkt die ausgebeulte Tasche ihrer leichten Jacke. Den Umrissen nach könnte sie eine Packung Zigaretten darin haben. Er hegt den Verdacht, dass seine Tochter trinkt. Raucht sie auch? Experimentiert sie? Ist das normal für ein Mädchen ihres Alters?

Webster kann sich nicht erinnern, wann er sich mit Rowan das letzte Mal wirklich entspannt gefühlt hat. Heute Morgen war er einen Moment lang froh und glücklich: Sie hat an seinen Geburtstag gedacht, sie hat ihm das Frühstück gemacht, konnte es kaum erwarten, ihm sein Geschenk zu überreichen.

»Rowan.«

»Was denn?«, fragt sie gereizt, während sie ihren Rucksack vom Haken nimmt.

»Ich möchte – ich möchte nur, dass du glücklich bist.«

Rowan verdreht seufzend die Augen.

Webster versucht krampfhaft, die gute Stimmung vom Frühstück wiederherzustellen. »Ich freue mich sehr über mein Geschenk«, sagt er.

Er spürt die Ungeduld seiner Tochter. Sie möchte nur weg.

Er wendet sich wieder dem Tisch zu, hört das ruckartige Aufziehen der Tür, das unvermeidliche krachende Zuschlagen.

Er geht zum Fenster und schaut hinaus. Während er seine Tochter beobachtet, wie sie in ihr Auto steigt, spürt er einen tiefen Schmerz, der ihn leer saugt.

Rowan ist dabei, ihn zu verlassen.

Schon seit Monaten.

Achtzehn Jahre früher

Webster erhielt den Ruf morgens um ein Uhr zehn. »Weibliche Person, nicht ansprechbar, VU, ein Fahrzeug.« Er schaffte es in zweieinhalb Minuten vom Haus seiner Eltern zur Rettungswache. Er stellte seinen Wagen, einen gebraucht gekauften Streifenwagen, in der Nähe des Gebäudes ab und kletterte auf den Beifahrersitz des RTW, als Burrows schon das Gaspedal durchdrückte, Lichter und Sirene anstellte und in die linke Fahrspur einschwenkte. Webster hatte die Uniform über seinem Schlafanzug, das Stethoskop um den Hals, Handschuhe, Bergetücher, Taschenlampe, Stauband, Beatmungstuch und Nothammer an seinem Zubehörgürtel, das Funkgerät im Holster. Im Kopf ging er die Checkliste durch. Unfallstelle sichern, auf Brand- oder Explosionsgefahr achten. Auf lose Kabel und tropfenden Tank prüfen. Schutzanzug und Visier, falls der Verunglückte eingeklemmt ist und befreit werden muss. Atemwege sichern, Esmarch-Handgriff, wenn nötig. Atmung und Kreislauf prüfen. Wirbelsäule stabilisieren. Pulsoxymetrie, Blutungen stillen, offene Wunden suchen. Webster war einundzwanzig und blutiger Anfänger.

»Wo?«, fragte er.

»In der Nähe von dem Gartengeschäft, wo die 83 einen Knick macht.«

Vier Minuten Fahrt. Maximum. Vielleicht weniger.

»Opfer hat sich um einen Baum gewickelt«, sagte Burrows.

Burrows war ein bulliger Kerl mit kurz gestutztem blondem Haar, soweit noch vorhanden. An seinem Uniformhemd fehlten zwei Knöpfe, was er mit einer Reißverschlussweste zu verbergen suchte. Er hatte eine üble Narbe auf der rechten Wange, von einem Melanom, das er vor einem Jahr hatte entfernen lassen. Er fummelte ständig daran herum.

Weil er der Anfänger war, musste Webster als Packesel herhalten. Burrows, der ihm vorgesetzte Rettungsassistent, trug lediglich den Notfallkoffer und seine eigene Schutzkleidung. Webster musste Sauerstoff, Notfallkoffer, HWS-Schiene und Spineboard schleppen.

»Scheißkalt«, sagte Burrows.

»Ja, was ist eigentlich aus dem Tauwetter geworden, das wir sonst immer im Januar haben?«

In der Ferne dirigierte ein Polizist mit einer Stablampe den nicht vorhandenen Verkehr. Burrows wendete schnell und routiniert und hielt auf einem flachen Stück Straßenrand an, vielleicht zehn Meter von einem Cadillac entfernt, der sich überschlagen hatte und auf dem Dach liegen geblieben war.

»Die wollte wohl den Baum umarmen«, sagte Nye, eine Ratte, die sich ständig angegriffen fühlte. »Ich würd gern wissen, was so eine beschissene kleine Maus mit einem Zwei-Tonnen-Cadillac will.«

Keine kleine Maus, wie Burrows und Webster entdeckten. Eine Frau, vielleicht vier- oder fünfundzwanzig. Nicht angeschnallt. Der Cadillac war mindestens zehn Jahre alt, mit Rost in den Radschächten.

»Nicht ansprechbar«, sagte Nyes jüngerer Partner

McGill, als er zur Seite trat, um Burrows und Webster Platz zu machen. Der Rettungsassistent und der unerfahrene Neuling knieten zu beiden Seiten der noch teilweise im Fahrzeug Eingeschlossenen nieder. Der Schreck, mit dem Webster das im künstlichen Licht glänzende braune Haar registrierte, wurde sogleich von Schlagwörtern verdrängt: Atemwegssicherung. Atmung. Kreislauf. Er achtete auf die Stabilisierung der Wirbelsäule und prüfte die Vitalfunktionen. Burrows übernahm die Atemwegssicherung.

»Hundertzwanzig zu einundsiebzig«, las Webster vor. »Puls dreiundsechzig.« Selbst in der Kälte konnte er den Alkohol riechen. »C2«, meldete er. »Die Lippen sind blau.«

»Atemfrequenz?«

»Acht.«

»Nicht gut.«

»Sie stinkt.«

Trotzdem, das wusste Webster, durften sie erst einmal gar nichts voraussetzen.

Die Splitter der sternförmig geborstenen Windschutzscheibe hatten Schnittwunden auf ihrer Stirn hinterlassen. Ein zerbrochenes Fenster hatte einen glitzernden Scherbenregen versprüht. Webster tupfte ihr behutsam das Glas von Augen und Mund.

»Weiß jemand, wie sie heißt?«, fragte Burrows.

Webster beobachtete die Ratte, wie sie nach der Handtasche der Verunglückten griff, die unter den Wagen zu liegen gekommen war.

Nye öffnete einen Geldbeutel. »Sheila Arsenault.«

»Sheila!«, rief Burrows. »Sheila, wachen Sie auf!«

Nichts.

Burrows rubbelte mit den Fingerknöcheln ihr Brustbein mit einem Druck, der Tote erweckt hätte.

Die Frau hob den Kopf in Richtung der Schmerzquelle. »Scheiße«, sagte sie.

»Nettes Mädchen«, bemerkte Nye.

»Reagiert nur auf Schmerzreize«, stellte Burrows fürs Protokoll fest, während er der Frau die HWS-Schiene um den Hals legte.

»Können wir sie angezogen aufs Board ziehen?«, fragte Webster.

»Geh rüber«, sagte Burrows, während er die restlichen Glassplitter aus dem Gesicht der Frau entfernte und ihr eine Hochkonzentrationsmaske überstülpte. Er schnitt mit seiner Schere den Ärmel ihrer Denimjacke auf und legte an ihrem Arm einen Zugang.

Von seiner Position auf der anderen Seite des Wagens konnte Webster erkennen, dass ein Metallstück, von dem er nicht sagen konnte, was genau es war, mit scharfer Kante in den Bauch der Frau einschnitt und die vorderen Enden ihrer hellblauen Bluse blutig gefärbt waren. Ein losgerissener Teil des Armaturenbretts? Etwas, das sich vom Boden aufgewölbt hatte? Durch einen Schlitz in dem Metall sah er Burrows bei der Arbeit.

»Schnitt im Bauch!«, rief er ihm zu. »Scheint eine oberflächliche Verletzung zu sein. Wenn Nye und McGill das Metallstück hier ein, zwei Zentimeter zu dir rüberbiegen können, kannst du sie vielleicht herausziehen. Ich lege einen Druckverband an, sobald ihr Bauch frei ist. Halt du deinen bereit, wenn sie rauskommt.«

»Blut?«

»Ja, aber nicht viel. Warte, bis ich zähle.«

Die Taschenlampe zwischen die Zähne geklemmt, zog Webster einen Druckverband aus seinem Koffer und klemmte ihn so gut es ging gegen das hemmende Metallstück. Wenn das Manöver misslang, dachte er, würde er als

Belohnung eine aufgeschnittene Hand ernten. An der Stelle, wo das Metall ihre Haut berührte, spürte er ein Hindernis. Ein Schlüsselbund und etwas, das sich wie Pelz anfühlte. Er öffnete den Gürtel der Frau, schob das freie Ende vorsichtig durch eine Schlaufe, nahm die Schlüssel, die Hasenpfote und den Gürtel an sich und warf sie über seine Schulter. Er hielt den Druckverband bereit. Dann merkte er, dass der Verschluss ihrer Jeans auch nicht durch die Öffnung passte. »Ich schneide sie aus der Hose raus«, meldete er.

Nye, der Polizist, pfiff.

Mit geübter Hand schnitt Webster die Hosenbeine bis zum Bund auf. Vorsichtig schob er die Hose zu ihren Knien hinunter, zog ihr die Stiefel aus und streifte die Jeans ab. Er sah ihren weißen Bikini-Slip, ihre schlanken, hellen Beine. Er breitete eine glänzende Wärmedecke über ihr aus und warf die Kleidungsstücke hinter sich.

»Auf drei!«, rief er. »Eins – zwei – drei!«

Die Polizisten hoben das Metallhindernis einen halben Zentimeter an. Als sie an den Schultern zogen, trat frisches Blut aus, ehe Burrows seinen Druckverband anbringen konnte. Nur ein Schuss, kein Schwall. Eine Schnittwunde, aber nicht tief. Sie sah sauber aus. Zwei Zentimeter tiefer, und es hätte ihr die Eingeweide aufgerissen. Webster kippte die Füße der Frau flach nach außen, um sie durchschieben zu können.

Die Polizisten gingen aus dem Weg, als Webster mit dem Bündel Kleider zu Burrows lief. Er und McGill hatten die Frau auf das Spineboard gelegt, angeschnallt und mit einer Decke zugedeckt. Burrows rubbelte noch einmal mit starkem Druck ihr Brustbein. Statt eines Schimpfworts erhielten sie nur ein schwaches Stöhnen.

»Bewegung«, sagte Burrows, und Webster hörte die Anspannung in seiner Stimme.

Sie trugen das Spineboard zum RTW, und nachdem sie die Frau auf die Trage verlagert hatten, stieg Burrows hinten mit ein. »Gib Gas«, sagte er, bevor Webster die Türen schloss.

Webster jagte den Wagen bis auf hundert, das Höchste, was er auf der 83 zu riskieren wagte. Manchmal war es ihm möglich, einen Sonnenaufgang über einem Feld wahrzunehmen oder die Spiegelung des Mondes in dem Bach, der die Straße begleitete. Aber in dieser Nacht war er in Gedanken hinten im Wagen, seine Sinne auf Burrows konzentriert, der versuchte, der Frau eine Reaktion zu entlocken.

Im Mercy Hospital begleitete Burrows die Patientin, um in der Notaufnahme seinen Bericht abzugeben. Webster wollte dem glänzenden braunen Haar folgen, das über den Metallrand der Krankentrage fiel, aber er musste den RTW säubern und aufräumen. Hinten fand er ein Dutzend fleckiger Verbände, die von stärkeren Blutungen zeugten als Webster ursprünglich gemeldet hatte. Burrows kam mit der Trage zurück, bevor Webster fertig war. Webster streifte die Handschuhe ab und kletterte zum Fahrersitz hinauf. Normalerweise wäre Webster, der Anfänger, hin und zurück gefahren, aber um sofort durchstarten zu können, hatte Burrows schon hinter dem Steuer gesessen, als Webster auf der Rettungswache eingetroffen war.

»Hübsche Frau«, sagte Burrows auf der Rückfahrt zur Rettungswache, einer Einrichtung, die außer Hartstone fünf weitere Gemeinden betreute.

»Nicht von hier.«

»Zwei Komma vier Promille.«

»Du lieber Gott.«

»Ein Jammer.«

»Scheiße«, sagte Webster.

»Was ist?«

»Ich hab die Schlüssel, die sie am Gürtel hatte, ins Gras geworfen.«

»Die musst du schon in deiner Freizeit suchen.«

»Eine Hasenpfote war auch dabei.«

Burrows lachte. »Wenn das kein Glück bringt!«

Nachdem Webster die Geräte in den Becken auf der Rettungswache gereinigt, die Bestände im RTW wieder aufgestockt und die Karosserie abgespritzt hatte, stieg er in seinen alten Streifenwagen und fuhr zum Unfallort zurück. Diesmal nahm er alles wahr, die stille Straße, den schmalen Sichelmond, das Bauernhaus gleich jenseits der Stelle, wo der Caddy sich überschlagen hatte. Ein Abschleppwagen rollte auf die Straße hinaus. Nye machte das Leuchtsignal aus, das er hinter dem Abschlepper entzündet hatte. »Was wollen Sie hier noch?«, fragte er.

Kein *Wie geht's ihr?* So etwas gab es bei Nye nicht.

»Ich hab ihre Schlüssel vorhin ins Gras geworfen«, antwortete Webster.

»Wenn's ihre Wagenschlüssel waren, können Sie sich das Suchen sparen.«

»Nein, es waren andere.«

»Die Frau gehört in den Knast. Sie hätte leicht jemanden umbringen können. Oder auch sich selbst.«

»Dann würde der Knast ihr wenig bringen, oder?«, sagte Webster, während er im niedergedrückten Gras zu suchen begann. Als Nye und sein Partner in den blauweißen Streifenwagen der Polizei von Hartstone stiegen, glaubte er, die Ratte spöttisch lachen zu hören.

Webster schaltete seine Taschenlampe für die Suche ein. Er begann, im gefrorenen Gras herumzukriechen. Vielleicht, dachte er, hatte die Hasenpfote gewirkt. Die Frau hatte niemanden getötet. Sie hatte selbst keine tödlichen Verletzungen erlitten: keinen Genickbruch, keine durchtrennte Schlagader, keine traumatische Amputation.

Immer wieder sah Webster das glänzende braune Haar vor sich. Er wollte die Hasenpfote finden. Er malte sich aus, wie er sie der Frau namens Sheila zurückbrachte. In seiner Vorstellung lag immer noch der Scherbenglitzer auf ihrem Gesicht.

Eine Eule schrie, und aus der Ferne hörte Webster das wimmernde Aufheulen eines Sattelschleppers beim Herunterschalten. Um nicht gesehen zu werden, machte er die Taschenlampe aus, blieb auf den Knien liegen und wandte sein Gesicht ab. Als er nichts mehr vom Luftzug spürte, schaltete er die Lampe wieder ein.

Er brauchte zwanzig Minuten, um die Schlüssel zu finden. Er stopfte sie zusammen mit der Hasenpfote und dem zusammengerollten Gürtel in seine Jackentaschen, setzte sich wieder in seinen Wagen und schlotterte, bis die Heizung warm wurde. Scheißkalt, wirklich.

Zwei Stunden später wünschte Webster, geduscht und frisch gekleidet, seinem Vater am Frühstückstisch Guten Morgen. Er lebte bei seinen Eltern, um Geld für sein Traumgrundstück zu sparen. Er war ziemlich sicher, er würde den Typen, dem es gehörte, dazu überreden können, es ihm zu verkaufen, wenn es so weit war. Erst vor zwei Monaten war vor allem durch seine Hilfe die Ehefrau des Mannes vor dem Tod durch Herzstillstand gerettet worden. Normalerweise dachte Webster nicht so. Er und Burrows waren ein Team, und gewöhnlich war sein Partner derjenige, der den Patienten defibrillierte und die Medikamente verabreichte. Aber Webster, der sofort gewusst hatte, wo der Hof lag, weil er mindestens ein Dutzend Mal daran vorbeigefahren war, nur um den Hang mit dem Blick auf die Green Mountains zu sehen, hatte seinen eigenen Wagen genommen und Burrows über Funk erklärt, wie er fahren musste. Bei Websters Ankunft auf dem Hof war die Frau kaum noch ansprechbar und schwitzte stark. Als sie das Bewusstsein verlor, machte er als Erstes ihre Atemwege frei. Dann begann er mit der Herz-Lungen-Reanimation. Er bearbeitete sie mehr als zwei Minuten, bevor Burrows eintraf. Innerhalb von Sekunden hing sie am Notfallrespirator. Sie legten den Guedel-Tubus ein und schlossen die Frau an den Monitor im RTW an, legten dann unverzüglich den Tropf, um die Medikamente zu verabreichen. Bei so einem Fall zählte jede Minute.

Websters Vater Ernest betrieb im Ort ein Eisen- und Metallwarengeschäft und stand jeden Morgen um halb sieben auf. Er war ein Mann fester Gewohnheiten, aß jeden Tag Frühstücksflocken mit Rosinen und Bananen zum Frühstück, vier Kekse zum Mittagessen und beschloss abends den Tag mit einem Ritual, von dem er selten abwich: zwei Rolling-Rock-Biere, gleich wenn er nach Hause kam, die einzige Zeit, während der er und Websters Mutter Nora für sich blieben; dann das Abendessen; dann eine halbe Stunde mit der Zeitung; eine weitere halbe Stunde mit den Katalogen. Eine Fernsehsendung. Und um neun ging es zu Bett. Webster konnte sich nicht erinnern, wann er seinen Vater das letzte Mal mit einem Buch gesehen hatte, aber der Mann wusste alles, was ein Mensch über Eisen- und Metallwaren und ihre Verwendungsmöglichkeiten wissen konnte. Die Tischsets in Keezer's Diner zierte eine Reklame für das Geschäft seines Vaters: Websters Eisen- und Metallwaren, ins Bild gesetzt mit einem Konterfei von Websters Großvater, einem Banner und dem Werbespruch »Immer freundlich, immer für Sie da«.

Websters Mutter unterrichtete die fünfte Klasse an der Hartstone Grundschule und dachte mit ihren einundsechzig Jahren daran, bald in den Ruhestand zu gehen. Webster war ein Spätankömmling, seine Eltern hatten es erst geschafft, ein Kind zu zeugen, als seine Mutter schon neununddreißig gewesen war. Ihr damals noch blondes Haar war inzwischen grau, sie hatte große, blaue Augen und einen spitz zulaufenden Haaransatz, den sie ihrem Sohn vererbt hatte. Jeden Abend nahm sie einen Stapel Arbeiten aus ihrer Aktentasche und setzte sich hin, um sie zu korrigieren. Sie war die Schlichterin in der Familie, konnte aber streng sein, wenn die Situation es verlangte. Webster hatte sich manchmal Gedanken darüber gemacht, wie sie wohl mit widerspenstigen Schülern in ihren Klassen umging.

Sie stand an der Arbeitsplatte, als er hereinkam. »Soll ich dir ein paar Eier machen?«

»Danke, nein, Toast reicht«, sagte Webster. »Ich muss zur Wache zurück.«

Was nicht stimmte. Er wollte ins Krankenhaus zurück.

»Aber da warst du doch gerade?«, entgegnete sie fragend. »Ich habe dich heimkommen hören.«

»Ach, nur noch was zu erledigen«, sagte Webster. »Ich bin bald wieder da.«

»Das will ich hoffen«, sagte sie. »Du brauchst deinen Schlaf.«

Webster war Rettungssanitäter auf Teilzeit und hoffte, sich zu einer Vollzeitanstellung hochzuarbeiten, die es erforderte, dass er sich auf der Wache aufhielt, solange er Dienst hatte. Derzeit wurde er zu Hause angefunkt, und seine Eltern kannten inzwischen die Signaltöne und hatten sich daran gewöhnt, ihren Sohn ohne ein Wort vom Esstisch aufstehen und in Riesensätzen die Treppe hinauflaufen zu sehen, oder mitten in der Nacht eine Autotür knallen zu hören.

Kurz vor seinem letzten Jahr an der Highschool, als das Eisenwarengeschäft seines Vaters seine eigene Minirezession durchmachte, begann Webster, sich nach Zwei-Jahres-Colleges mit fachlicher Ausrichtung umzusehen, die er von zu Hause aus erreichen konnte. Er glaubte fest, bis er fertig war, würde das Geld für die Universität von Vermont in Burlington da sein. Aber als er mit einem Diplom in Betriebswirtschaftslehre abschloss – ungefähr so nützlich wie eine alte Glückwunschkarte, fand er –, konnte er sich nicht dazu durchringen, das Geschäft seines Vaters zu übernehmen, wie das immer geplant gewesen war.

Allein bei dem Gedanken graute ihm. Ihn lockte nicht die große Freiheit wie viele andere, die er kannte, aber es musste doch Spannenderes geben, als ein Leben lang sechs Tage in der Woche an der Ladenkasse zu stehen.

Er erinnerte sich an den Abend am Küchentisch, als er es seinen Eltern mitgeteilt hatte: sein Vater stoisch nickend, seine Mutter sprachlos. Sie vermuteten, ihm schwebe etwas Besseres vor. So war es nicht, aber er hatte eine Werbung gesehen, die seine Neugier geweckt hatte.

»Rettungssanitäter«, sagte er.

»Rettungssanitäter?«, fragte sein Vater ungläubig. »Soll das ein Witz sein?«

»Wie lange geht dir das schon im Kopf herum?« Die Stimme seiner Mutter war schriller als sonst.

Webster log. »Seit einem Jahr ungefähr.«

»Die Bezahlung ist nicht gerade fürstlich«, sagte sein Vater, der Pragmatiker.

»Mit der Zeit wird das schon.«

»Aber was du dir da für entsetzliche Dinge ansehen musst, Peter«, sagte seine Mutter mit fernem Blick.

»Wo machst du die Ausbildung?«, fragte sein Vater.

»Da schau ich mich gerade um«, antwortete Webster, und damit schien seine Zukunft beschlossen.

Er belegte einen Kurs im Rutland Hospital, absolvierte ein Praktikum und legte die Prüfungen ab. Sein Interesse an der Notfallmedizin wuchs ständig, je mehr er lernte, und er hatte das Gefühl, dass er die für ihn richtige Berufswahl getroffen hatte. Er war einundzwanzig, als er seine Urkunde erhielt.

Zum Abschluss der Ausbildung schenkten ihm seine Eltern Geld, das er für den Kauf eines gebrauchten Streifenwagens der Polizei verwendete, der nicht mehr als solcher kenntlich war, aber immer noch so schnell wie an dem Tag, als er vom Fließband gerollt war. Geschwindigkeit war alles beim Rettungsdienst, auch wenn im Winter, sobald er die Spikereifen aufziehen musste, einiges davon verloren ging.

Webster musterte den Holzrahmen rund um das Fenster über dem Spülbecken und vermutete, dass es wahrscheinlich im ganzen Haus keinen einzigen rechten Winkel gab. Er bezweifelte, dass der Hof jemals größere Gewinne abgeworfen hatte. Als seine Eltern ihn gekauft hatten – Webster war sieben gewesen –, war der Küchenboden im Haus mit Linoleum ausgelegt, die Wände bestanden aus Holzlatten und Ziegenhaar, und die Essecke war weiß von Gipsstaub. Im ersten Stock befanden sich ein Wohnzimmer mit einem zugemauerten Kamin, eine Veranda, die zu einer Nähnische umfunktioniert worden war, und ein einigermaßen geräumiges Schlafzimmer, das seine Eltern für sich nahmen. Unter dem Dach waren zwei kleine

Räume, in denen seine Cousins und Cousinen, Onkel und Tanten hausten, wenn sie zu Besuch kamen.

Bis zu seinem zwölften Lebensjahr schlief Webster in einem Hochbett, das ihm sein Vater in der Nähnische gebaut hatte. Als Webster dreizehn wurde und zu groß für das Bett, riss sein Vater die Wand zwischen den zwei Bodenkammern ein und machte ein großes Zimmer aus ihnen. Es hatte eine schräge Decke und an jedem Ende ein Fenster. Das hintere Fenster blickte auf den Gemüsegarten von Websters Mutter, einen ausladenden Hortensienbusch und einen hohen Mimosenbaum, der jeden August flaumige lachsfarbene Blütenköpfchen hervorbrachte. Unter diesem Baum standen zwei solide Gartensessel aus braunem Holz, in denen seine Eltern im Sommer oft saßen und versuchten, das riesige Stück Land, das sie verkauft hatten, um die Modernisierung des Eisenwarengeschäfts zu finanzieren, nicht weiter zu beachten.

Webster verabschiedete sich von seinen Eltern und fuhr hinaus in den Morgen von Vermont, vor sich den Sonnenaufgang und die Dampfwolken aus den Fahrzeugen, die ihm vorausfuhren.

Sie konnten die Frau noch nicht nach Hause geschickt haben, überlegte er, nicht bei diesem Alkoholpegel, der zweieinhalbmal so hoch gewesen war wie gesetzlich erlaubt. Webster wollte ihr Gesicht sehen und ihre Stimme hören. Er hatte nur einmal einen »Anschluss«-Besuch gemacht, bei einem Zehnjährigen, der beinahe in einem Marmorsteinbruch ertrunken wäre. Er hatte den Jungen lebend sehen müssen, den Lohn für das, was er geleistet hatte, greifen, die Dankesworte der Eltern hören müssen. Er hatte damals, drei Monate nachdem er beim Rettungsdienst angefangen hatte, zwei Wochen lang einen schlimmen Einsatz nach dem anderen gefahren und war nahe daran gewesen, alles hinzuschmeißen, bevor es richtig angefangen hatte. Zwei Kinder, die in einem Wohnwagen verbrannt waren. Ein Herzinfarkt, bei dem vielleicht noch etwas zu retten gewesen wäre, wenn man sie früher gerufen hätte. Ein schwerer Verkehrsunfall mit drei Fahrzeugen auf der 83 bei eisglatter Fahrbahn, bei dem eine ganze frankokanadische Familie ums Leben gekommen war: Die Mutter war noch am Unfallort gestorben, der Vater im RTW, das Kleinkind im Krankenhaus.

Webster parkte den Wagen und ging in die Notaufnahme. Das Personal kannte ihn, ohne ihn zu kennen. Er sprach eine Schwester an, die er wiederzuerkennen glaubte.

»Ich habe gestern eine Frau eingeliefert«, sagte er. »Trunkenheit am Steuer, Bauchverletzung.«

»Sie führen ihr Flüssigkeit zu. Sie hängt noch am Blasenkatheter. In einer halben Stunde wollen sie den Tropf abnehmen.«

Webster sah auf seine Uhr. »In einer halben Stunde schon? Da droht ihr doch das Delirium tremens.«

»Meine Meinung spielt keine Rolle. Anweisung von Towle. Gibt übrigens Spuren alter Hämatome an ihrem Körper.«

»Ich habe am Unfallort etwas gefunden, das der Frau gehört«, sagte er.

»Ich bring's ihr«, erbot sich die Schwester.

Normalerweise hätte Webster es dabei bewenden lassen. »Ich würde gern selbst hin, wenn Sie nichts dagegen haben. Nur um zu sehen, wie es ihr geht.«

Die Schwester kniff die Augen zusammen. »Nur zu«, sagte sie. »Nummer acht.«

Webster zog die Vorhänge zur Seite. Das Gesicht der Frau war blass, unter den Augen reiften Blutergüsse. Ein Mund, der vielleicht etwas Französisches hatte, wie ihr Name. Ihr Haar glänzte immer noch. Er trat näher ans Bett. Der Alkohol dämpfte ihr Nervensystem. Wenn sie aufhörten, ihr Flüssigkeit zuzuführen, würde sie Kopfschmerzen bekommen und erbrechen müssen.

Unter der dünnen Bettdecke bildete der Verband einen Steg quer über den Bauch der Frau. Er sah die schmalen Umrisse ihres Körpers, ihre Brustwarzen unter dem Stoff. Das Krankenhaushemd war am Hals offen, und er konnte die Stelle erkennen, wo Burrows ihr Brustbein bearbeitet hatte. Ein scheußlicher Bluterguss, aber sonst hätte es ja nicht gewirkt. Er erinnerte sich ihrer langen Beine, des Bikini-Slips.

Er rief sie beim Namen.

Ein Auge zuckte.

Er berührte ihren Arm und sagte etwas lauter: »Sheila.«

Sie öffnete die Augen. Er beobachtete, wie sie versuchte, einen klaren Blick zu bekommen. Sie sagte nichts.

»Mein Name ist Peter Webster«, sagte er. »Ich bin beim Rettungsdienst in Hartstone und habe Sie gestern Nacht versorgt.« Er machte eine Pause. So hatte er es nicht sagen wollen. »Sie haben großes Glück gehabt. Sie wären beinahe gestorben.«

»Bin ich aber nicht«, entgegnete sie, schon in Abwehrhaltung, der Blick gar nicht mehr verschwommen. In besserer Verfassung, als es aussah.

Er dachte daran, sich einfach umzudrehen und zu gehen. Später fragte er sich oft, warum er es nicht getan hatte.

Webster ließ eine Woche verstreichen, bevor er versuchte, Sheila ausfindig zu machen. Er vermutete, dass man ihr den Geldbeutel zurückgegeben hatte, aber vielleicht hatten sie bei der Polizei ihre Adresse. Möglicherweise auch im Krankenhaus, allerdings waren sie dort ausgesprochen knauserig mit Informationen. Folglich blieb ihm nichts anderes übrig, als bei der Polizei anzurufen.

Er hoffte, er würde McGill erwischen, und war enttäuscht, aber nicht überrascht, als er Nyes Stimme hörte. Die Ratte war überall; mit ihrem Silberblick und dem schiefen Mund, der ewig zu einem höhnischen Grinsen verzogen war – nicht unbedingt ein Ausdruck von Nyes Gemütsveranlagung, eher eine Folge des Fehlwuchses des rechten Eckzahns, der einen halben Zentimeter hervorstand. Webster fragte sich, ob Nye nicht – statt mit der Zeit eine Physiognomie auszubilden, die seinen Charakter spiegelte – allmählich in diese höhnische Fratze, die er jeden Morgen beim Rasieren im Spiegel ansehen musste, hineingewachsen war.

Nye wusste vielleicht noch nichts von seinem Besuch im Krankenhaus. Er beschloss, es darauf ankommen zu lassen.

»Wegen der Hasenpfote?«, fragte Nye.

»Ja.«

»Wozu?«

»Vielleicht braucht sie die Schlüssel.«

»Der Wagen hat Totalschaden, und sie haben ihr für sechs Monate den Führerschein abgenommen. Übrigens in Massachusetts ausgestellt.«

»Gibt's eine hiesige Adresse?«, fragte Webster und wartete.

»Sie wissen, dass ich Ihnen solche Informationen nicht geben darf.«

»Mann, Nye. Ich habe vielleicht ihr Leben gerettet.«

»Das heißt hier genau gar nichts.«

Dieser verdammte Kerl wollte ihn betteln lassen.

»Als Neuling ist Ihnen vielleicht das ordnungsgemäße Verfahren nicht bekannt«, fügte Nye hinzu.

Webster setzte darauf, dass Frechheit siegen würde. »Hören Sie auf mit dem Quatsch.«

Nye ließ ihn so lange warten, dass er schon glaubte, er habe einfach aufgelegt. Dann hörte er das Klopfen einer Bleistiftspitze auf einem Schreibtisch.

Nye nannte ihm die Adresse. »Machen Sie keine Dummheiten, Kleiner.«

Webster wusste, wo das Haus war. Direkt an der Stadtgrenze im Norden stand ein hellblaues, den alten Cape Cod Cottages nachempfundenes Haus mit spitzem Giebel und einer Glasveranda, die keine fünf Meter vom Rand der 83 trennten. Er bog in eine Einfahrt ein, die ebenso verlottert war wie der Vorgarten. Bevor er die Tür des alten Streifenwagens öffnete, überlegte er, was er sagen würde: Er habe nur mal nach ihr sehen wollen, um zu hören, wie es ihr gehe. Sie würde es sofort durchschauen, ihm das vielleicht auf den Kopf zusagen. Er erinnerte sich, wie abwehrend sie im Krankenhaus gewesen war. Aber seine Neugier war stärker als seine Einsicht. War es die ganze Woche schon gewesen. Als er klopfte, öffnete Sheila selbst.

»Wer sind Sie?«, fragte sie sofort, beide Hände an der Tür, um sie schnell wieder zuschlagen zu können.

Sie trug eine karierte Bluse mit aufgerollten Ärmeln und Jeans. Ihr Haar war länger, als er gedacht hatte, an den Spitzen gelockt, so glänzend, wie er es in Erinnerung hatte. Es fiel ihm schwer, seinen Blick von ihrem Mund loszureißen. Erinnerte sie sich wirklich nicht an seinen Besuch bei ihr im Krankenhaus?

»Ich bin Peter Webster. Ich war vor Ort, als Sie den Unfall hatten.«

»Sind Sie ein Bulle?«

»Nein, ich war einer von den Rettungssanitätern.«

»Okay«, sagte sie.

»Ich wollte nur mal vorbeischauen und hören, wie es Ihnen geht.«

Sie nahm es ihm nicht ab. Auf Strümpfen war sie, schätzte Webster, vielleicht eins fünfundsiebzig, eins sechsundsiebzig groß.

»Woher soll ich wissen, dass Sie der sind, für den Sie sich ausgeben? Und warum zum Teufel sollten Sie sich dafür interessieren, wie's mir geht?«

Nicht so tough, wie sie ihn glauben machen wollte. Etwas Vorsichtiges in ihrem Blick. Webster nahm seinen Ausweis heraus. Sie sah ihn sich an und trat zur Seite. »Kommen Sie rein«, sagte sie. »Ich erfriere fast.«

Ein Cheerios-Karton, Cola-Dosen, leere Zigarettenpackungen, ein Haufen DevilDog-Einwickelpapiere und ein Fertiggericht auf der Arbeitsplatte. Ein Blecheimer, randvoll mit Müll und Papiertüchern. Auf dem rechteckigen Tisch lag ein schmuddeliges, grün-weißes Wachstuch, rund um die Kante mit Reißzwecken befestigt. Inmitten Dutzender Kaffeeringe und Toastkrümel prangten ein Häufchen roter Marmelade und ein Fleck, der nach verschmierter Butter aussah. Ein Wirrwarr von Kabeln auf der Arbeitsplatte.

»Das ist nicht alles mein Werk. Dieser Verhau, meine ich. Die DevilDogs stammen von ihnen«, sagte sie und zeigte zur Zimmerdecke.

»Wie lange sind Sie schon hier?«, fragte Webster, während er sich umsah.

»Zwei Tage.«

Er öffnete den Reißverschluss seiner Jacke in dem überheizten Raum. »Haben Sie vor, was zu mieten?«

»Im Moment nicht. Erst brauch ich Arbeit.«

»Wie sind Sie denn hier gelandet?«

»Durch eine von den Krankenschwestern.«

Webster nickte.

»Also, jetzt haben Sie mich gesehen«, sagte sie. »Es geht mir gut. Sie können wieder gehen.«

Webster rührte sich nicht.

»Die alten Leute, meine Vermieter, wohnen oben«, sagte sie. »Sie kommen fast nie runter, außer um sich was zu essen zu machen. Er lässt sich überhaupt nicht blicken.« Sie kreuzte die Arme über der Brust. »Er hat irgendeine Krankheit. Ich kann ihn nachts husten hören. Ich glaube, ich soll ihnen das Geschirr spülen, aber bis jetzt hat keiner was gesagt. Die alte Frau ist die Tante der Schwester. Scheiße, warum erzähl ich Ihnen das alles?«

Er antwortete nicht, aber davon ließ sie sich nicht aufhalten.

»Einmal war die Schwester hier und ist mit der alten Frau zum Einkaufen gefahren. Eine richtige Maus, die Alte, mein ich, sagt kaum einen Piep. Ich glaube, sie hat Angst vor mir, obwohl ich mir nicht vorstellen kann, warum.« Sie lächelte, als wüsste sie genau, warum. »Ich habe das ›Empfangszimmer‹«, erklärte sie, mit den Fingern Anführungszeichen andeutend, »und ich darf Küche und Bad benützen. Ich setze mich immer ins Wohnzimmer und schau fern und klaue ihren Alkohol.«

Sie hob ein wenig das Kinn, wie um Webster herauszufordern, ihr Vorhaltungen zu machen.

»Sie trinken zu viel«, sagte er. »Sie hatten in der Nacht, als sich Ihr Wagen überschlagen hat, zu viel getrunken.«

»Ach, und was geht Sie das an?«

»Sie hätten andere verletzen können, und das geht mich was an.«

»Und was kommt jetzt?«, fragte sie. »Die ärztliche Untersuchung?«

Sie ging aus der Küche hinaus auf die Veranda mit den Jalousiefenstern. Infolge der Hitze drinnen und der Kälte draußen war das Glas beschlagen und nur eine kleine Ellipse in der Mitte jeder schmalen Scheibe frei.

»Sie drehen die Heizung volle Kanne auf, aber ich darf sie nicht anrühren.« Keine Vorhänge an den Fenstern. Ein Bett an der Holzschindelwand, die früher einmal die Außenwand des Hauses gewesen war, bevor sie das Verandazimmer angebaut hatten. Das Bett war ordentlich gemacht. Einige Kleidungsstücke hingen an einem Kleiderständer auf Rollen. Ein Koffer war hinter den Faltschrank geschoben. In der Ecke stand ein runder Holztisch mit zwei Stühlen.

Sheila setzte sich aufs Bett.

Webster nahm sich einen Stuhl. »Ich wollte sehen, ob Sie noch Verletzungen von dem Unfall haben oder irgendwelche Probleme.«

»Sind Sie Sozialarbeiter?«

»Nein.«

»Okay. Ich hab keinen Führerschein mehr. Ich sitze in diesem elenden Loch. Die Schwester hat mir hundert Dollar gegeben. Ich muss mir Arbeit suchen. Abgesehen davon geht's mir blendend.«

Sie griff nach einer Lederjacke am Fußende des Betts und zog eine Packung Zigaretten aus der Tasche. »Ich bin hier, damit die alte Frau bei einem Notfall nicht allein ist.« Sie zog an ihrer Zigarette. »Wo wohnen Sie?«

»In Hartstone«, antwortete er, ohne seine Eltern zu erwähnen.

Sie wies mit der brennenden Zigarette auf ihre Jacke. »Die Bullen haben mir den Geldbeutel wiedergegeben, und jetzt raten Sie mal. Ohne Führerschein und ohne Geld.«

»Wie viel war drinnen?«

»Hundertzwanzig.«

Nye, diese miese Ratte.

»Haben Sie es zurückverlangt?«

Sie starrte auf das beschlagene Glas. »Sie haben behauptet, es wäre nichts da gewesen. War das eine Überraschung!«

»Darf ich Sie fragen, was Sie in der Unfallnacht in Vermont zu tun hatten? Die Polizei hat gesagt, Ihr Führerschein sei in Massachusetts ausgestellt.«

»Steht das in Ihrer Dienstvorschrift? Frage Nummer achtunddreißig?«

»Nein.«

»Ich lebe in Chelsea. Lebte. In der Nähe von Boston. Ich hatte einen Freund, der so viel gesoffen hat, dass er anfing, ins Bett zu pinkeln. Ich hab ihn rausgeschmissen und ihm gesagt, er soll bleiben, wo der Pfeffer wächst. Aber er ist wiedergekommen und hat sich an mich drangehängt wie ein Popel, den man nicht vom Finger abkriegt.« Sie warf einen raschen Blick auf Webster, um zu sehen, wie der Popel ankam. »Am Ende hab ich's nicht mehr ausgehalten. Ich hab meine Sachen gepackt und bin gefahren. Bis ich schließlich auf dem Dach gelandet bin.«

»Sie hätten die Polizei holen und den Typen verhaften lassen können«, sagte Webster.

»Er war die Polizei«, sagte sie ohne Emotion.

»Warum nicht eine einstweilige Verfügung?«

»Also wirklich.«

Webster bemerkte eine zur Hälfte geleerte Flasche Bacardi unter dem Bett. In dem Glas daneben war noch Flüssigkeit.

»Manchmal geh ich zu Fuß zu dem Eisenwarenladen unten an der Straße und besorge mir Bagels, Kaffee und Zigaretten.«

Im Eisenwarengeschäft seines Vaters.

Sie hatte keine hängenden Schultern wie die meisten groß gewachsenen Frauen, die er kannte. Sie trug das Haar hinter die Ohren geklemmt. Ihre Jeans war eng und schmal und stammte bestimmt nicht aus einem Outdoor-Laden. Wenn aber die Blutergüsse erst wieder weg waren, dachte er, würde das Gesicht hübsch sein.

»Ich fahre Sie zu Giant Mart gleich über der Staatsgrenze«, sagte er. »Da können Sie was einkaufen. Und dann fahre ich Sie wieder hierher.«

»Ich glaube, das verstößt gegen das Gesetz. Ich darf den Staat nicht verlassen.«

»Mit mir schon.«

»Nein«, sagte sie.

»Sie brauchen was zu essen«, hielt er ihr vor, »und Sie brauchen eine Zeitung, um sich eine Arbeit zu suchen. Was haben Sie denn in Chelsea gearbeitet?«

»Ich war Bedienung.«

»Wie alt sind Sie?«

»Vierundzwanzig.«

»Ist das die Wahrheit?«

Sie nickte.

»Ihr Akzent gefällt mir«, sagte er.

»Sie meinen, das Ahss-n-all?«, fragte sie, die Bostoner Aussprache ihres Nachnamens übertreibend.

Er stand auf. »Sie werden verhungern, wenn Sie nicht mitkommen.«

»Ich komm schon durch.«

»Ziehen Sie die Jacke an.«

Im Auto starrte Sheila zum Seitenfenster hinaus, als wären sie zwei Eheleute, die einander nichts zu sagen hatten. Sie griff in ihre Tasche und zog die Zigaretten heraus. Sie warf ihm einen Blick zu und steckte die Packung wieder ein.

»Sie können ruhig rauchen«, sagte er.

»Oh, ich möchte keinesfalls Ihr kostbares Auto verräuchern. Wo haben Sie das überhaupt her? Das ist doch eine Bullenschaukel, oder?«

»War. Inzwischen ausgemustert.«

»Was heißt das?«

»Sie werden abgerüstet. Nach vier Jahren kauft die Polizei neue Fahrzeuge, die alten werden abgerüstet, alle Kennzeichnungen werden entfernt, und dann werden sie verkauft. Ich brauchte ein schnelles Auto. Für meine Arbeit. Eine Wahnsinnsmaschine.«

»Dann treten Sie mal drauf«, sagte sie. »Geben Sie Gas.«

Er hielt seine Geschwindigkeit.

Sie hob die Hand, drehte ihre Haare zusammen und ließ sie über eine Schulter fallen. Er fuhr weiter bis zum Supermarkt hinter der Grenze.

»Jetzt sind wir in New York?«, fragte sie.

Webster nickte.

»In Vermont hat's mir besser gefallen.«

»Warum?«

»Hat sich sicherer angefühlt.«

Es war natürlich Unsinn zu behaupten, Sicherheit hinge von einer unsichtbaren Linie ab, aber Webster hatte immer gefunden, dass zwischen Vermont und New York ein Unterschied bestand. Kaum war man in New York, wurden die Straßen schlecht; die Häuser besaßen weniger Charme und wirkten ungepflegter; und die Dörfer wichen Häuseransammlungen mit rechtwinklig angelegten Straßenrastern, auf die ein paar Läden gesetzt waren. Es gab einige New Yorker Grenzorte, in denen die alten Zeiten erhalten geblieben waren, aber es waren wenig ansprechende Zeiten roten Backsteins. Webster hatte immer das Gefühl, sich an der Tür zu einem Leben zu befinden, wie er es nicht führen wollte.

Immerhin, der Ort hatte einen Supermarkt, zwei Tankstellen und eine Apotheke. Er bog auf den Parkplatz von Giant Mart ein und hielt an.

»Und wie geht's jetzt weiter?«, fragte sie. »Sie suchen das Zeug aus und bezahlen? Oder krieg ich ein Taschengeld?«

»Gehen wir einfach rein. Ich brauche auch einiges.«

Sie gingen los, aber sie hielt sich beharrlich hinter ihm, als wolle sie mit der peinlichen Aktion nichts zu tun haben.

Webster schnappte sich einen Einkaufswagen. »Holen Sie sich, was Sie brauchen, und legen Sie's rein. Wir können es später aussortieren.«

Er kaufte viel mehr, als er brauchte, weil er mit der größeren Ladung an die Kasse gehen wollte. Seine Eltern würden sich wundern. Er kaufte fast nie für den Haushalt ein.

Er legte Orangen, grünen Salat, Weißbrot, Lasagneblätter und Kaffee in den Wagen und versuchte dabei die ganze Zeit zu erahnen, in welchem Gang sie sich befand. Er nahm noch zwei Pfund Gehacktes und abgepackten Schwertfisch. Bei Giant Mart gab es keinen Alkohol zu kaufen, damit konnte sie also nicht beschäftigt sein. Er packte Geschirrspülmittel und Servietten hinzu, ohne eine Ahnung zu haben, ob diese Dinge zu Hause überhaupt gebraucht wurden, legte noch einen Biskuitkuchen und einen Becher Vanilleeis hinein und fand Sheila im Gang mit den Konserven, wo sie bei den Suppen stand. Sie hatte Kräcker, Erdnussbutter und Toasties in den Armen. Sie legte die Sachen in den Wagen.

»Milch oder Saft?«, fragte er. »Ein Steak vielleicht oder Gehacktes? Tomaten?«

»Sind Sie jetzt mein Daddy?«

»Sie sind älter als ich.« Er ließ den Wagen stehen und kam mit einem Brathuhn zurück. »Können Sie ein Huhn braten?«

»Was glauben Sie?«

»Ich habe keine Ahnung.«

»Einen Vogel krieg ich schon noch hin.«

Er legte das Huhn in den Wagen. Dann lief er einen anderen Gang hinunter und kam mit einem Netz Kartoffeln, einer Plastiktüte grüner Bohnen und einem Karton Orangensaft zurück.

»Okay, das reicht«, sagte sie.

»Was Süßes wollen Sie nicht? Kekse oder so was?«

»Die alten Leute haben genug DevilDogs in ihrem Schränken, um uns alle zu Diabetikern zu machen. Außerdem mag ich das Zeug nicht.«

Sheila wartete nicht mit ihm an der Kasse. Sie stand an der automatischen Tür, als er den Wagen hindurchschob.

»Danke«, sagte sie. Und machte sofort wieder alles kaputt. »Und jetzt soll ich wohl mit Ihnen in die Kiste?«

Webster hielt den Wagen an. »Sie haben ja eine zynische Vorstellung von den Menschen.«

»Ach, und Ihre ist wohl durch und durch positiv?«, fragte sie.

»Ich habe oft mit Menschen in Notsituationen zu tun, sie sehen es eigentlich immer ganz positiv, wenn sie mit dem Leben davonkommen.«

»Wie schön für Sie.«

Sie fuhren schweigend zu dem blauen Haus zurück. Nachdem Webster geparkt hatte, stieg er aus und reichte Sheila die Tüte mit ihren Einkäufen.

»Wollen Sie mit reinkommen?«, fragte sie. Beinahe schüchtern.

»Nein«, sagte er.

Und ob er wollte.

Er reichte ihr einen Zehndollarschein. »Ich habe Ihnen keine Zigaretten gekauft. Ich dachte, für die können Sie auch zu Fuß gehen.«

Sie riss ihm den Zehner aus der Hand und wandte sich zum Haus. Es gefiel ihm, wie sie ging – ohne Eile, als fröre sie sich nicht halb zu Tode in ihrer Lederjacke. Sie öffnete die Tür und verschwand ohne einen Blick zurück.

Sie war schön und sexy. Webster fragte sich, ob er die ungeschliffenen Kanten würde glätten können. Aber vielleicht mochte er ja gerade die ungeschliffenen Kanten.

Webster wollte noch nicht nach Hause, auch wenn das Eis im Kofferraum schmelzen würde. Er fuhr stattdessen eine steile Schotterstraße hinauf zu dem Hügelkamm, wo er eines Tages ein Stück Land kaufen wollte, um darauf ein Haus zu bauen. Schnell treibende Wolken zogen Streifen hellen Lichts über die unter ihnen liegenden Hügel. In der Ferne hatten sich die Green Mountains violett gefärbt. Eines Tages würde er hier ein Haus mit einem großen Panoramafenster mit Blick auf diese Berge errichten. Wenn er nicht arbeitete, würde er an diesem Fenster sitzen und hinausschauen. Erde und Berge waren in ständiger Bewegung, veränderten von Sekunde zu Sekunde ihr Gesicht.

In diesem Haus, glaubte Webster, würde er sich frei fühlen.

Zum ersten Mal seit er begonnen hatte, diesen Ort aufzusuchen, stellte Webster sich in dem Haus eine Frau an seiner Seite vor. Nicht unbedingt Sheila, einfach einen anderen Menschen.

Eine Woche lang fuhr er jeden Abend an ihrem Haus vorbei, bremste jedes Mal ab, um zu sehen, ob er sie durch die Jalousiefenster der Glasveranda erkennen könnte. Einmal sah er eine Gestalt, die sich bewegte, und war versucht anzuhalten, aber er wusste, dass er noch nicht so weit war. Außerdem war er häufig in Uniform, und die würde sie vielleicht verschrecken.

Am Samstag hielt er an. Er erwartete, dass gleich alle Lichter angehen würden. Er vermutete, dass weder sie noch die alten Leute viel Besuch bekamen. Das Haus blieb dunkel bis auf ein dämmriges Licht im oberen Stockwerk und das flackernde Blau eines Fernsehers unten. Er ging zur Hintertür und klopfte.

Die Deckenbeleuchtung flammte auf, und sie öffnete die Tür. Sie trug einen dunkelblauen Pulli und Jeans. Ihre Socken waren grellrot, ihre Haare nass. Die blauen Flecken in ihrem Gesicht waren beinahe ganz verblasst.

»Ich bin gekommen, um das Geschirr zu spülen«, erklärte er.

Sie knipste das Küchenlicht an und machte eine einladende Geste. »Bitte sehr.«

Webster trat in eine Küche, die, wenn auch nicht blitzblank, so doch wenigstens aufgeräumt war. Kein Verhau auf der Arbeitsplatte, kein überquellender Mülleimer.

»Ich bin anscheinend zu spät gekommen«, sagte er,

froh, dass er sich nicht zum Grund des Spülbeckens, das er in Erinnerung hatte, durcharbeiten musste.

»Ich hab's nicht mehr ausgehalten«, sagte sie.

Sie zog eine Packung Zigaretten aus ihrer Lederjacke, die über der Lehne eines Küchenstuhls lag. Ihre braunen Lederstiefel standen aufrecht beim Backofen.

»Sind Sie verheiratet?«, fragte sie.

»Nein.«

Sie zog tief an ihrer Zigarette, als hätte sie seit Tagen keine geraucht. Vielleicht versuchte sie, sich einzuschränken. An die Arbeitsplatte gelehnt, kreuzte sie die Arme über der Brust.

»Suchen Sie Anschluss?«, fragte sie.

»Vielleicht.« Es gefiel ihm, wie der dunkelblaue Pulli über ihre Hüften fiel. »Haben Sie schon Arbeit?«

»Nein, aber morgen stelle ich mich vor.«

Webster stand immer noch an der Tür. Sie hatte ihn nicht aufgefordert, sich zu setzen. »Wo?«

»In einer Kneipe. Keener's.«

»Keezer's«, sagte er. »Die werden Sie mit Handkuss nehmen.«

»Glauben Sie?«

»Ich weiß es.«

»Wollen Sie mich da morgen hinfahren?«

»Zum Keezer's?«

»Ja.«

Webster stellte sich vor, wie er mit seinem auf den ersten Blick erkennbaren alten Streifenwagen dort vorfuhr und auf sie wartete. Es würde im ganzen Ort herum sein, noch bevor sie wieder herauskam.

»Welche Zeit?«, fragte er.

»Irgendwann am Nachmittag.«

»Ich bin um Viertel vor drei fertig«, log er. Nachmittags um drei war in dem Diner am wenigsten los. Nach der Mittagszeit und vor dem Andrang um vier auf ein Bier und einen Kurzen nach der Arbeit.

»Cool.«

»Nur damit Sie's wissen, Keezer ist ein verdammter Grapscher«, warnte Webster sie. »Der wird versuchen, Ihnen an die Wäsche zu gehen, noch ehe die Woche um ist.«

Sie lächelte. »Ich freu mich drauf.«

»Wollen Sie mir nicht einen Platz anbieten?«

»Nein«, sagte sie, ließ ihre Zigarette ins Spülbecken fallen und griff nach ihrer Jacke. »Ich bin blank. Ich brauch eine warme Mahlzeit.«

In der Zeit, die Sheila brauchte, um zum Wagen zu gehen, umzukehren, um die Tür abzuschließen, und wieder zurückzukommen, vereisten die Spitzen ihrer nassen Haare. Sie spielte mit den gefrorenen Enden, bis sie brachen. »Mann, ist das eine Kälte, ich hoffe nur, Ihr Wagen bleibt nicht stehen.«

»Sie brauchen eine dickere Jacke.«

»Wollen Sie mir eine kaufen?«

Er hätte es nur zu gern getan. Das war ja das Problem. Er wendete den Wagen und fuhr auf die 83 hinaus.

»Wohin fahren wir?«, fragte sie.

»Zu einem Lokal, wo es gutes Chili gibt.«

Webster fuhr nach Norden, über die Ortsgrenze und auch noch über die nächste. Sie sprachen nichts. Sheila schaute zum Fenster hinaus auf die beleuchteten Häuser. »Die haben alle ihre Christbäume noch stehen.«

»Ja, und die Lichter brennen, bis die Bäume anfangen zu nadeln. Die Kränze an den Türen bleiben bis Ostern.«

»Und warum?«

»Die Winter in Vermont sind lang.«

»Was meinen Sie, sind wir weit genug gefahren?«, fragte sie nach einer Weile mit einem Anflug von Sarkasmus in der Stimme

»Da, wo ich hinwill, gibt's das beste Chili weit und breit.« Eine Lüge, und sie merkte es. »Wir können auch umkehren, wenn Sie wollen«, meinte er.

»Was?«, fragte sie, als hätte sie ihn nicht verstanden.

Der Parkplatz war voll. Webster setzte Sheila vor der Tür ab. Er sah ihr zu, wie sie ausstieg, sich aufrichtete und die Schultern straffte.

Seine Ungeduld wuchs von Sekunde zu Sekunde, während er auf der Suche nach einer Lücke herumkurvte. Er wollte sie nicht allein lassen. Bis er nachkam, würde bestimmt schon irgendein Typ sie anbaggern. Er parkte am Rand eines benachbarten Maisfelds. Verboten, na wenn schon. Würde um diese Zeit vielleicht ein Bauer rausgelaufen kommen und ihm die Reifen aufschlitzen? Im Laufschritt rannte er zurück zum Restaurant.

Er blickte von Raum zu Raum und fand sie nicht.

»Sie sitzt in einer Nische«, sagte der Mann hinter dem Tresen. Webster nickte kurz und peilte das rote Kunstleder an. Die Tische waren glänzend lackiert und fühlten sich glitschig an, als wären sie nicht ganz sauber. Im ganzen Raum roch es nach Knoblauch und Zigarettenqualm. Sheila hatte ihre Jacke ausgezogen. Sie saß seitlich gedreht, vor sich ein Bier.

Sie fühlt sich wohl hier, dachte er.

Jeder drei Bier und eine halbe Schale Chili. Sheila war heikel beim Essen, und Webster hatte den Appetit verloren. Ihr Gesicht war gerötet, und die Hitze im Restaurant hatte ihr Haar an den Enden gekraust. Es machte ihre Gesichtszüge weicher.

»Es ist ja nicht so, dass ich mich hier häuslich niederlassen will – ganz bestimmt nicht –, ich glaube nur, man kann hier ganz gut für eine Weile untertauchen.«

Es klang, als wäre sie es gewöhnt unterzutauchen. Als wäre sie eine gejagte Verbrecherin.

»Sie wissen, dass die Polizei eine Akte über Sie hat«, sagte Webster. »Da kann Ihr Freund, der Polizist, Sie leicht finden.«

Sie zuckte mit den Schultern, aber am Vibrieren des Tisches spürte er, dass sie mit der Stiefelspitze am Mittelbein wackelte. Ihr Blick glitt von seinem Gesicht ab.

»Was hat er Ihnen getan?«, fragte Webster.

»Was glauben Sie wohl?«

Die Schwester in der Notaufnahme hatte von Spuren alter Blutergüsse gesprochen. Wut auf diesen Polizisten, dem er nie begegnet war, schoss in ihm hoch.

»Und Sie?«, fragte sie. »Haben Sie ihr ganzes Leben hier verbracht? In Hartstone, mein ich.«

»So ziemlich.«

»Haben Sie mal in einer größeren Stadt gelebt?«

»In Rutland. Na ja, wirklich dort gelebt hab ich nicht. Ich hab meine Ausbildung dort gemacht.«

»Das ist eine Stadt?«

»Könnte man sagen.«

»Wie halten Sie das aus?«, fragte sie, während sie sich wieder seitlich drehte und die Beine ausstreckte. Das Essen war vorbei. Sie blies den Rauch weg von ihm. Es spielte kaum eine Rolle. Webster konnte in dem ganzen Nebel kaum die Pooltische an der hinteren Wand erkennen.

»Was aushalten?«

»Das – ich weiß auch nicht – das Nichts.«

»Überall auf der Erde gibt es Menschen, die ein reiches, erfülltes Leben führen«, sagte er halb lächelnd.

»Ah, der große Philosoph.«

Er sah sie gern im Profil, besonders, wenn sie rauchte. Sie hatte lange Finger, eine mondäne Art, den Rauch einzuziehen und mit leicht vorgeschobener Unterlippe wieder auszustoßen. Er fand die Raucherei fürchterlich, aber er wusste, dass die Pose der Grund war, warum junge Mädchen damit anfingen.

»Und woher wissen Sie das so genau?«, fragte sie.

»Ich lese«, antwortete er.

Es erstaunte ihn, dass sie es dabei beließ.

»Haben Sie Familie?«, fragte er.

»Eine Schwester. Sie lebt in Manhattan.«

»Da hätten Sie auch hingehen können.«

»Da würde er als Erstes nach mir suchen. Außerdem haust sie mit ihrem Freund in einer Zweizimmerwohnung. Und ein Kind ist auch unterwegs.«

»Mögen Sie sie?«

»Meine Schwester? Was interessiert Sie das?« Sie hatte sich ihm jetzt wieder zugewendet, ruhelos, blies aber den Rauch zur Seite. Ein Mund wie zum Flötespielen bereit.

»Ich wollte nur wissen, ob es jemanden gibt, den Sie mögen.«

»Ich mag sie«, sagte sie. »Wir sind ganz unterschiedlich, und sie ist nicht mit mir einverstanden, aber ich mag sie.«

»Älter oder jünger?«

»Älter.«

Webster nickte und trank einen Schluck Bier. Er hatte sich immer wieder umgeschaut, um zu sehen, ob jemand da war, den er kannte. Sein Auftritt hier – mit einer Patientin, die er kürzlich versorgt hatte – war mindestens fragwürdig, wenn nicht rundheraus unvertretbar.

»Und Sie, Mr Rettungsdienst? Haben Sie Geschwister?«

»Nein.«

»Ein Einzelkind«, sagte sie nachdenklich. »Und wo wohnen Sie?«

»Ich – äh – ich lebe bei meinen Eltern«, sagte er. »Ich spare auf ein Grundstück, das ich kaufen möchte.«

»Bei den Eltern. Wow.«

»Möchten Sie gehen?«, fragte er und hielt nach einer Bedienung Ausschau, um zu bezahlen. Er hatte das Gefühl, er habe jetzt genug.

»Nein«, sagte sie. »Ich hab Lust auf eine Runde Pool.«

»Sind Sie denn gut?«

»Ich bin spitze.«

»Gleich werden Sie mir erzählen, dass Sie ein Profi sind.«

»Geben Sie mir fünfundsiebzig Dollar. Ich werde sie verdoppeln.«

Er glaubte ihr nicht. Wenn sie in dem Haifischbecken dort hinten mit fünfundsiebzig Dollar aufkreuzte, würde sie mit leeren Händen wieder herauskommen.

»Die Typen da hinten«, sagte er und zeigte mit dem Finger, »die sind gut. Die nehmen Ihnen Ihr Geld in fünf Minuten ab.«

»Abwarten«, entgegnete sie.

Er gab ihr die fünfundsiebzig.

Sie kreidete die Spitze ihres Queues ein, als müsste sie sie bemalen. Sie machte sich an einen mageren Blonden mit Nackenspoiler heran und fragte, ob sie einsteigen dürfe. Webster sah, dass sie den Nackenspoiler schon um seine Konzentration gebracht hatte, aber er war nicht der, der das Sagen hatte. Der Nackenspoiler warf einem großen

Dicken mit schwarzer Reißverschlussweste über einem blaugrauen Flanellhemd einen fragenden Blick zu. Der Kopf des Dicken war kahl rasiert, als käme der Mann direkt vom Militär.

»Luker, wär das okay?«

Luker maß Sheila mit scharfem Blick und nickte dem Nackenspoiler zu. Webster merkte ihnen an, dass sie vom knappen Sitz ihrer Jeans angetan waren. Eine hübsche Frau war immer willkommen. Sheila gab sich betrunkener, als sie war, auf eine Weise, die Webster nervös machte. Es war deutlich zu erkennen, dass jeder der beiden Kerle glaubte, er könnte sie ins Bett kriegen. Am Tisch standen noch zwei andere Männer Anfang zwanzig, aber Luker war eindeutig der Boss. »Gut, Einsatz auf fünfundzwanzig runter«, ordnete er an. »Fünf Dollar für jeden. Drei gewinnt.«

Sheila hielt das Queue wie eine Anfängerin. Es war offensichtlich, dass sie jede Bewegung des Nackenspoilers verfolgte und sich bemühte, sie nachzuahmen, als hätte sie noch nie im Leben Billard gespielt. Webster war überrascht, dass sie sie nicht auf der Stelle hinauswarfen.

»Gibt's bei euch irgendwelche Hausregeln, die ich kennen muss?«, fragte sie mit einer Stimme, die Webster bisher noch nicht gehört hatte.

»Ja, Schätzchen, wir spielen 9-Ball.«

Der Nackenspoiler wieherte, als hätte Luker einen tollen Witz gerissen. Sheila sah voll konzentriert zu, als die Kugeln in einer Raute aufgebaut wurden. »Fang ich an?«, fragte sie.

»Der Tisch gehört dir«, sagte der Nackenspoiler.

Sheila beugte sich über das Tuch, visierte lange ihr Ziel an, machte ihren Stoß, und der Spielball sprang vom Tisch. Sie drückte sich eine Hand auf den Mund.

»Foul«, sagte der Nackenspoiler und legte sich den Spielball genau dahin, wo er ihn haben wollte.

Als Sheila wieder an die Reihe kam, brauchte sie das Spiel nur noch zu machen. Einer der anderen Spieler hatte die Acht nicht versenken können, aber so, wie die Bälle lagen, waren keine schwierigen Stöße erforderlich. Sheila versenkte die Acht, aber die Neun blieb, nachdem sie zwischen den beiden Ecken der Tasche hin- und hergesprungen war, genau davor liegen. Wenn sie die anderen in Sicherheit wiegen wollte, um später abzukassieren, machte sie ihre Sache gut, dachte Webster.

»Kopf hoch, Schätzchen«, sagte Luker. »Anfängerpech.«

Sheila verlor die erste Partie und bat, weiter mitspielen zu dürfen. »Ich hab's doch eben fast geschafft«, sagte sie, hob die linke Schulter und senkte die rechte in einer geschmeidigen Wellenbewegung. Sie legte einen Fünfer auf den Tisch. »Lasst's mich zurückgewinnen«, bat sie.

Sie schäkerte mit dem Nackenspoiler, aber ihre Blicke galten Luker. Hätte Webster sie nicht besser gekannt – und ihm ging auf, dass er sie eigentlich überhaupt nicht kannte –, er hätte geschworen, dass sie hinter ihm her war.

»Gut, drei gewinnt«, sagte Luker. »Zehn Dollar.«

»Der Blödmann da spielt um die Luft«, beschwerte sich der Nackenspoiler, auf einen der anderen Spieler weisend. »Er hat keinen Penny in der Tasche.«

»Stimmt das?«, fragte Luker.

Der Mann zuckte mit den Schultern, stellte sein Queue in den Wandständer und ging.

»Vierzig sind im Topf. Das Schätzchen bekommt eine Vorgabe. Sie gewinnt mit der Acht«, verkündete Luker.

Bei Sheilas erstem Stoß verhungerte die Acht am Taschenrand, und sie musste dem nächsten Spieler den

Tisch überlassen. Bei ihrem zweiten ließ sie die Neun mit Schmackes gegen die Acht prallen und versenkte die Acht, worauf sie mit einem Luftsprung in die Hände klatschte. Beim dritten fegte sie in einer Aufnahme alle Bälle bis zur Acht vom Tisch, nur die schien sie nicht einlochen zu können.

Vorsicht, dachte Webster, gut drei Meter hinter ihr.

»Bist du auf Bauernfang, Schätzchen?«, fragte Luker mit vorgetäuschter Gleichmütigkeit.

Sheila sah den Nackenspoiler an. »Wovon redet er?«

Der zuckte mit den Schultern. »Er will wissen, ob du ihn abzocken willst.«

Sheila lachte herzlich. »Oh Mann«, sagte sie.

Aber Luker hatte genug. »Verzieh dich, Schätzchen. Beim nächsten Spiel kannst du nicht mehr mithalten.« Er wandte sich den zwei anderen Spielern zu. »Einsatz dreihundert. Fünfundsiebzig für jeden. Sieben Spiele.«

Sie legte den Zehner, den sie schuldete, auf den Tisch, begann, ihre Queuespitze neu einzukreiden, und wischte dann den gelblichen Staub auf den Oberschenkeln ihrer Jeans ab. Das alles verfehlte nicht seine Wirkung auf den Nackenspoiler und Luker. Immer noch in derselben Haltung (sie machte das wirklich glänzend) fischte sie die anderen Scheine aus ihrer Jeans und legte die restlichen sechzig Dollar von Webster hin, der erst einmal tief Luft holen musste.

»Fünfundsiebzig sind angesagt, Schätzchen«, sagte der Nackenspoiler, sichtlich nervös jetzt. »Geh rüber und kauf dir ein paar Bier.«

Hinter Sheila beugte sich der Mann, der den besten Blick auf ihren Hintern hatte, zum Tisch und legte fünfzehn auf ihre sechzig.

Luker richtete sich zu voller Größe auf und streckte in

Ruhe seinen Rücken, dass es krachte. »Diesmal gibt's kein Handicap«, sagte er mit einem scharfen Blick zu Sheila. Als sie an der Reihe war, beugte sie sich über den Tisch, machte einen katastrophal schlechten Stoß, versenkte aber die Neun. Der Mann, der hinter ihr stand, pfiff laut.

»Reines Glück, Baby«, sagte Luker. Der Nackenspoiler war still geworden.

Sheila zündete sich eine Zigarette an. Webster fragte sich, ob er sie wegholen sollte. Dieser Luker gefiel ihm gar nicht. Bei ihrem zweiten Versuch lochte Sheila alles ein bis zur Neun, aber die schaffte sie nicht. Der Mann hinter ihr stöhnte laut. Er kapierte gar nichts.

Beim dritten Anlauf bewegte sie sich wie eine Tänzerin zum Tisch und ging in Stellung. Die Asche ihrer Zigarette war fast zwei Zentimeter lang, Mittelpunkt der Aufmerksamkeit. Eine Frau mit krausem blondem Haar, die die ganze Zeit schon in Lukers Nähe herumlungerte, klopfte Luker auf den Rücken. Besitzergreifend schlang sie die Arme um ihn. Ihre Hände trafen vor seinem Bauch beinahe zusammen.

Wie gebannt starrten alle auf die Asche. Selbst Webster war sicher, dass Sheila ihren Stoß nicht ausführen konnte, ohne sie auf den Tisch fallen zu lassen, ein Verstoß, den Luker nutzen würde, um sie aus dem Spiel zu werfen. Sheila lochte die ersten sechs Bälle ein, die Sieben in einer Kombination mit der Acht, versenkte dann die Acht und die Neun. Keiner sagte ein Wort. Im hinteren Teil des Restaurants war es mucksmäuschenstill, alle schienen die Luft anzuhalten.

Als sie sich vom Tisch aufrichtete, fing sie die Zigarettenasche elegant mit der Hand auf, und während sie sich niederbeugte, um die Zigarette in einem Aschenbecher auszudrücken, formte sie, zu Webster gewandt, mit den Lippen lautlos das Wort *Auto.*

Er nahm seine Jacke vom Garderobenhaken, ging zur Tür und hörte hinten im Saal ihr Lachen. Ein aufreizendes Lachen, das ihm nicht gefiel. Er hatte Angst um sie. Kein Mann ließ sich gern vor den Augen seiner Freundin abzocken.

Webster wappnete sich gegen die Kälte, wie er das noch bis zum Mai tun würde, gut zwei Wochen nach den ersten wärmeren Tagen. Er zog seine Strickmütze bis über die Ohren hinunter und klappte den Kragen hoch. Zwischen Autoreihen hindurch rannte er zu seinem Wagen, gehetzt von dem Drang, möglichst schnell da zu sein, wo er sein sollte.

Als er mit laufendem Motor vor dem Eingang zum Restaurant stand, nahm er die Mütze ab und versuchte, sein Haar zu glätten. Er drehte das Gebläse an, um das Eis auf der Windschutzscheibe abzutauen. Er prüfte die Benzinanzeige; noch genug für ungefähr zwanzig Kilometer. Er schaltete den Motor aus. Nach zehn Minuten begann er, unruhig zu werden. Er erwog, wieder hineinzugehen, aber wenn sie ein lukratives Spiel am Laufen hatte, würde er alles ruinieren. Nach zwanzig Minuten quälten ihn Vorstellungen von einer Vergewaltigung in einem Hinterhof, obwohl es hier in der Gegend weit und breit keinen Hinterhof gab.

Sie lachte, als sie die Tür des Restaurants aufstieß. Sie hörte auf zu lachen, sobald die Tür zugefallen war.

Sie stieg in den Wagen.

»Fahren Sie«, sagte sie.

Sie waren fast an der Ortsgrenze von Hartstone, als sie endlich etwas sagte. »Ich hab vom Anstoß weg in einer

Aufnahme durchgespielt. Zwei Mal. Der Typ neben mir hat den Topf verwaltet und konnte mir das Geld nicht schnell genug geben.«

»Der dicke Kerl sah aus, als wollte er Sie am liebsten umbringen.«

»Glaub ich nicht«, sagte sie, während sie Websters fünfundsiebzig Dollar abzählte. »Ich glaub eher, er wollte mich vögeln.«

»Ich wollte Sie so schnell wie möglich da rausholen«, sagte Webster.

»Sie haben Retterphantasien.«

»Den Retter zu spielen, ist wirklich das Letzte, wovon ich träume.«

»Aber Sie tun's doch. Beruflich, mein ich.«

»So ein Quatsch«, sagte er.

»Fahren Sie manchmal abends nach New York?«

»Nein.« Er wusste, dass sie nur zum nächsten Pooltisch wollte.

»Sie lügen.«

»Schlagen Sie sich's aus dem Kopf.«

Er konnte nicht über sie bestimmen. Andererseits hatte sie kein Auto.

Erst als sie fast bei ihr zu Hause waren, fragte sie, ob er ihr das Grundstück zeigen würde, das er eines Tages kaufen wollte. Webster war verblüfft. »Es ist stockfinster draußen«, sagte er.

»Aber der Mond scheint.«

Er blickte durch die Windschutzscheibe nach oben. Fast Vollmond. Er hielt an und wendete den Wagen.

»Es hat Ihnen gefallen«, sagte sie.

»Was?«

»Mir zuzuschauen.«

»Wie lange spielen Sie schon Pool?«

»Seit ich auf einem Stuhl stehen konnte.«

»Sie sind sehr gut.«

»Ich bin besser, als Sie glauben«, sagte sie.

Webster fragte sich, ob er sie schlagen könnte.

»Kann ich mal mit Ihnen fahren?«, fragte sie. »Im Rettungswagen.«

»Nein.«

»Warum nicht?«

»Weil es verboten ist.«

»Ich wette, es wär nicht das erste Mal, dass Sie was Verbotenes tun.«

»Trotzdem«, sagte er.

Als er den Hang hinauf zu dem Stück Land fuhr, das er als seines betrachtete, sank die Nadel der Benzinanzeige auf »leer«. Webster hoffte, sie würde wieder steigen, wenn sie den Gipfel des Hügels erreichten. Wenn nicht, konnte er den Wagen immer noch mit ein bisschen Anschieben den Berg hinunterrollen lassen bis zu Sheilas Haus.

Fast in allen Häusern waren die Lichter aus. Nicht nötig, in der Küche oder im Wohnzimmer eine Lampe brennen zu lassen, um einen Einbrecher auf Raubzug zu überzeugen, dass jemand zu Hause war. Alle waren zu Hause, alle schliefen, und Webster wusste, dass keine Tür abgesperrt war. Zwar schloss Webster seinen alten Streifenwagen immer ab, weil so ein ungewöhnliches Fahrzeug mit seiner besonderen Innenausstattung junge Leute reizte, aber seine Eltern hatten weder ihre Autos noch ihr Haus je abgeschlossen. Bei den meisten Polizeirufen ging es um Verkehrsunfälle oder Familienstreitigkeiten nach zu viel Alkohol, nur gelegentlich um einen versuchten Einbruch in ein Geschäft oder Lager. McGill und Nye hatten im Dienst reichlich Zeit zum Pokerspielen.

Als sie die Anhöhe erreichten, fuhr Webster zu der Stelle mit dem schönsten Blick und hielt den Wagen an.

»Da wären wir«, sagte er.

Sie kurbelte das beschlagene Fenster herunter, um besser sehen zu können. Die Kälte traf schneidend ihre Gesichter. Mond und Raureif erleuchteten das Land vor der dunklen Masse der Berge in der Ferne. Er kam selten nachts hierher, er bevorzugte die Farben und die Klarheit des Tages; aber natürlich würde dieses Panorama vor dem Fenster es wert sein aufzubleiben, wenn man hier oben ein Haus hatte.

»Und Sie wollen hier ein Haus bauen?«, fragte sie.

»Vielleicht. Irgendwann mal.«

»Bisschen einsam.«

»Genau darum geht's.«

Sie trat auf das gefrorene Gras hinaus und zog ihre Lederjacke um sich. Webster holte aus dem Kofferraum seine Uniformjacke, die säuberlich gefaltet neben seinem eigenen Notfallkoffer lag. Er schüttelte sie aus und ging zu ihr. Seine Mütze hatte er im Wagen gelassen, und seine Ohren brannten. Er legte ihr die lange Jacke um die Schultern, und sie schob ihre Arme in die Ärmel, die ihr bis über die Hände reichten. Sie wickelte sich in die Jacke ein wie in einen Bademantel.

»Wo ist der Schnee?«

»Wir hatten welchen im Dezember. Kommt bestimmt noch mal ein richtiger Einbruch.«

»Ist Ihnen kalt?«, fragte sie.

»Nicht sehr.«

»Sie sind einfach gern hier.«

»Ja.«

»Ich habe so was noch nie gesehen«, sagte sie aus der Tiefe der Jacke.

Er war glücklich auf dem vereisten Gras, mit kalten Zehen, den Kragen hochgeschlagen, um seinen Nacken zu schützen. Das Land, so schien ihm, erfüllte schon jetzt eine Verheißung.

»Wie lange brauchen Sie noch, bis Sie genug beisammen haben?«, fragte sie.

»Ich werd mal mit dem Mann reden, dem das Land gehört, und ihm erklären, was ich vorhabe. Ich brauche bestimmt noch ein paar Jahre für die Anzahlung, und ich möchte, dass er mir verspricht, es nicht vorher zu verkaufen. Kann aber natürlich sein, dass er es schon seinem Neffen versprochen hat.«

Webster konnte nur Sheilas Augen über dem gelbschwarzen Kragen erkennen.

»Soll ich Ihnen mal was sagen, Webster? Das ist das erste Mal, dass ich wirklich was von Ihnen spüre.«

»Wie meinen Sie das?«

»Sie sind genau da, wo Sie hingehören, stimmt's?«

»Vielleicht.«

Zu seiner eigenen Überraschung ergriff er die Initiative. Er öffnete den hohen Kragen der Jacke und küsste sie. Ihre Lippen waren zu einem halben Lächeln gefroren, aber er wollte nicht aufhören.

Er spürte den Moment, als sie warm wurde. Als er sie zu Boden zog, begann sie an seinem Gürtel zu nesteln. Er sah ihre schlanken Beine vor sich und den weißen Bikini-Slip, obwohl er nichts sehen konnte als ihr Gesicht. Er hoffte inbrünstig, sein Schwanz würde bei dieser Eiseskälte keinen Rückzieher machen.

Sie hielt ihn warm und voll.

»Nimmst du die Pille?«, flüsterte er.

Er spürte ihr Nicken an seiner Wange.

Es war ein Wettstreit, wer den stärkeren Willen besaß, wer am längsten aushalten konnte. Die Kälte vor allem. Es musste schmerzhaft für sie sein, auf dem eisigen Gras zu liegen, selbst mit der Jacke, die nur knapp ihr Gesäß bedeckte. Er fühlte nichts von ihren Brüsten, fühlte überhaupt kaum ein Stück Haut. Er wünschte sich, dass der Akt auf diesem Stück Land, von dem er träumte, besondere Bedeutung hätte, aber er spürte nichts als den Kampf, der er war.

Als es vorüber war, zog er erst ihre Jeans hoch, dann seine. Gleich würden sie aufstehen und zum Auto laufen. Sie lehnte sich zurück und sah ihn an.

»Also, das war ungelogen der kälteste Fick meines Lebens, Mr Webster.«

»An die Rettungswache Hartstone. Wir brauchen ein Team am Hawk Ridge. Weibliche Person, fünfzehn, Verletzungen durch häusliche Gewalt.«

Webster griff nach dem Funkgerät. »Weitere Infos?«

»Anrufer hat aufgelegt. Rückrufversuche erfolglos.«

»Polizei unterwegs?«

»Die haben einen anderen Einsatz.«

Das Haus war eine umgebaute Scheune im einzigen schicken Viertel von Hartstone. Burrows und Webster, gerade von einem anderen Einsatz zurück, fanden eine schlanke Frau in den Vierzigern vor, die vor der Tür wartete, und drinnen, auf dem Sofa, ein muffiges fünfzehnjähriges Mädchen in Jeans und schwarzem T-Shirt.

»Du kommst jetzt her und entschuldigst dich bei diesen Männern«, fuhr die Mutter das Mädchen an. »Sag ihnen, was du getan hast.«

Das Mädchen blieb schweigend sitzen, worauf die Mutter, im korrekten Kostüm, als wolle sie gleich zur Arbeit, wütend mit dem Fuß stampfte, mit Riesenschritten zum Sofa rannte und das Mädchen am Arm packte, um es hochzuziehen.

»Das ist nicht nötig.« Burrows drängte sich zwischen die beiden Frauen und trennte sie. »Gehen Sie da rüber«, sagte er zur Mutter, »und bleiben Sie neben meinem Partner stehen.«

Als die Mutter hinübergegangen war, blickte Burrows schweigend zu dem Mädchen hinunter.

»Was ist denn?«, fragte das Mädchen schließlich.

»Bist du verletzt?«, fragte er.

Sie hatte kurzes blondes Haar, ein Wangenpiercing und tieflila geschminkte Augen. Auf seine Frage verdrehte sie genervt die Augen, schüttelte aber verneinend den Kopf.

»Na schön, wenn sie es Ihnen nicht sagt, sag ich es«, fauchte die Mutter. »Sie hat 9-1-1 angerufen und behauptet, mein Verlobter, ihr zukünftiger Stiefvater, hätte sie geschlagen und vergewaltigt. Mein *Gott!* Sehen Sie irgendwo Spuren von Schlägen? Als sie den Rettungswagen vorfahren sah, hat sie gestanden, was sie getan hat. Ich bin außer mir.«

»Ist an diesen Behauptungen etwas Wahres?«, fragte Webster die Frau.

»Verdammt noch mal, nein! Sie ist völlig übergeschnappt. Vince, mein Verlobter, war seit gestern Abend nicht mehr hier. Da hat er mit uns gegessen, und meine Tochter war die ganze Zeit so unverschämt und beleidigend, dass er nur noch gehen konnte.«

Burrows richtete das Wort wieder an das Mädchen. »Hat der Mann dir irgendetwas angetan?«

»Irgendetwas? Wenn Sie's genau wissen wollen, Doc, er hat mein Leben verpfuscht.«

»Ich bin kein Arzt.«

»Egal.«

»Hat er dich angerührt oder geschlagen?«

»So gut wie.«

»Ich muss dich jetzt kurz untersuchen, um festzustellen, ob Verletzungen vorhanden sind.«

»Ich dachte, Sie sind kein Arzt.«

»Ich bin Rettungssanitäter.«

»Sie Ärmster.«

Burrows ließ sich in die Hocke nieder und griff nach ihrem Arm, um den Puls zu fühlen.

»Scheiße, rühren Sie mich nicht an!«, schrie sie, das Gesicht zu einer hässlichen Fratze verzerrt.

Webster trat zu Burrows und nahm ihn zur Seite. Sein Blick streifte durch die offenen Räume, zu der höher gelegenen Wohnebene mit Galerie, zur Küche mit dem überdimensionalen Kühlschrank.

»Was meinst du?«, fragte er.

»Ohne ihre Einwilligung darf ich sie nicht untersuchen.«

»Offensichtlich hat sie 9-1-1 nur angerufen, um ihre Mutter zu ärgern«, sagte Webster.

Burrows drehte sich um. »Würden Sie mir Ihren Namen sagen, Madam?«

»Natalie Krueger.«

»Und der Name Ihrer Tochter?«

»Charity.«

Webster hätte beinahe eine Augenbraue hochgezogen. Welche vernünftige Mutter nannte ihre Tochter heutzutage noch Charity?

»Abschaum«, sagte das Mädchen auf dem Sofa. »So hat mich ihr toller Freund gestern Abend genannt.«

»Mrs Krueger, wo hält sich Ihr Verlobter gegenwärtig auf?«

»In Massachusetts, da lebt er«, antwortete sie süffisant. »In Williamstown.«

»Wann hat er Ihr Haus verlassen?«

»Das habe ich Ihnen doch schon gesagt. Gestern Abend. Es tut mir leid, dass Sie belästigt worden sind. Ich hätte es verhindert, wenn ich es vorher gewusst hätte.«

Burrows versuchte zu erklären. »Ohne die Zustimmung Ihrer Tochter können wir im Moment nichts tun.«

»Und die kriegen Sie bestimmt nicht«, verkündete Miss Abschaum vom Sofa her.

»In ein paar Minuten wird die Polizei hier sein«, sagte Burrows zu dem jungen Mädchen. »Darauf solltest du dich schon mal vorbereiten. Sie werden mehr zu fragen haben als wir.«

»Mist.«

»Ja, was, verdammt noch mal, hast du denn geglaubt, wird passieren?«, schrie die Mutter.

Burrows neigte sich zu Webster. »Wir könnten die Bullen zurückpfeifen. Solche Gören lassen sich doch dauernd das dümmste Zeug einfallen, um ihren Eltern das Leben schwer zu machen.«

»Sie hat den Kerl immerhin beschuldigt, sie geschlagen und vergewaltigt zu haben.«

»Was sagt dir dein Gefühl?«, fragte Burrows.

»Eine Räuberpistole. Um die Mutter in den Wahnsinn zu treiben.«

»Ja, seh ich auch so«, sagte Burrows. »Ich werd's mal melden.« Er nahm das Funkgerät von seinem Gürtel und rief die Leitstelle. »Am Einsatzort scheint alles in Ordnung zu sein.«

»Waffen?«

»Nein. Können Sie mir genauer sagen, wann mit dem Eintreffen der Polizei zu rechnen ist?«

»Die sind gerade fertig geworden. Sollten in fünfzehn bis achtzehn Minuten bei Ihnen sein.«

»Warten wir, bis sie kommen?«, fragte Webster, nachdem Burrows das Gespräch beendet hatte.

»Müssen wir wohl.« Er zuckte mit den Schultern. »Wir können uns ja in den Wagen setzen.«

Wäre es für ihn und Burrows nicht schon zwanzig Minuten nach Dienstschluss gewesen, dachte Webster später, hätten sie vielleicht umsichtiger gehandelt.

Webster trat zu dem muffigen jungen Mädchen auf dem Sofa. Sie lag mit weit gespreizten Beinen in die Polster zurückgelehnt, entweder total entspannt oder bewusst aufreizend. »Aus Jux den Notdienst anzurufen und Märchen zu erzählen, ist ein schwerwiegendes Vergehen«, sagte er. »Tu das nie wieder.«

Als er wegging, glaubte er ein nachgeäfftes »Tu das nie wieder« zu hören. Am liebsten wäre er umgekehrt und hätte ihr gründlich die Leviten gelesen. Er tat es nicht.

Webster fuhr den RTW die Einfahrt hinunter bis zur Straße, und dort warteten sie fünfzehn Minuten, bis sie endlich die Polizei kommen sahen. Nye ließ sein Fenster herunter. »Was gibt's?«

»Falscher Alarm«, sagte Webster, der hinter dem Lenkrad saß. »So ein junges Ding, das seine Mutter ärgern wollte.«

»Das hat uns gerade noch gefehlt.«

McGill stöhnte nur.

»Tun Sie, was Sie für richtig halten«, sagte Webster. »Vielleicht muss der Kleinen mal jemand aufs Dach steigen. Keine Ahnung, aber sie macht ihre Mutter fertig.«

Nye verdrehte die Augen.

Webster und Burrows brausten ab. Sie waren noch keine zwei Kilometer gefahren, als die Leitstelle sich erneut meldete. »Von Ihrem letzten Einsatzort werden schwere Verletzungen gemeldet.«

»Es ist falscher Alarm«, gab Burrows zurück. »Ein junges Mädchen, das seine Mutter nerven will. Telefonstreich.«

»Nein, glaub ich nicht«, widersprach der Mann von der

Leitstelle ruhig. »Der Ruf kam von einem Polizisten. Und im Hintergrund schreit jemand.«

Webster wendete den Wagen und trat aufs Gas. Als sie ankamen, sprinteten sie zum Haus. Burrows würde das Mädchen festnehmen lassen, dachte Webster, wenn das wieder falscher Alarm war. Er stürmte durch die offene Haustür. Von dem jungen Mädchen war nichts zu sehen, aber die Mutter schrie wie am Spieß. Die rechte Seite ihres Gesichts und ihres Halses waren von Verbrennungen und Blasen entstellt, und ein Teil ihrer Haare war bis auf die Kopfhaut verbrannt.

»Scheiße«, sagte Webster leise.

Nye versuchte, die Frau dazu zu bringen, sich aufs Sofa zu legen.

»Wir übernehmen das«, sagte Burrows. »Haben Sie das Mädchen gefunden? Sie ist wahrscheinlich oben.«

»McGill kümmert sich um sie. Auf dem Boden haben wir eine leere Flasche Toilettenreiniger gefunden.« Nye wies auf die Flasche, die immer noch auf dem Boden lag.

Burrows sicherte die Atemwege. Die ätzenden Dämpfe konnten schwere Schäden hervorrufen. Er intubierte und legte dann einen Tropf für die Zuführung eines Schmerzmittels. Er bemühte sich, die Frau zu beruhigen.

»Salzsäure«, sagte Burrows zu Webster. »Wir müssen spülen. Besorg mir einen großen Krug kaltes Wasser. Großer Gott, ihr Auge hat's auch erwischt. Verbrennung dritten Grades auf der Wange.«

Burrows schnitt die Kleidung auf und nahm allen Schmuck ab. Auf der Kleidung konnte noch Salzsäure sein. Er breitete eine Decke über sie.

Er gab der Frau Fentanyl gegen die Schmerzen.

Als Webster mit dem Krug zurückkam, begann Burrows mit der Spülung, wobei er gewissenhaft darauf achtete, dass kein Tropfen Salzsäure auf gesundes Gewebe geriet.

»Ihr beiden wart doch eben erst hier, oder?«, fragte Nye.

»Ja«, bestätigte Webster, »aber da war alles in bester Ordnung.«

Nye starrte ihn wortlos an.

»Es schien in bester Ordnung zu sein«, korrigierte sich Webster. »Keine Verletzungen.«

Burrows sagte: »Es sah nach einem schlechten Scherz aus. Das Mädchen hatte behauptet, der Freund der Mutter hätte sie geschlagen und vergewaltigt. Aber ich hatte den Eindruck, dass sie log.«

»Haben Sie sie untersucht?«

»Nein. Sie hat es nicht zugelassen.«

»Bringt die Mutter ins Mercy Hospital. Wir kümmern uns um die Tochter. Ich würde sagen, ihr habt's gerade richtig vermasselt, Sie und Ihr Stift hier.«

Es war schlimmer, als Burrows oder Webster geahnt hatten. Bei der Untersuchung der Tochter im Krankenhaus wurden Spuren sexueller Gewalt festgestellt. Mindestens zwei Verbrechen waren verübt worden: Ein fünfzehnjähriges Mädchen war vergewaltigt worden; dasselbe Mädchen hatte seiner Mutter Salzsäure ins Gesicht geschüttet. Die Mutter hatte schwere Verbrennungen davongetragen, unter anderem an der Hornhaut des Auges.

»Dafür werd ich einen schönen Anschiss kriegen«, sagte Burrows auf der Rückfahrt zu Webster.

»Ich bin genauso schuld«, erklärte Webster.

»Sehr edel, aber das ändert nichts. Ich hatte die Leitung. Ich bin verantwortlich.«

»Ich lass dich doch nicht hängen.«

»Du hältst dich raus. Hast du mich verstanden, Kleiner? Du hast getan, was ich dir gesagt habe, und basta. Mich schmeißen sie so schnell nicht raus. Bei dir ist das was anderes. Du bist deinen Job los, noch ehe du den Wagen abgespritzt hast. Wenn sie mit dir reden, sagst du, du hast meine Anweisungen befolgt. Verstanden?«

Webster nickte.

»Wie bitte?«, fragte Burrows laut und nachdrücklich.

»Verstanden«, sagte Webster.

»Wir hätten uns nur einfach nicht vom Fleck rühren dürfen«, brummte Burrows kopfschüttelnd.

Webster waren schon Patienten unter den Händen weggestorben. Das war schlimm genug. Aber einem Patienten geschadet zu haben, weil er nicht vor Ort geblieben war, das war brutal.

Sie kamen am Rathaus vorbei, einem ehemaligen Ranchhaus aus Backstein, das zum Amtssitz umfunktioniert worden war. Die Bibliothek hatte zwei Stockwerke und eine Steinfassade, aber auch sie wirkte aufgedonnert, als wäre sie früher vielleicht ein Futter- und Getreidespeicher gewesen. Webster war kein Bücherwurm, aber er las abends zum Vergnügen.

Keezer's Diner war jetzt, mittags um halb zwölf, fast voll, jedes Fahrzeug davor ein Pick-up mit Werkzeugen und blauen Planen hinten auf der Pritsche. Er fragte sich, ob Sheila arbeitete. Mother's Country Kitchen gab es nicht mehr, aber der Quilt Shop kämpfte noch. Webster kannte jeden Laden und jede Werkstatt im Ort. Manchmal fuhr er ganz gern über die Grenze nach New York irgendwohin, wo er noch nie gewesen war, wo er niemanden kannte.

Sie fuhren am Maple Leaf Gift Shop, an Armands Pizzeria und Roberts Bestattungsunternehmen vorüber. In einer schmalen Straße hinter dem Bestattungsunternehmen hatte die American Legion ihr Haus. In dessen Versammlungssaal hatte vor erst vier Jahren der Abschlussball von Websters Klasse stattgefunden. Er bog links ab zur Rettungswache. Er stellte den RTW an seinem Platz in der Garage ab, rückwärts eingeparkt, um ohne langes Manöver wieder starten zu können. Burrows ging ins Hauptgebäude.

Webster blieb vor dem Wagen stehen und starrte in den Tag hinaus. Der Schnee der vergangenen Nacht lag noch auf den Bäumen und glitzerte in der Sonne. Er bekam plötzlich Lust, Skilaufen zu gehen, und fragte sich, ob Sheila Ski lief. Wahrscheinlich nicht. Er hatte sich Chelsea auf einer Landkarte angeschaut, es lag weit weg von Skipisten und Sesselliften.

Er trat ein paar Schritte vor das Garagentor. Er würde zu ihr fahren, sobald er mit seinem Dienst fertig war.

Er wollte Sheila herausholen aus diesem Verandazimmer bei den gruseligen alten Leuten, die tonnenweise DevilDogs aßen, dieses schmierige, pampige Süßzeugs. Er konnte sich nicht vorstellen, wie sie aussahen, und hoffte, er würde ihnen nie begegnen. Aber wohin mit ihr? Ins Haus seiner Eltern konnte er sie nicht holen. Ausgeschlossen. Und sie hatte kein Geld außer dem, was sie den Kerlen am Pooltisch abgeluchst hatte, und vielleicht einem Wochenlohn. Am liebsten hätte er sich mit ihr in ein Flugzeug gesetzt und wäre irgendwo hingeflogen, wo es warm war. Vielleicht nach Florida. Oder Mexiko. Zu zweit allein am Strand, er in der Badehose, sie im Bikini, jeder mit einer Piña Colada in der Hand.

»Webster!«

Er drehte sich um.

»Was zum Teufel treibst du da, Kleiner?«, fragte Burrows. »Baust du Schneemänner?«

»Nein, Chef«, antwortete Webster.

»Du bist noch im Dienst, falls dir das entfallen sein sollte.«

Webster zog den Vorhang auf. Er wusste den Namen der Kleinstadt, in der er und Sheila gelandet waren, aber gesehen hatte er sie nur bei Nacht, als sie zu dem B&B gefahren waren, beide ein wenig angetrunken, sie mehr als ein wenig. Abends um elf waren die Straßen wie ausgestorben gewesen, aber jetzt war das Städtchen erwacht: Fußgänger stemmten sich gegen einen scharfen Wind, Pick-ups fuhren geschäftig auf und ab; auf dem verkrusteten Schnee lag schon blendender Sonnenglanz. Das B&B war Sheilas Idee gewesen. Bis dahin waren sie immer nur samstags rausgefahren und hatten sich auf diesen Tagesausflügen, die sie jedes Mal weiter von Hartstone wegführten, irgendwo in eine Bar oder ein billiges Restaurant gesetzt. Aber diesmal hatte sie ein Wochenende daraus machen wollen. Webster kam sich manchmal vor wie ein Gummiband, das bei den ersten Tönen aus seinem Funkgerät ruckzuck zur Rettungswache zurückschnurrte. Er würde lernen müssen, diesen Ruf zu ignorieren. Er war nicht im Dienst.

Er hatte nur seine Boxershorts an. Das Zimmer war überheizt, und sie konnten die Temperatur nicht regulieren. Bei ihrer Ankunft am vergangenen Abend war die Hitze willkommen gewesen. Beinahe drei Monate war Sheila jetzt in Vermont und hatte sich noch immer weder eine Winterjacke noch ordentliche Stiefel gekauft. Der Frühling ist ja gleich um die Ecke, sagte sie stets, wenn

Webster das Thema aufs Tapet brachte, als würde sie nie wieder einen Winter erleben müssen. Jedenfalls keinen in Vermont.

Zwei Wochen nach der Nacht unter dem beinahe vollen Mond war Webster zur Vollzeitkraft aufgestiegen und blieb nun während seiner Dienstzeiten in der Rettungswache. Man hatte ihm die Friedhofsschicht aufgebrummt: Mitternacht bis acht Uhr morgens. Sheila arbeitete tagsüber bei Keezer's. Wenn sein Dienst beendet war, blieb er meistens noch etwa zwanzig Minuten auf der Wache zur Besprechung mit dem nächsten Team, dann ging er zum Frühstück in den Diner. Sie wirkte irgendwie herabgewürdigt in dem glänzenden, grauen Kleid mit der weißen Schürze. Meistens sagte sie zu ihm, er sehe beschissen aus, und er sagte ihr, sie sehe gut aus. Manchmal streifte sie seine Hand mit der ihren. Einmal hatte sie sich zu ihm hinuntergebeugt und ihm den Arm um die Schultern gelegt, während sie so getan hatte, als läse sie einen Artikel in der Zeitung, die Webster auf dem Tresen ausgebreitet hatte. Für Webster war das Frühstück im Diner eine unerlässliche Notwendigkeit, aber er war innerlich wund, wenn er wieder gehen musste. Er empfand Sheila wie eine Droge, die ihn nach dem ersten Schuss süchtig gemacht hatte.

Manchmal fragte Sheila ihn, wie die Nacht gewesen war. Dann erzählte er ihr alles von jedem einzelnen Fall, befreite sich von den Bildern und Gerüchen. Sie machte niemals scharfzüngige Bemerkungen über seine Arbeit. Vielleicht war die Erinnerung an ihren eigenen Unfall noch zu frisch. Er hätte gern gewusst, was sie abends tat.

Am vierten Tag seiner dritten Woche war er mit Burrows zur Wache zurückgekommen. Sie hatten eine schlimme Nacht hinter sich, und die Bilder waren nicht schön. Er räumte hinten im RTW auf und schleppte so viel Gerät, wie er tragen konnte, in den Dienstraum, wo er es auf den Tisch legte. Ganz konzentriert darauf, die Geräte in die Becken zu bugsieren, ohne etwas fallen zu lassen, bemerkte er gar nicht, dass Sheila drüben beim Kaffeeautomaten stand. Erst als ihm die merkwürdige Stille im Raum auffiel, blickte er auf und sah sie mit Callahan beisammenstehen, einem Neuen, der zur nächsten Schicht eingeteilt war.

Einen Moment lang war er wie gelähmt. Was zur Hölle hatte Sheila hier zu suchen? Sie trug ihre Lederjacke, einen schwarzen Rolli, eine andere Jeans. Ihre Haare waren hochgesteckt. Der Schock durchzuckte ihn von den Lenden bis zum Herz. Burrows legte ihm die Hand auf die Schulter. »Entspann dich, Webster«, sagte er. »Du weißt doch, dass man in dieser Stadt nichts geheim halten kann.«

Webster ging zu Sheila hinüber, und Callahan verdrückte sich. Hinter ihnen wurden ein paar dumme Sprüche gerissen.

»Was tust du hier?«, fragte er.

»Ich wollte dir einen Drink spendieren.«

»Es ist acht Uhr morgens. Da hat im ganzen Staat Vermont keine Bar offen.«

Sie lehnte sich an die Wand und legte den Kopf zur Seite. »Und in Albany?«, fragte sie, um ihn zu necken. »Das ist doch eine Stadt, oder?«

»Ich fahr bestimmt nicht nach Albany.«

Sie drückte einen Finger an ihre Wange, als müsste sie nachdenken. »Die Bar bei mir ist geöffnet«, sagte sie, als wäre ihr das eben eingefallen.

»Um diese Zeit?«

»Ja.«

»Musst du nicht arbeiten?«

»Ich bin beim Zahnarzt«, sagte sie lächelnd. »Glaubt jedenfalls Keezer.«

»Wo ist dein Wagen?«, fragte er.

Die zwei Alten, bei denen Sheila das Verandazimmer mietete, hatten ihr erlaubt, ihren museumsreifen Buick zu fahren, da sie ihn ohnehin nie benutzten. Sheila hatte vor, ihn zu kaufen, sobald sie genug gespart hatte. Sie brauchte einen Wagen für die Fahrten zur Arbeit, und Webster vermutete, die alten Leute halfen ihrer Mieterin nur zu gern. Sheila machte sich längst nicht mehr so viel über sie lustig wie zuvor.

»Steht auf der Straße.«

»Ich muss das Zeug hier noch reinigen und wegpacken. Dann mit der nächsten Crew reden. Sagen wir, zwanzig Minuten, dann fahr mir einfach hinterher.«

Webster spürte die Blicke der anderen, während er ruhig vor sich hin arbeitete. Wenn einer von ihnen ihn wegen intimen Kontakts zu einer Patientin melden wollte, dann konnte er das nicht ändern. Eigentlich sollte er Sheila böse sein, dass sie ihn so leichtfertig in diese Situation gebracht hatte.

Draußen stieg er in seinen Wagen und fuhr los. Sheila folgte ihm. Er ließ den Wagen in der Einfahrt seiner Eltern stehen und lief zu Sheilas Buick, der mit laufendem Motor ein Stück weiter unten stand. Er wollte nicht, dass sein alter Streifenwagen vor ihrem Haus bemerkt wurde. Wenn seine Kumpel bei der Rettung von Sheila wussten, so war das eine Sache. Etwas ganz anderes war es, wenn Nye und McGill dahinterkamen.

»Nimm's mir nicht übel«, sagte er, als er einstieg. »Aber hier stinkt's.«

»Du kannst dir nicht vorstellen, wie der Wagen ausgesehen hat, bevor ich ihn sauber gemacht habe. Ich glaube, die hatten einen Hund, der immer auf den Rücksitz gepinkelt hat. Wenn's dich stört, mach einfach das Fenster auf. Ich bin's gewöhnt.«

Webster öffnete das Fenster einen Spalt.

Bei ihr angekommen, schaute er sich einmal kurz in der Küche um, dann fasste er sie am weichen Ärmel ihrer Jacke, drehte sie herum und küsste sie. Sie riss sich los und lachte ihn aus. Sie führte ihn auf die Veranda hinaus. Es war ihm egal, dass sie so dicht an der Straße waren. Sollte ruhig die ganze Welt zuschauen.

Sie setzte sich auf die Schlafcouch und begann so ungeniert, als wäre sie allein, ihre Kleider abzulegen. Eine andere Frau hätte vielleicht eine pikante Szene daraus gemacht. Zum ersten Mal sah Webster ihre Brüste, ihr Schamhaar, die Narbe quer über ihrem Bauch.

»Du bist schön«, sagte er. Dann wies er mit einer Kopfbewegung zu der Narbe. »Wird das nicht wehtun?«

»Ich glaube nicht, dass ich das merken werde«, sagte sie. »Aber wenn du noch länger in deiner Jacke hier rumstehst, könnte ich anfangen, mich zu langweilen, und einschlafen.«

Sheila, die sich auf so nüchterne Art ihrer Kleider entledigt hatte, offenbarte sich als eine Frau, bei der sich mindestens so viel aufgestaut hatte wie bei Webster. Sie würden vielleicht noch Wochen brauchen, bis sie lernten, es mit Muße anzugehen.

In dem überheizten Zimmer des B&B betrachtete Webster die schlafende Sheila, die Decke über der Brust hochgezogen, ein schlanker Arm bloß und entspannt. Das glänzende braune Haar auf dem Kopfkissen hatte immer etwas Magisches für ihn gehabt. Die geblümte Tapete und die

Stilmöbel um sie herum verschwammen zu nichts. In den letzten Wochen war sie eine Touristin geworden.

»Dich hat die Wanderlust gepackt«, hatte er einmal im Auto zu ihr gesagt.

»Was soll das heißen? Dass ich gern gleichzeitig vögele und wandere?«

Webster legte sich wieder ins Bett, um ihr nahe zu sein. Er kannte jeden Teil ihres Körpers – den Flaum auf ihren Armen, die harten Muskeln an der Innenseite ihrer Oberschenkel, den schönen Schwung ihrer Hüfte. Wenn sie verkatert erwachte, verbarg sie es gut, bis auf den schrecklichen Durst.

Er streichelte ihren Arm von der Schulter bis zum Handgelenk. Er wollte sie wecken. Er sah so gern das erste Flattern ihrer Lider, die Freude in ihren Augen, wenn sie ihn erblickte. Manchmal lächelte sie. Er hielt das Glas Wasser bereit. Sie richtete sich auf einen Arm gestützt halb auf und trank es aus, und später, wenn sie sich geliebt hatten, holte er ihr ein zweites und zwei Aspirin.

An diesem Morgen jedoch wurde sie so widerstrebend wach, als wollte sie gar nicht in die Welt zurückkehren. Webster wartete zuversichtlich. Aber dann fuhr sie im Bett in die Höhe und hielt sich die Nase zu.

»Was ist das für ein ekliger Geruch?«, fragte sie.

Webster sog prüfend die Luft ein. »Der Kaffee? Ich habe ihn in dem Kaffeekocher auf der Kommode gemacht. Er schmeckt scheußlich, aber ich wollte nicht halb nackt loslaufen und ein Café suchen.« Er strich mit den Fingern ihren Rücken hoch.

»Webster«, sagte sie, den Kopf gesenkt.

Es erschreckte ihn, wie sie seinen Namen sagte. Er wartete. »Was ist denn?«, fragte er.

»Scheiße.«

Sie mag nicht mehr, und jetzt wird sie es mir sagen. Er schloss die Augen. Er konnte sie nicht daran hindern.

»Willst du's schlicht und einfach?«

»Immer.«

»Ich bin schwanger.«

Das Wort traf ihn wie ein betäubender Schlag. An Schwangerschaft hatte er nie gedacht.

»Bist du sicher?«, fragte er.

Sie strich sich das Haar aus dem Gesicht und sah ihn an. »Sehr sicher.«

»Und wie weit bist du?«

»Zehnte Woche.«

»Warst du beim Arzt?«

»Ja.«

Ein Dialog, dachte er, wie er Tausende von Malen zwischen Tausenden von Paaren stattfand, und dennoch in diesem Moment einmalig, als wäre er der erste Mann, der je unter einem einzigen Wort zu Boden gegangen war.

Oben auf dem Hügel hatte er sie gefragt, ob sie die Pille nehme, und sie hatte genickt. Später hatte sie gesagt, das Diaphragma sei ihr lieber. Hatte sie wirklich genickt? Hatte er sich getäuscht?

Nichts als Mist, die ganze Biologie. Die scherte sich doch einen Dreck drum, was Mutter Natur so nebenbei tat.

Beinahe hätte er gefragt: »Wie kannst du sicher sein, dass es von mir ist?«, aber er hielt sich gerade noch rechtzeitig zurück.

Fang damit gar nicht erst an.

»Ich weiß nicht, wie das passieren konnte«, sagte sie. »Ich hab die Pille genommen, und als ich dann diese Blutungen bekam, hab ich mich für das Diaphragma entschieden.«

Er starrte auf die Steppdecke. Verschwommene Farben begannen sich zu klären. Er konnte rote Blumen auf einem elfenbeinweißen Grund erkennen, ganze Vierecke in Blau, geknotete Fäden an den Ecken der Flicken. Einen Moment lang stellte er sich vor, Sheila wäre glücklich und er von ihrem Glück angesteckt. Dann stellte er sich vor, sie wollte einen Abbruch, und er unterstützte sie in diesem Entschluss. Schließlich sah er sie ängstlich, mindestens so verwirrt wie er selbst war.

»Ich werde eine wirklich gute Mutter sein«, sagte sie, und Webster war zum zweiten Mal überrascht. Sie drehte sich um und sah ihn an, als wüsste sie, dass sie ihm vielleicht zu viel zugemutet hatte und er immer noch im Schock war.

»Und woher weißt du, wie man das macht?«

Sie küsste ihn. »Das finden wir gemeinsam heraus, Webster.«

Sie würde ihn nicht fragen, wie er zu der Schwangerschaft stand.

Wieder glaubte Webster Sheila glücklich. Er versuchte, am Laken vorbei ihren flachen Bauch zu sehen. Irgendwo unter der Narbe lag sein Kind eingebettet.

Er brauchte nichts zu tun als loszulassen, es geschehen zu lassen.

Wenn er weiterfragte, würde sie seine Unsicherheit erkennen und, wenn das Kind da war, immer an das Gerede denken müssen und sich Gedanken machen. Webster würde es bereuen. Er liebte Sheila, dessen war er sicher. Die Vorstellung, nicht mit ihr zusammen zu sein, tat weh. Außerdem war er für die Schwangerschaft genauso verantwortlich wie sie. Mindestens. Er war der Mann, Herrgott noch mal. Er war Rettungssanitäter. Warum hatte er nicht einfach ein Kondom benutzt?

Er strich ihr über das glänzende Haar. Es gefiel ihm, wie es auf beiden Seiten eine geschmeidige Welle bildete. Andere Frauen, dachte er, zahlten wahrscheinlich über die Jahre einen Haufen Geld dafür, sich die Haare so stylen zu lassen, wie sie bei Sheila ganz natürlich fielen.

Ein Kind. Eine Familie. Vielleicht eine eigene Wohnung. Und er würde sie unterstützen, wo er konnte. Soweit er konnte. Er dachte an die langen Nächte, die er ihr fern sein würde, und ganz flüchtig blitzte ein Bild von Sheila auf, mit einem schlafenden Säugling auf dem Schoß und einem Glas Bacardi unter dem Sofa. Er verscheuchte es so schnell, wie es gekommen war.

Dennoch musste er daran denken, wie viel sie am Abend zuvor getrunken hatte, und wurde plötzlich ärgerlich. Warum hatte sie das getan? Sie hatte es doch gewusst. Ein letztes Hurra?

Komm, lass den Ärger, sagte er sich.

Wer nicht wagt, der nicht gewinnt. Dies war ein Wagnis der gefährlichsten und wundervollsten Art. Man setzte sein Leben auf ein winziges Samenkorn.

»Ich bin dabei«, sagte er.

In frischem Hemd und Khakihose, ausgeruht von längerem Schlaf nach einem nächtlichen Einsatz, trat Webster in die Küche, wo er seinen Vater mit zwei Rolling Rocks in der Hand vorfand.

»Willst du noch eins?«, fragte Webster. Im letzten Jahr hatten seine Eltern ihn ab und zu aufgefordert, sich in der Stunde, die sie gewöhnlich allein verbrachten, zu ihnen zu setzen. Manchmal hatte er es getan. Manchmal nicht.

»Klar«, sagte sein Vater, unverkennbar erfreut darüber, dass sein Sohn seine Gesellschaft suchte. Er drückte den Kühlschrank mit dem Ellbogen auf.

»Ich hol es schon«, sagte Webster.

Mit seinem Bier in der Hand folgte er seinem Vater ins Wohnzimmer. Wenn sein Vater erfreut ausgesehen hatte, so war seine Mutter offensichtlich überglücklich. Webster war mulmig zumute. Wenn einer von ihnen ahnte, dass eine Krisensitzung bevorstand, so ließ er es sich nicht anmerken.

Eine mit gehackten Walnüssen gespickte Käsekugel wartete von Kräckern umgeben auf einem Teller. »Wir bekommen dich ja kaum noch zu sehen«, sagte seine Mutter und strich sich über die Haare. Beinahe übermütig klopfte sie auf die Polster neben sich. »Du arbeitest anscheinend rund um die Uhr.«

Seine Mutter trank ihr Bier aus einem Weinglas. Webster setzte sich neben sie und zeichnete mit dem Finger Muster in die Feuchtigkeit auf der beschlagenen, leuchtend grünen Flasche.

»Noch ein paar Wochen«, sagte seine Mutter, »dann sitzen wir abends wieder auf der Veranda. Ich muss jetzt wirklich mal den ganzen Dreck wegmachen, der sich im Winter angesammelt hat.«

»Wie läuft die Arbeit?«, erkundigte sich sein Vater. »Hast du jemanden gerettet, den ich kenne?«

Sein Vater kannte fast jeden in Hartstone.

»Asa Bennett ist gestern gestürzt«, berichtete Webster. Er sagte nicht Mr Bennett, wie er das noch vor zwei Monaten getan hätte. Verrückt eigentlich, dass das Unterschlagen eines einzigen kleinen Worts ausreichte, um eine umwälzende Veränderung in einer Vater-Sohn-Beziehung zu signalisieren. »Er hat sich die Hüfte gebrochen.«

»Wie soll der Arme denn zurechtkommen?«, fragte seine Mutter. »Wie alt ist er inzwischen?«

»Vierundachtzig.«

»Und Alice ist jetzt seit, hm, mindestens zwei Jahren tot.«

Seit drei Jahren, wie Webster aus dem Patientenbericht wusste. »Ich weiß nicht, wie es mit ihm weitergeht, wenn er wieder auf den Beinen ist«, sagte er. »Ich bringe sie immer nur ins Krankenhaus. Manchmal höre ich, was danach passiert, aber meistens nicht.«

»Gott, was für ein Beruf!«, rief seine Mutter, nicht zum ersten Mal. Webster war nie sicher, ob sie damit sagen wollte ›Was ist das für ein schrecklicher Beruf‹ oder ›Was ist das für eine wundervolle Gelegenheit, anderen Menschen zu helfen‹. Zutreffend war in seinem Fall beides.

Webster räusperte sich. »Ich bin mit jemandem zusammen«, sagte er.

Seine Mutter verschluckte sich an ihrem Bier. Webster klopfte ihr auf den Rücken. »Wie schön«, sagte sie, als sie wieder sprechen konnte, ein wenig krächzend.

»Wer ist es?« Sein Vater saß in dem gepolsterten Ohrensessel, der seit Websters Kindheit immer schon »Dads Sessel« war.

»Sie heißt Sheila Arsenault. Sie ist aus Boston, aber sie will in Vermont bleiben.«

»Ich kannte mal eine Familie Arsenault«, meinte seine Mutter nachdenklich, »aber die waren aus Quebec.«

»Wie lange bist du schon mit ihr zusammen?«, fragte sein Vater.

»Ungefähr vier Monate«, antwortete Webster, leicht übertreibend.

»Was macht sie?«, fragte seine Mutter.

»Im Moment arbeitet sie als Bedienung, aber sie ist auf der Suche nach was Besserem.«

»Und wo arbeitet sie?«, fragte seine Mutter weiter.

Webster wünschte, er könnte etwas Passableres nennen. »Bei Keezer's. Aber nur vorübergehend. Fürs Erste.«

»Aha«, sagte seine Mutter, mehr neugierig als wertend. »Und wie sieht sie aus?«

»Sie ist groß und schlank. Braune Haare, blaue Augen. Sehr hübsch.«

»Wo hast du sie kennengelernt?«, wollte sein Vater wissen.

»Im Diner«, log Webster, der wusste, dass die Wahrheit seine Eltern auf fatale Gedanken bringen würde.

Er merkte, dass sein Vater hellhörig geworden war. Er starrte ihn an, als suchte er nach einem verräterischen Zeichen. Wann hatte Webster es seinen Eltern je so förmlich mitgeteilt, wenn er eine neue Freundin hatte?

»Bring sie doch mal zum Essen mit«, sagte seine Mutter und dachte wahrscheinlich schon über die Speisenfolge nach.

»Danke, gern. Aber vorher muss ich euch noch was sagen.« Webster beugte sich vor, die beinahe noch volle Bierflasche zwischen den Knien. »Sheila ist schwanger.«

Beide Eltern erstarrten mit halb erhobenen Armen. Unter anderen Umständen wäre es zum Lachen gewesen.

Webster musste sich zwingen weiterzuatmen. Das Haus war so still wie sonst nur dann, wenn er allein war. Nichts als das Ticken der Uhr, das Brummen des Kühlschranks, das Knacken der Heizung.

Seine Mutter senkte ihr Glas. Sein Vater trank aus und stellte die Flasche hart auf den Tisch.

»Von mir«, sagte Webster, um dem Unausweichlichen vorzugreifen.

Sein Vater schüttelte skeptisch den Kopf und stellte genau die Frage, auf die der Sohn seiner Freundin gegenüber verzichtet hatte. »Wie kannst du da sicher sein?«

»Ich bin sicher«, sagte Webster.

»Peter«, jammerte seine Mutter. »Du bist erst einundzwanzig.«

»Fast zweiundzwanzig«, entgegnete Webster.

»Wie weit ist sie?«, fragte sein Vater, nicht bereit, lockerzulassen. Seine Mutter sah aus, als würde sie gleich zu weinen anfangen.

»Im dritten Monat«, sagte Webster.

Eine leichte Rechnung.

Sein Vater wandte sich ab. Webster glaubte, er würde aufstehen und gehen, erst aus dem Zimmer und dann aus dem Haus, und erst nach ein paar Stunden wiederkommen.

»Du bist erst einundzwanzig«, wiederholte seine Mutter, anscheinend unfähig, über diese Tatsache hinauszudenken.

Aber sein Vater ging nicht. »Will sie …« Er schien es nicht über sich zu bringen, den Satz zu vollenden. Webster tat es für ihn.

»… es behalten? Ja.«

»Liebst du sie?«, fragte seine Mutter.

Endlich eine leichte Frage. »Ja«, antwortete er. »Ich liebe sie sehr.« Aber noch während er es aussprach, und so gewiss er sich seiner Liebe war, fragte er sich, ob er wirklich wusste, was Liebe unter diesen Umständen bedeutete.

Sein Vater ging hinaus und kam mit drei frischen Rolling Rocks zurück. Zu therapeutischen Zwecken, nicht zur Feier des Tages.

»Willst du diese Frau heiraten?«, fragte er barsch. Von Mann zu Mann.

»Sie hat einen Namen«, gab Webster zurück.

»Aber wir kennen sie nicht«, warf seine Mutter gequält ein, bevor sein Vater ihn ermahnen konnte, nicht frech zu werden.

»Wie zum Teufel …« Sein Vater presste die Lippen zusammen und schüttelte kurz den Kopf.

»Ja, ich nehme an, wir werden heiraten«, sagte Webster.

»Du nimmst an?«, fragte sein Vater.

»Wir lassen uns Zeit«, erklärte er.

»Aber ihr habt keine«, protestierte seine Mutter. »Zeit ist das Letzte, was ihr habt.«

»Du bist Sanitäter, Herrgott noch mal!«, polterte sein Vater, auf die misslungene Verhütung anspielend, vermutete Webster.

Er biss die Zähne zusammen. Er hatte erwartet, dass das

Gespräch eine hässliche Wendung nehmen würde, trotzdem war die Situation schwer auszuhalten.

»Diese Geschichte läuft seit Monaten, und wir kennen die Frau nicht einmal«, sagte seine Mutter. »Wir hatten uns etwas anderes für dich vorgestellt.«

Webster schwieg. Er wollte nicht, dass dieses erste Gespräch mit mehr Bitterkeit endete als absolut unvermeidlich. Innerhalb von fünf Minuten – nein, weniger, drei vielleicht – waren aus der Begeisterung seiner Mutter zuerst Neugier, dann Schock und Ärger geworden, die jetzt schnell in Enttäuschung mündeten. Sein Vater blieb verdrossen.

»Du weißt, dass wir dich lieben«, sagte seine Mutter. »Wir wollen nur dein Bestes.«

Webster wünschte, er hätte zuerst mit seinem Vater gesprochen.

»Ich bin ein erwachsener Mensch, Mam. Ich rette Menschenleben. Ich arbeite hart. Manchmal vierundzwanzig Stunden am Stück.«

»Du hast nichts von der Welt gesehen«, sagte sein Vater und umschloss mit einer ausholenden Armbewegung all die Gegenden der Welt, die sein Sohn vielleicht niemals kennenlernen würde.

»Du vielleicht?«, fragte Webster.

Sein Vater kniff die Augen zusammen.

»Schaut mal«, sagte Webster. »Ich fange jetzt eine Fortbildung zum Rettungsassistenten an, das ist die nächste Stufe nach dem Rettungssanitäter. Ich bin ziemlich sicher, wenn ich das geschafft habe, verdiene ich genug, um uns zu ernähren.«

Sein Vater trank den Rest seines Biers mit einem Zug. Webster wartete auf das Rülpsen.

»Wie ist sie?«, fragte seine Mutter.

Webster überlegte. »Sie ist stark, hat einen starken Willen. Sie ist witzig. Sehr hübsch, aber das hab ich schon gesagt.« Er hielt inne. »Sie fährt gern in der Gegend herum, um andere Teile von Vermont kennenzulernen. Wir machen manchmal lange Ausflüge.«

»Wanderlust«, sagte sein Vater anzüglich, und Webster fiel sofort Sheilas schnippische Bemerkung auf einer ihrer Fahrten ein.

»Sie spricht mit Bostoner Akzent. Ich glaube, ihr werdet sie mögen.« Aber er glaubte es nicht. Überhaupt nicht. »Natürlich müssen wir uns was Eigenes suchen. Eine kleine Wohnung. Vielleicht können wir im Ort etwas mieten. Näher an der Rettungswache.«

»Könnt ihr euch das denn leisten?«, erkundigte sich sein Vater.

»So gerade.«

»Tja.« Seine Mutter setzte sich aufrecht hin und strich über ihre Beine, als hätte sie eine Schürze an. »Wann willst du denn mal mit ihr zum Essen kommen?«

Immer die schlichtende Kommen-wir-zur-Sache-Mutter. Wofür Webster dankbar war.

»Theoretisch bin ich nächstes Wochenende zu Hause«, sagte er. »Wir könnten den Samstagabend nehmen.«

»Abgemacht«, sagte seine Mutter.

»Hast du's geschafft? Wie ist es gelaufen?«

Sheila hielt die Arme vor der Brust verschränkt.

Webster ging in die Küche und schaute sich um. Er hatte Hunger. Bei seinen Eltern zu essen war ihm nicht möglich gewesen. »Bestens«, sagte er.

Sheila schloss die Tür. »Na, jetzt hast du's jedenfalls hinter dir.«

»Ich habe Hunger«, sagte Webster. »Hast du irgendwas

Essbares da?« Er schielte zu ihrem Bauch hinunter. Wieso war da immer noch nichts zu sehen? Oder spannte der Gürtel vielleicht ein wenig? Ja, sah so aus.

»Geh, setz dich rüber«, sagte sie mit einer Geste zum Verandazimmer.

Webster fühlte sich ausgepowert, obwohl er von neun bis halb fünf geschlafen hatte. Müde bis in die Knochen. Er konnte Sheila in der Küche umhergehen hören. Er hätte jetzt noch drei Bier schnell hintereinander gebrauchen können, aber bei Sheila würde er sie nicht bekommen. Hoffte er jedenfalls.

Seine Neuigkeiten, sagte er sich, hätten schlechter ankommen können. Immerhin war sein Vater nicht gleich aufgestanden und gegangen. Und seine Mutter hatte nicht geweint, auch wenn sie nahe daran gewesen war, es zu tun. Ein nächstes Kapitel würde folgen. Er lehnte seinen Kopf an die Wand und döste vor sich hin, bis Sheila mit einem Tablett hereinkam. Sie stellte das Essen auf den Tisch.

»Meinst du, du schaffst es bis zum Tisch?«, fragte sie ihn.

Er lächelte. »Spaghetti und Fleischklößchen«, sagte er. »Perfekt.«

Nachdem er sich gesetzt hatte, blickte er auf und sah Sheila zum ersten Mal an diesem Abend richtig an. Bildete er es sich ein, oder hatte ihr Gesicht sich gerundet? »Wie fühlst du dich?« Eine Frage, die er gleich beim Hereinkommen hätte stellen sollen.

»Okay«, sagte sie. »Den Kaffeegeruch kann ich allerdings immer noch nicht aushalten, das ist auf der Arbeit ein echtes Problem. Wenn ich rausgehe und frische Luft schnappe, wirkt das wie eine Glückspille.«

»Ist dir morgens oft schlecht?«, fragte er.

»Morgens nicht, nein. Nachmittags kriege ich manchmal Kopfschmerzen und würde am liebsten kotzen. Aber das hasse ich so sehr, dass ich es mit Gewalt unterdrücke.«

»Du siehst sehr schön aus.«

»Mann, du hast wirklich Hunger gehabt.«

Er hielt inne. »Hast du Brot da?«

»Klar.«

»Mit Butter?«

»So schlimm war's?«

»So schlimm war's.«

Sie saßen auf dem Bett, Webster war nicht sicher, ob sie miteinander schlafen würden oder nicht. »Wir sind nächsten Samstag zum Abendessen eingeladen«, sagte er.

»Wird das nicht eine Katastrophe werden?«

»Einmal muss es passieren«, sagte Webster. »Es lässt sich nicht vermeiden.«

»Können wir nicht einfach heimlich unser Kind bekommen und heimlich zusammenleben?« Er hoffte, es sollte nur ein Scherz sein.

»Und noch etwas«, sagte er. »Wir müssen anfangen, uns um eine Wohnung zu kümmern.«

»Eine eigene Wohnung?« Sie lehnte sich zurück, um ihm ins Gesicht sehen zu können.

»Natürlich.«

»Wir brauchen nicht bei deinen Eltern oder hier zu wohnen?«

»Sheila, hast du im Ernst geglaubt, das wäre eine Möglichkeit?«

Sie raufte ihm die Haare und zog die Hand weg. »Ich weiß ja nicht, wie es bei dir finanziell aussieht. Bei mir jedenfalls nicht gerade rosig.«

»Wenn wir zusammenlegen, ist es zu schaffen, glaube

ich. Es muss etwas Kleines sein und möglichst nicht weit weg von der Ortsmitte.«

»Nicht weit weg von der Ortsmitte? Wo es Läden gibt und Menschen und wo ich zu Fuß zur Arbeit gehen könnte?«, fragte sie hingerissen. »Dieses Leben hier draußen in der Prärie macht mich wahnsinnig.«

Der nördliche Rand von Hartstone konnte kaum als Prärie bezeichnet werden. Es sei denn, man betrachtete ganz Vermont als eine einzige Prärie.

Sie schlang ihm die Arme um den Hals. »Das ist ja so cool.«

Webster lächelte. »Ja, ist es wohl.« Auf den Gedanken, dass ihre Zukunft cool sein könnte, war er noch nicht gekommen.

Er öffnete ihren Gürtel und streichelte ihren Bauch. »Jetzt sieht man's schon«, sagte er.

»Gar nicht wahr.«

»Schau doch mal in den Spiegel.«

»Ich hab keinen«, erinnerte sie ihn, und er dachte an das kleine runde Ding, das hoch über dem Waschbecken im Badezimmer hing.

»Na, dann müssen wir eben irgendwohin gehen, wo es einen richtigen Ankleidespiegel gibt.«

Webster überlegte. Es musste ein Geschäft sein, das noch geöffnet war. Eine Bar? Ein Ankleidespiegel in der Damentoilette? Wohl kaum. Dann kam ihm eine Idee. »Bei Giant Mart«, sagte er. »Die haben da bestimmt eine Damentoilette mit großen Spiegeln, die bis zu den Waschbecken runterreichen. Wenn du deine Stiefel anziehst, bist du groß genug, um die richtige Stelle sehen zu können.«

»Verrückt«, sagte sie und küsste ihn auf die Wange.

»Wenn wir eine Wohnung haben, und ich finde, wir sollten gleich morgen anfangen zu suchen, auch wenn

Sonntag ist, bringen wir dort als Erstes einen riesengroßen Spiegel an.«

Sie schüttelte lachend den Kopf.

»Damit du sehen kannst, wie schön du bist. Und sein wirst, wenn du erst im achten Monat bist.«

»Da werd ich höchstens kugelrund sein.«

»Du wirst toll aussehen.«

Sie runzelte die Stirn, und Webster fiel ein, dass er Sheila noch nie im Geringsten eitel erlebt hatte.

Sie hatte seinen Hemdärmel aufgeknöpft und rollte ihn über seinem Arm auf. »Was für eine Wohnung können wir uns denn leisten?«, fragte sie.

Er blickte zu seinem Arm hinunter. »Ich habe schon mal ein bisschen gesucht«, sagte er. »Als ich daran dachte, bei meinen Eltern auszuziehen. Ich meine, ich mag sie, und die regelmäßigen Mahlzeiten sind nicht zu verachten, aber der Auszug ist längst überfällig. Ich habe mir ein paar Wohnungen angesehen. Mehr als zwei Zimmer werden es wohl nicht werden.«

Sheila streichelte die Innenseite seines Arms. »Wir brauchen einen Platz für das Baby«, sagte sie.

»Na ja, drei Zimmer, wenn wir Riesenglück haben.« Die einzige Dreizimmerwohnung, die sich Webster auf seiner kurzen Suche angesehen hatte, hatte nach toten Tieren gerochen. Morgen würde er zu Carroll & Carroll hinübergehen und schauen, ob die etwas Neues im Fenster hatten. Und er würde die Sonntagszeitung besorgen, die Anzeigen durchgehen. Das Problem war, dass die Wohnung in Hartstone sein musste. Auf der Wache gab es einen Schlafraum und einen Aufenthaltsraum mit Fernseher. Die Möbel stammten alle von dankbaren Patienten. In der Küche gab es genau drei Löffel. Webster verstand nicht, warum nicht einer der Vollzeitmitarbeiter einfach losging und ein Dutzend Löffel kaufte. Er hatte schon daran gedacht, es selbst zu tun, wollte es sich aber nicht anmaßen, solange er sich noch nicht zum »alten Stamm« zählen konnte.

Die Suche nach einer Wohnung würde wahrscheinlich schwierig werden.

»Okay«, sagte er. »Fahren wir.«

Sheila hob die Hand von seinem Arm, sie schien verwirrt.

»Zu Giant Mart«, sagte er.

Sie nahmen die erste Wohnung, die sie sich leisten konnten: zwei Zimmer, zusammen so groß wie das Wohnzimmer von Websters Eltern, über einer Eisdiele gelegen. Dass zu der Wohnung eine Waschmaschine und ein Trockner gehörten, gab den Ausschlag. Wenn sie bereit gewesen wären, weiterzusuchen, hätten sie vielleicht etwas Besseres aufgetan, aber diese Wohnung stand leer, und Webster war ungeduldig. Jetzt, da die Entscheidung gefallen war, wollte er so schnell wie möglich Nägel mit Köpfen machen. Sie könnten jederzeit einziehen, hatte der Eigentümer der Eisdiele ihnen versprochen.

Sie brachten Sheilas Besitztümer am folgenden Samstagmorgen hinüber. Webster wollte erst am Tag darauf umziehen, nach dem Abendessen mit seinen Eltern. Er wollte nicht zu begierig erscheinen, auch wenn er auf jeden Fall umziehen würde, ganz gleich, was sie sagten.

Nachdem Webster die Kaution und die erste Monatsmiete bezahlt hatte, betraten er und Sheila zusammen ihr neues Heim. In der kleinen Küche hatte nur eine Person Platz, aber an dem runden Tisch, den Webster von zu Hause mitbringen wollte, konnten zur Not drei Leute sitzen. Die Haushaltsgeräte sahen mitgenommen aus, aber sie funktionierten, und das war das Einzige, was Webster interessierte. Sie sahen sich das kleine Wohnzimmer an. An der Decke waren Spuren eines Wasserschadens zu erkennen, und der blaue Spannteppich gefiel ihnen nicht besonders. Eines Tages würden sie ja ihr eigenes Haus haben, sagte Sheila, und Webster fragte sich, ob es je dazu kommen würde.

Sie gingen weiter in ein kleines Schlafzimmer mit schräger Decke und nur einem Fenster. Sie diskutierten, wohin sie das Bett stellen würden, eine kurze Diskussion, da es nur eine Wand ohne Fenster oder Tür gab. Sie fuhren zu Giant Mart und kauften einen Besen, einen Papierkorb, Küchen- und Badzubehör und Lebensmittel für die nächsten zwei Tage. Wenn sie das Abendessen bei den Eltern hinter sich hatten, wollte Webster im Laden seines Vaters einen Ankleidespiegel für Sheila besorgen. Er würde ihn mangels anderer Möglichkeiten in der Tür des einzigen Schranks der Wohnung anbringen müssen, dem im Schlafzimmer. Anstelle eines Garderobenschranks gab es nur Kleiderhaken neben der Wohnungstür.

Sheila hatte die Krankenschwester, die ihr ihre behelfsmäßige Bleibe vermittelt hatte, gefragt, ob sie sich für zwei Nächte, bis Webster sein Bett rübertransportiert hatte, die Matratze aus dem Verandazimmer ausleihen dürfe. Die Schwester hatte trotz ihrer Verärgerung über die abrupte Kündigung zugestimmt. Webster hatte die Matratze die Außentreppe hochgeschleppt und in der Küche deponiert. »Lass mich erst saubermachen«, hatte Sheila gesagt.

Gemeinsam trugen sie die Matratze danach ins Schlafzimmer, und als sie endlich richtig lag, fragte Webster nach der Bettwäsche.

»Ich hab keine«, sagte Sheila.

»Du hast sie nicht mitgenommen?«

»Sie hat nicht mir gehört.«

»Aber …« Webster schüttelte den Kopf. »Und Handtücher?«

»Hab ich auch nicht.«

»Na, dann müssen wir eben schön vorsichtig sein«, sagte Webster.

»Vorsichtig wobei?«, fragte Sheila.

»Wir müssen die Wohnung doch einweihen«, antwortete er lachend.

»Dein Vater erkennt mich bestimmt«, sagte Sheila, als sie neben Webster in dem alten Streifenwagen saß.

Der Eisenwarenladen.

»Du hast doch da drinnen keinen Krawall gemacht, oder?«, fragte Webster.

»Nein, ich hab nur massenhaft Zigaretten gekauft.«

»Hm, zünd dir beim Essen lieber keine an.«

»Mensch, Webster, du traust mir wohl gar nichts zu?«

Er war sogar geneigt, ihr eine ganze Menge zuzutrauen. Als sie aus dem Schlafzimmer gekommen war, trug sie ein loses hellgraues Kleid. Es war kein Umstandskleid, aber es konnte eins werden. Sie hatte die Haare hochgesteckt, sodass ihr langer weißer Hals und die Perlen in ihren Ohren zur Geltung kamen. Sie trug Strümpfe und halbhohe weiße Schuhe. Er pfiff anerkennend, bat sie, sich umzudrehen, und sagte ihr, sie sehe wunderschön aus. Und so war es auch, obwohl er sie kaum wiedererkannte und ihn das ein wenig irritierte. Es war, als hätte sie sich für eine Theateraufführung kostümiert.

»Ich weiß nicht, ob das so eine gute Idee ist«, sagte sie im Wagen.

»Jetzt kann ich nicht mehr absagen. Außerdem erwartest du ihr erstes Enkelkind. Es muss sein.«

»Hast du auch das Gefühl, dass alles viel zu schnell geht?«

Doch, dieses Gefühl hatte er auch. Durch die Schwangerschaft war der normale Zeitplan aus den Fugen geraten.

Und gleich fragte er sich, ob es überhaupt einen normalen Zeitplan gegeben hätte. Wenn Sheila nicht schwanger geworden wäre, wie sähe dann ihr Leben jetzt aus? Würden sie weiter in der Gegend herumfahren? Die Wochenenden in irgendwelchen B&B's verbringen? Das alles schien ein ganzes Leben entfernt.

Er selbst hatte die Tatsache, dass sie schwanger war, noch kaum verarbeitet. Jetzt musste er versuchen, bei seinen Eltern Verständnis dafür zu wecken, was ihr Sohn getan hatte.

Schwanger. Ein Riesenwort.

Webster und Sheila kamen genau um halb sieben bei seinen Eltern an. »Bleib im Wagen«, sagte Webster. »Ich komm rüber und helf dir raus.«

»Ich lach mich schief.«

Als er die Autotür öffnete und sie ausstieg, betrachtete er sie voll Stolz. »Ich möchte ja nicht wie der letzte Spießer klingen«, sagte er leise, »aber vielleicht solltest du den Kaugummi rausnehmen. Meine Mutter findet Mädchen, die Kaugummi kauen, fürchterlich.«

»Du bist ein Spießer«, sagte Sheila, während sie den Kaugummi in ein Papiertuch aus ihrer Handtasche einwickelte. »Wie lang soll dieses Festmahl überhaupt dauern?«

Webster seufzte. »Meinst du, du kannst zwei Stunden durchhalten?«

»Und ich bin kein Mädchen«, sagte sie.

Websters Mutter, die eigens für diesen Anlass beim Friseur gewesen war, sagte, sie freue sich, Sheila kennenzulernen. Sheila antwortete: »Ganz meinerseits«, während der Blick seiner Mutter zu ihrem Bauch huschte, der unter dem grauen Kleid kaum sichtbar war.

Websters Vater war kühl. »Ich kenne Sie«, sagte er, ohne die Spur eines Lächelns im Gesicht. »Bageltoast, Butter statt Frischkäse, eine Stange Virginia Slims, Kaffee, schwarz. Sie haben immer draußen vor dem Laden gestanden und mit dem Bagel, dem Kaffee, einer Zigarette und der Zigarettenstange jongliert. Ich habe mich jedes Mal gefragt, wie Sie das schaffen.«

»Ich hab die Stange zwischen die Knie geklemmt«, sagte sie und beließ es bei dem wenig anmutigen Bild.

»In letzter Zeit habe ich Sie allerdings nur noch selten gesehen«, sagte Websters Vater.

Webster konnte nur versuchen, sich vorzustellen, wie Sheila im Laden seines Vaters aufgetreten war. Gelangweilt? Mürrisch? Ungeduldig?

»Ich habe jetzt eine Arbeit«, erklärte Sheila, der dieses erste Bild, das da von ihr entstanden war, vielleicht ebenso peinlich war wie Webster.

»Nun ja, Sie haben jetzt anderes im Kopf, nicht wahr, Kindchen«, sagte Websters Mutter, den Stier kurzerhand bei den Hörnern packend. Webster war ihr dankbar. »Kommen Sie doch durch«, fügte sie hinzu. »Auf der Veranda gibt es etwas zu trinken und ein paar Häppchen.«

Webster setzte sich neben Sheila, die die Hände im Schoß hielt. Auf die Frage, was sie trinken wolle, sagte sie: »Zitronenlimonade«, die in einem großen Glaskrug neben einer Flasche Wein stand. Webster folgte ihrem Beispiel und ebenso seine Mutter. Nur Websters Vater trank wie immer sein Rolling Rock.

»Ich höre, Sie kommen aus Boston«, sagte er mit Donnerstimme, als hielte er Sheila für taub. Er trug ein weißes Hemd mit Krawatte und hatte sich die Haare mit irgendeinem Zeug gekämmt, das sie glänzen machte.

»Eigentlich aus Chelsea«, sagte Sheila.

»Und wie ist es da?«

»Es ist eine Kleinstadt in der Nähe von Boston. Die meisten Leute bekommen es nur von der Mystic-River-Brücke aus zu sehen.«

Websters Mutter schien wie hypnotisiert von Sheilas Bauch, der sich jetzt, da sie saß, leicht abzeichnete.

Webster ertrug ein langes Schweigen, ohne dass ihm etwas einfiel, was er hätte sagen können. Nervös knabberte er eine Nuss nach der anderen aus der Schale.

»Wie sind Sie in Vermont gelandet?«, fragte sein Vater, obwohl er das schon von Webster gehört hatte.

Sheila sah Webster an. Sie kannte ihren Text nicht und wartete verzweifelt auf ein Stichwort.

»Eine Autopanne«, sagte Webster. »Das hab ich euch doch schon erzählt.«

»Und wie habt ihr beide euch kennengelernt?«

»Dad, hör auf, sie zu verhören«, sagte Webster, bereit, eine Konfrontation zu riskieren. Sein Vater glaubte nicht an Sheila, das Unschuldslamm, das ganz zufällig in Vermont gelandet war. Er wusste es besser. Er hatte die Frau auf dem Parkplatz vor seinem Laden gesehen.

Websters Mutter war es egal, wie die beiden sich kennengelernt hatten. Sie wollte über das Baby reden. »Sorgen Sie auch richtig für sich?«, fragte sie Sheila. »Ich habe mich so schwergetan, bis dieser junge Mann hier« – sie deutete auf Webster – »endlich das Licht der Welt erblickte.«

»Mam.«

»Na ja, damit wollte ich nicht sagen, dass es Ihnen genauso gehen muss«, sagte sie zu Sheila. »Jede Geburt, das wissen Sie sicher, verläuft anders.«

»Ich hoffe nur, ich werde eine gute Mutter«, sagte Sheila.

»Aber sicher, Kind, sicher«, beruhigte Websters Mutter

sie und tätschelte Sheilas Knie, das erste Mal, dass die beiden Frauen einander berührten.

Sheila zwinkerte verblüfft. Websters Vater starrte Sheila ins Gesicht. Websters Mutter starrte auf Sheilas Bauch. Webster spürte blankes Grausen. Sie hatten noch fast zwei Stunden vor sich.

Beim Essen erzählten Webster und Sheila von der Wohnung über der Eisdiele, worauf Websters Mutter sich in Reminiszenzen über die Jahre erging, als »Petey« sein Schokoladeneis immer mit Schokostreuseln haben wollte.

Webster schloss die Augen.

Sheila lobte das Essen, ein suppiges Mischmasch aus Hühnchen, Pilzen, saurer Sahne und Paniermehl in einer Auflaufform, die rundherum mit Petersilie garniert war. Webster vermutete, dass Sheila es nur mit Mühe hinunterbringen würde, und fand es heroisch von ihr, dass sie es tatsächlich schaffte.

Sein Vater kam mit der Flasche Wein an den Tisch, schenkte ein Glas ein und bot es Sheila an, die einen Moment zögerte und es dann zu Websters Überraschung dankend annahm. Er fühlte sich sofort bemüßigt zu erwähnen, dass nach Meinung mancher Ärzte ein Glas Rotwein ab und zu der werdenden Mutter guttue und dem Kind nicht schade. Am liebsten hätte er seinem Vater gesagt, er solle den Scheiß lassen, aber das war im Drehbuch nicht vorgesehen.

Webster sah so oft auf die Uhr, dass es zum nervösen Tick wurde. Sheila fragte ihn, ob er Nachtschicht habe, vielleicht in der Hoffnung, er würde Ja sagen.

Sie trank das Glas Wein schnell und sprach von »unserer kleinen Bumsbude«, als sie die gemeinsame Wohnung mit Webster über der Eisdiele beschrieb. Websters Vater schien es zu gefallen, er ließ sich sogar zu einem Lächeln herbei. Begann sein anfängliches Misstrauen zu schwinden, oder glaubte er sich nur in seiner Einschätzung von Sheilas Charakter bestätigt? Als Websters Mutter eine Bostoner Cremetorte servierte, war Sheila bei ihrem zweiten Glas Wein angelangt, und sein Vater lachte. Sheila flirtete mit ihm, Webster konnte vor Nervosität kaum noch still sitzen. Oder war sie nur ein wenig gelöster und bemühte sich, charmant zu sein, um den Abend zu retten?

Websters Mutter lächelte selig vor sich hin und ließ sich nur aus ihrer Verzückung reißen, wenn sie direkt angesprochen wurde. Immerhin raffte sie sich auf zu fragen, ob jemand Kaffee wünsche.

Webster, der wusste, dass Sheila den Kaffeegeruch nicht vertrug, lehnte ab, aber sein Vater bat um eine Tasse. Sheila verschlang die Torte und erklärte Websters Mutter, sie wolle unbedingt lernen, wie man sie zubereitet.

»Aber Sie kennen sie doch bestimmt, wenn Sie aus Boston sind.«

»Ja, natürlich«, sagte Sheila, »aber so gute Bostoner Cremetorte habe ich noch nie gegessen.«

Als der Kaffee kam, drückte Sheila sich mit den Fingern die Nase zu und wurde sofort leichenblass. Über den Tisch hinweg sah sie Webster an.

Webster schob seinen Stuhl zurück. »Ich mach mal einen kleinen Rundgang mit Sheila. Sie hat den Garten noch gar nicht gesehen.«

»Kann ich nicht beim Spülen helfen?«, fragte Sheila mit schwacher Stimme.

»Unsinn«, sagte Websters Mutter. »Geht ihr beide ruhig ein bisschen spazieren.«

Webster hielt Sheilas Hand, als sie in den Garten hinausgingen. Ihre Absätze sanken im weichen Boden ein.

Außer Sichtweite von Websters Eltern flüsterte sie: »Wahnsinn, wie du dir die Nüsse reingestopft hast.«

»Ich hatte eine Heidenangst, du würdest was anderes sagen, als ich ihnen erzählt hatte. Ich musste der Fragerei ein Ende machen.«

»Ich hätte mir deiner Mutter zuliebe vielleicht ein Kissen unters Kleid schieben sollen.«

»Ja, sie konnte gar nicht aufhören, deinen Bauch anzustarren.«

»Was meinst du, was sie jetzt über uns reden?«, fragte Sheila mit einem Blick zum Küchenfenster.

Webster wollte es gar nicht wissen. Sein Vater würde sagen, dass er dieser Person nicht über den Weg traue. Seine Mutter würde Sheila energisch verteidigen und sagen: »Mach dich nicht lächerlich. Sie ist entzückend.« Sein Vater würde den Kopf schütteln und die Gelegenheit nutzen, um seine Frau allein das Geschirr spülen zu lassen.

»Willst du wirklich wissen, wie man Bostoner Cremetorte macht?«, fragte Webster.

»Bloß nicht«, antwortete Sheila. »Ich hab in meinem Leben so viel Bostoner Cremetorte gegessen, dass sie mir komplett zum Hals raushängt.«

Am nächsten Nachmittag kam sein Vater mit seinem Werkzeugkasten, als Webster gerade seine wenigen Habseligkeiten in die neue Wohnung brachte. Er hatte Webster seine Matratze allein vom Haus in die Wohnung transportieren lassen, aber jetzt half er ihm, sie die Außentreppe hinaufzubugsieren. »Klein«, kommentierte er, als er die Wohnung sah.

Websters Mutter hatte im Keller ein altes Zweisitzersofa aufgestöbert, das in annehmbarem Zustand war, auch wenn es geblümte Schonbezüge hatte. Sie hatte passende

Vorhänge dazu, ein wenig zu viel des Guten vielleicht, fand Webster, aber durchaus brauchbar für die nackten Fenster. Sein Vater reparierte einen tropfenden Wasserhahn, verspachtelte und übermalte größere Löcher in der Wand, prüfte elektrische Anschlüsse und Steckdosen. Websters Mutter, die behauptete, Websters alte Laken und Decken taugten nicht für eine neue Wohnung, hatte Bettwäsche mitgebracht. Sie und Sheila machten das Bett gemeinsam, und Webster wurde ganz anders, als er die beiden im Schlafzimmer werkeln sah.

Zu schnell, viel zu schnell.

Er hatte keine Ahnung, was Sheila dachte. Fühlte sie sich vereinnahmt? War sie froh, dass sie akzeptiert wurde?

Sheila und seine Mutter packten Kartons aus – Geschirr, bei dem kaum ein Stück zum anderen passte, Gläser, einen Toaströster, alles aus dem Keller der Websters herausgekramt –, während Webster und sein Vater ein Bier tranken. Webster verstand die Hilfsbereitschaft seiner Eltern als Billigung. Vielleicht hatte seine Mutter in der Auseinandersetzung am Abend doch gesiegt.

Als seine Eltern gegangen waren, standen Webster und Sheila an der Arbeitsplatte in der Küchennische und musterten den Stapel von Tupperwarebehältern, die seine Mutter mitgebracht hatte, alle wohlgefüllt mit den verschiedenen Bestandteilen einer kompletten Mahlzeit. Sogar ein Hefekuchen für das Frühstück war dabei. Sie schüttelten verwirrt die Köpfe. Vor zwei Wochen hatten sie nur einander gehabt, sonst nichts. Ihr Zusammensein war ihr Geheimnis gewesen. Webster hatte Angst, dass jetzt etwas Kostbares in Gefahr war. Ihre Beziehung war öffentlich geworden, den Blicken anderer ausgesetzt. Er wünschte sich zurück zu jenem Moment in dem B&B, als er den Arm der schlafenden Sheila gestreichelt hatte.

»Was hast du gesagt, als sie gegangen sind?«, fragte Webster.

»Ich hab Danke gesagt. Was hast du denn geglaubt?«

»Ich weiß nicht.«

»Dein Vater beobachtet mich, wenn er glaubt, ich merk's nicht. Als könnte ich jeden Moment was klauen oder so.«

»Er ist hergekommen, um uns zu helfen.«

»Ja, das stimmt.«

Webster nahm die Frau in den Arm, mit der er schlief, die seine Freundin war, die die Mutter seines Kindes und eines Tages vielleicht seine Frau sein würde.

»Können wir die jetzt aufmachen?« Sheila zeigte auf den Tupperwarestapel. »Ich bin kurz vorm Verhungern.«

»An Rettungswache Hartstone. Wir brauchen ein Team in der Deertrack Road, Nummer fünfundvierzig, Verdacht auf Schlaganfall, männliche Person, zweiundsiebzig, Ehefrau anwesend, verwaschene Sprache, linksseitige Parese.«

»Fahren wir«, sagte Burrows.

Im Wagen meldete sich Burrows über Funk. »Wagen sechzig hier. Können Sie sagen, wann die Symptome das erste Mal aufgetreten sind?«

»Ungefähr fünfzehn Minuten vor unserem Ruf. Können Sie mir Ihre ungefähre Ankunftszeit nennen?«

»Sechs Minuten«, sagte Burrows und machte Schluss. »Das heißt, bis wir ankommen, sind's zwanzig Minuten. Weißt du, wo das ist?«

Webster war ziemlich sicher. Er hatte einmal eine Freundin gehabt, die da draußen gewohnt hatte. Er nickte.

»Kennst du den Mann?«, fragte Burrows.

»Nein. Du?«

»Nicht direkt.«

Am Ziel angekommen, wendete Webster den Wagen und fuhr rückwärts die Einfahrt von Nummer fünfundvierzig hinauf. Mit ihren Geräten ausgerüstet, liefen die beiden Sanitäter ins Haus. Es war ein altes Haus aus den Zwanzigerjahren mit viel dunkler Holztäfelung und kleinen Räumen, die mit Möbeln vollgestopft waren.

Sie fanden den Mann immer noch zusammengesunken in seinem Fernsehsessel vor, an seiner Seite die Ehefrau, die versuchte, ihn aufrecht zu halten.

»Ich kenne Sie«, sagte sie zu Burrows. »Sie sind dieser nette Sanitäter, der dem Sohn meiner Tochter bei einem Asthmaanfall geholfen hat.«

Burrows mochte vieles sein, aber es gehörte schon einiges an gutem Willen dazu, ihn als nett zu bezeichnen.

Burrows prüfte die Atemwege und gab Sauerstoff mit hoher Durchflussrate. Webster zog Heft und Stift heraus. »Ich muss Ihnen jetzt einige Fragen stellen«, sagte er zu der Frau.

Während Webster die Vorgeschichte niederschrieb, betreute Burrows den Patienten.

»Sir, können Sie mir Ihren Namen sagen?«, fragte er.

Der Mann antwortete, aber seine Sprache klang verwaschen. Burrows bat ihn, die Beine zu heben, erst das eine, dann das andere. Er konnte nur das rechte heben. Webster notierte sowohl die Sprechstörung als auch die Lähmung. Dann bat Burrows den Mann zu lächeln. Die linke Seite des Mundes bewegte sich nicht.

Diagnose bestätigt. Rechte Hirnhälfte geschädigt.

»Ich hole die Trage«, sagte Burrows zu Webster.

»Madam«, wandte sich Webster an die Frau, »können Sie Ihrem Mann in eine aufrechte Sitzhaltung helfen? Legen Sie Ihre Hand hier an seine linke Schulter. Ich muss ihn untersuchen.«

Der Mann nuschelte etwas Unverständliches.

»Was hat er gesagt?«, fragte die Frau mit ersten Anzeichen von Panik.

»Ich weiß es nicht, Madam, aber es ist ein gutes Zeichen, dass er zu sprechen versucht.«

Als Burrows zurückkam, meldete Webster: »Blutdruck

zweihundertzweiundsechzig zu hundertachtundzwanzig. Puls zweiundneunzig. Atemfrequenz vierundzwanzig. Wir brauchen einen Zugang. Sir, können Sie meine Finger drücken?«, fragte er den Patienten.

Er spürte etwas, aber eine deutliche Reaktion war es nicht. Er musste wissen, ob und wie weit die geistige Wahrnehmung des Mannes eingeschränkt war. Hatte sich der Schlaganfall lediglich auf die motorischen Fähigkeiten ausgewirkt, oder war die gesamte rechte Gehirnhälfte betroffen?

Webster schob sein Gesicht nahe an das des Mannes heran. »Wenn Sie mich hören können, dann zwinkern Sie bitte mit den Augen, Sir.«

Der Mann zwinkerte einmal.

So weit, so gut.

»Es war alles in Ordnung«, sagte die Frau. »Und dann ist er plötzlich vornübergefallen.«

»Madam, Sie können vorn im Wagen mitfahren. Zum Umziehen ist keine Zeit. Ziehen Sie sich einfach Schuhe und einen Mantel über.«

Webster und Burrows schoben den Mann in den RTW. Sie halfen der Frau, in Morgenrock und Mantel, vorn auf den Sitz. Webster schloss die hinteren Türen und setzte sich ans Steuer. Die Frau weinte schon.

Webster fuhr so schnell er konnte. Bei einem Schlaganfall zählte jede Minute.

In der Klinik angekommen, nahm Burrows Websters Aufzeichnungen an sich und begleitete zusammen mit der Ehefrau den Patienten in die Notaufnahme. Indessen schrieb Webster alle Artikel auf, die im RTW ersetzt werden mussten. Er machte hinten sauber, warf die Medizinabfälle in den dafür vorgesehenen Behälter und wartete dann an den Wagen gelehnt auf Burrows. Die Sonne schien schon kräftig. Aber gegen die Kühle des späten April konnte sie nicht viel ausrichten.

Ein Arzt, den Webster kannte, winkte ihm im Vorübereilen zu. Dienstschluss? Kaffeepause?

Webster hätte jetzt selbst gern eine Tasse Kaffee gehabt. Er hatte seinen Dienst gerade erst angetreten, als der Notruf eingegangen war.

Wo zum Teufel blieb Burrows?

Zweiundsiebzig und ein Schlaganfall. Nichts Ungewöhnliches. Das Ehepaar lebte wahrscheinlich seit Jahren in diesem Haus, jeder mit seinen festen Gewohnheiten. Allein, seit die Kinder ausgezogen waren. Die Frau hatte fürsorglich gewirkt. Sie hatten einander. Vielleicht zankten sie manchmal, vielleicht nicht. Er hatte sich nach Fotos von Enkelkindern umgeschaut, aber keine entdeckt.

Endlich kletterte Burrows in den Wagen.

»Wo bist du so lange geblieben?«, fragte Webster mit einem Blick auf seine Uhr. Über eine halbe Stunde.

»Der Mann hatte noch einmal zwei Schlaganfälle, direkt hintereinander, und die Frau war dabei.«

»Wie geht's ihm jetzt?«

»Sieht nicht gut aus. Wahrnehmung gleich null. Ich wollte bei ihm bleiben. Ich wusste, du würdest mich holen, wenn nötig.«

»Armer Kerl«, sagte Webster. »Eben liest er noch den *Hartstone Herald* und trinkt seinen Nescafé, und im nächsten Moment vegetiert er nur noch dahin.«

»Hab's oft genug erlebt«, sagte Burrows.

»Und – glaubst du, mit der Zeit wird's leichter?«

Burrows lehnte sich zurück. »Ja, ich glaube schon. Aber immer wieder mal haut's richtig rein. Das könnte ich sein, denk ich dann. Das könnte Karen sein.«

»Ja, so denke ich auch manchmal.«

»Du?«, johlte Burrows. »Mann, warte erst mal ab.«

»Wie stehen die Chancen, dass er's schafft?«

»Gleich null«, sagte Burrows.

Webster parkte den Streifenwagen vor der Eisdiele. Er dachte daran, Sheila eine süße Überraschung mitzubringen, beschloss dann aber, sie lieber erst zu fragen. Sie war jetzt sehr empfindlich mit dem Essen. Er stieg aus und drückte seinen Rücken durch. Er hatte bis in den Samstagmorgen hinein Dienst gemacht, länger als vorgesehen, weil die Wache vier Stunden lang unterbesetzt gewesen war. Er hatte nichts als ein paar Erdnussbutterplätzchen gegessen, die Burrows' Frau gebacken hatte, und sich die Arbeitsblätter für seinen Fortbildungskurs zum Rettungsassistenten angesehen. Anatomie faszinierte ihn. Aber jetzt wollte er nur noch ein Bett mit Sheila darin. Er fühlte sich ausgepowert. Sheila müsste zu Hause sein. Sie hatte an den Wochenenden fast immer frei.

In seiner Uniformjacke stieg Webster die lange Außentreppe zur Wohnung hinauf. Er öffnete die Tür und erstarrte. Jäh überfiel ihn ein Hitzeschwall, als hätte er sich das Schienbein an der Kante eines Couchtischs angestoßen. Am Küchentisch saß ein Polizist. Sheila ihm gegenüber. Trunkenheit am Steuer, dachte Webster.

Er schloss die Tür hinter sich. Nein, nichts dergleichen. Der Polizist war zu zwanglos – lässig auf dem Stuhl zurückgelehnt, Beine übereinandergeschlagen, Knöchel auf dem Knie. Es dauerte noch einmal zwei Sekunden, ehe Webster das Abzeichen auf der Uniform registrierte. Chelsea, Massachusetts.

»Du hast mir gar nicht erzählt, dass er bei den Sanitätern ist«, sagte der bullige Mann am Tisch grinsend. »Ziemlicher Abstieg, Kätzchen. Vom Bullen zum Sani.«

Kätzchen.

Der Polizist sprach den gleichen Dialekt wie Sheila. Er war ein Schwergewicht, zwei Zentner, überdimensionale Schultern. Er tat bestimmt noch etwas anderes, als den ganzen Tag im Streifenwagen durch die Gegend fahren. Football? Gewichtheben? »Was ist hier los?«, fragte Webster, die Hände schon zu Fäusten geballt.

»Das ist der Mann, von dem ich dir erzählt habe«, sagte Sheila leise. Ihr Gesicht war blass, ihre Haltung sagte alles. Sie hatte die Schultern zusammengezogen, als wollte sie ihre Brüste, ihren ganzen Körper verbergen. Als Webster bemerkte, dass sie zitterte, packte ihn heiße Wut.

Aber man konnte sich nicht mit einem Bullen anlegen, der in einer ganz anderen Gewichtsklasse war als man selbst und dazu eine Schusswaffe im Holster trug.

»Hey, ich hab einen Namen, Kätzchen.«

»Das ist Brian Doyle«, sagte Sheila, ohne Webster anzusehen. *Ah, der Typ, der ins Bett gepisst hat,* hätte Webster am liebsten gesagt.

Der Polizist stand nicht auf, bot Webster nicht die Hand.

Webster starrte ihn an, wartete auf eine Erklärung von ihm oder Sheila. Das Kinn des Bullen war so von Aknenarben durchsetzt, dass es aussah wie zerkaut. Die Augen waren wässrig blau, ausgewaschen.

»Ein Sani«, sagte der Typ noch einmal, als handelte es sich um einen grandiosen Witz. Und nickte herablassend. Stellte gleich die Rangordnung klar. Er musterte Webster von Kopf bis Fuß. »Das ist ja mal 'ne Überraschung: mein kleines Kätzchen schwanger von einem Sani in Vermont.«

Warum sagte Sheila nichts?

»Verschwinden Sie«, sagte Webster.

»Waaas? Ich fahr den ganzen Weg von Chelsea hierher,

und dann haben Sie nicht mal die Höflichkeit, mir was zu essen anzubieten?«

»Unten an der Straße ist ein Diner«, sagte Webster, sich auf das Spiel einlassend.

Ein Fehler.

»Das Kätzchen und ich müssen reden.«

»Nicht hier im Haus«, sagte Webster.

»Ach, ein Haus ist das? Scheiße, das hätte ich gar nicht gemerkt.« Der Bulle trank einen Schluck Kaffee, als wären er und Webster die besten Freunde.

»Worüber?«, fragte Webster.

Der zweite Fehler.

»Hey, Mann, das Luder ist mir einfach abgehauen«, sagte der Bulle, als erwartete er brüderliches Verständnis.

Sheila hob den Kopf und sah Webster an. Sie legte die Hand auf den Tisch. »Er behauptet, ich schulde ihm Geld.«

»Und stimmt das?«, fragte Webster.

Sie zuckte mit den Schultern.

»Wie viel?«

»Achthundert.«

»Achthundertfünfzig«, korrigierte der Bulle. Er schob seine Hand über den Tisch und legte sie auf Sheilas. Sie zuckte zurück.

»Nehmen Sie Ihre dreckigen Hände weg«, sagte Webster zitternd vor Wut.

Der Typ war dreißig, vielleicht dreiunddreißig. Vielleicht mehr als zwei Zentner schwer.

»Regen Sie sich ab, Kleiner.«

War die Waffe im Holster der Grund dafür, dass der Typ auf der Fahrt durch drei Staaten seine Uniform angelassen hatte? Er hatte wahrscheinlich so um die vier Stunden bis Hartstone gebraucht.

Webster hatte nur Burrows' Stimme im Ohr, die Ermahnung, die er ihm vor Monaten einmal mitgegeben hatte: Halt dich fern, wenn einer eine Kanone hat. Auch wenn er verletzt ist. Das mag schlimm sein, aber in neun von zehn Fällen knallt so einer dich ab, sobald du dich ihm näherst.

»Eine echt falsche Schlange unser Kätzchen«, sagte der Bulle mit einem Blick zu Sheila, ehe er wieder Webster ansah. »Hat sie Sie auch abgezockt?«

»Ich sage es jetzt zum letzten Mal«, sagte Webster, jedes Wort überdeutlich artikulierend. »Machen. Sie. Dass. Sie. Rauskommen.«

»Sonst was?«, fragte der Bulle. »Sonst rufen Sie die Polizei?« Der Typ grinste.

Webster stellte sich Nye und McGill vor, wie sie in die Wohnung stürmten und konsterniert zuerst ihn anschauten und dann den Bullen.

»Was hat sie Ihnen denn erzählt?«, fragte der Bulle. »Alles?«

Sheila stand von ihrem Stuhl auf und ging zum Herd. Dort blieb sie stehen, den beiden Männern den Rücken zugekehrt.

»Zum Beispiel wie sie immer nackt, wie Gott sie geschaffen hatte oben an der Treppe stand, wenn ich vom Dienst kam? Warm und rosig von ihrem Bad? Und ich die Flasche Maker's-Mark-Bourbon schon parat hatte? Hat sie Ihnen erzählt, dass ich sie von der Straße weggeholt habe?« Der Bulle drehte den Kopf und starrte Sheilas Rücken an. »Da sollte man eigentlich ein bisschen mehr Dankbarkeit erwarten können. Eine Wohnung? Ein Auto, in dem man nett rumkutschieren kann? Tja, sie lässt sich halt gern retten.«

»Sheila«, sagte Webster. »Hol deine Jacke. Wir gehen.«

»Das werden Sie nicht tun«, widersprach der Bulle. »Ich hab hier was zu erledigen.«

Webster sagte nichts.

Der Bulle rutschte auf dem Stuhl, auf dem seine Oberschenkel kaum Platz hatten, nach vorn. »Jetzt passen Sie mal auf, Sani. Ich hab Hunger. Also fahr ich jetzt zu dem Diner, von dem Sie gesprochen haben, und ess was. Und spätestens wenn ich beim Kaffee bin, sitzt Sheila mit dem Geld neben mir. Große Scheine, in einem Buch.«

Der Bulle stand auf.

»Gehen Sie nicht in den Diner«, sagte Webster, der viel lieber kein Wort mehr an den Typen verschwendet hätte. Aber er konnte ihn ja unmöglich zu Keezer's gehen lassen. »Fahren Sie ins Pub.«

Der Bulle grinste schon wieder. »Sie sind in Ordnung, wissen Sie das? Aber Sie sind ein Idiot. Vertun Sie Ihre Zeit nicht mit dieser beschissenen Nutte.«

Nichts hätte Webster in diesem Moment lieber getan, als dem Typen ins Gesicht zu schlagen. Stattdessen trat er, bis zum Äußersten angespannt, auf die Seite.

Der Bulle setzte seine Mütze auf und machte damit die Uniform komplett.

»In Chelsea würden Sie keine zehn Minuten überleben«, sagte er.

Sobald die Tür zugefallen war, begann Sheila zu sprechen. »Es tut mir leid«, sagte sie, die Finger auf die Augen gedrückt, als wollte sie das Bild des Polizisten auslöschen.

»Warum hast du ihn überhaupt reingelassen?«

»Hab ich ja gar nicht. Ich hab Schritte auf der Treppe gehört, da hab ich die Tür aufgemacht, weil ich dachte, du wärst es, und schon war er drinnen.«

Webster zitterten die Knie. Er legte seine Jacke über

einen Stuhl und setzte sich. »Wie hat er dich gefunden?«, fragte er.

»Das fragst du im Ernst?«

»Ich hätte den Kerl am liebsten plattgemacht.«

»Ich hatte Todesangst, dass du irgendwas tun würdest.«

»Komm her.« Er klopfte auf den Stuhl neben seinem. Nicht auf den, den der Bulle mit seinem breiten Hintern besetzt hatte. »Der Kerl ist gefährlich.«

»Ich muss ihn bezahlen, sonst lässt er mich nie in Ruhe«, sagte sie mit kleiner Stimme.

»Und wie willst du ihn bezahlen? Womit?«, fragte Webster.

»Mir wird schon was einfallen.«

»Wie viel hast du gespart?«

»Zweihundert ungefähr. Ich habe auf den Buick gespart.«

»Wieso schuldest du ihm achthundertfünfzig?«

»Er hat mich finanziert.«

»Bei was?«

»Beim Pool.«

»Und was ist passiert?«

»Ich hatte ein paar schlechte Läufe.«

Webster stieß prustend die Luft aus. »Du hast tatsächlich mit diesem Typen zusammengelebt?«

Sheila stand abrupt auf.

»Scheiße.« Webster stand ebenfalls auf. »Ich hole das Geld und bringe es ihm.«

Sheila ging ins Schlafzimmer, hob die Matratze hoch und gab Webster ihre zweihundert Dollar. »Er hat doch verlangt, dass ich komme.«

»Du kommst aber nicht. Ich brauche ein Buch.«

»Warte, lass uns doch erst mal überlegen.«

Webster wartete. »Da gibt's nicht viel zu überlegen«,

sagte er dann. »Entweder ich bringe ihm das Geld, oder ich hole die Bullen. Wenn ich das tue, was total absurd wäre, kreuzt er nur später wieder auf, und freundlich wird er dann bestimmt nicht sein.«

Sheila sagte nichts.

Niemals würde Webster das Bild von Sheila loswerden, wie sie warm und rosig oben an der Treppe wartete.

»Wir haben nicht viel Zeit«, sagte er.

Sheila sah sich in der Küche um. Sie zog eine Schublade auf und nahm das Telefonbuch von Hartstone heraus.

»Nein, es muss was anderes sein«, sagte Webster. »Warum sollte ich jemandem ein Telefonbuch mitbringen?«

Sheila holte die Taschenbuchausgabe eines italienischen Kochbuchs, das noch nie aufgeschlagen worden war, von dem provisorischen Bücherregal im Wohnraum. Websters Mutter hatte es ihr zum Einzug geschenkt.

»Das wird ihm gefallen.« Webster hielt das Buch in die Höhe.

»Er ist Ire. Er hasst die Italiener«, sagte Sheila.

Webster fuhr zur Bank und hob das Geld ab. Den fragenden Blick von Steph, dem Bankangestellten, der sicher gern gewusst hätte, was er kaufen wollte, ignorierte er. Von der Bank aus ging er zu Fuß zum Pub und sagte sich bei jedem Schritt, dass man einem Erpresser nicht nachgeben sollte. Aber wenn er dem Kerl das Geld nicht gab? Webster wollte gar nicht darüber nachdenken.

Als er ins Halbdunkel des Lokals trat, saß der Bulle am Tresen über den Resten eines Zitronenbaisers. Von hinten wirkte der Typ noch wuchtiger als zuvor in der Küche. Webster legte das Buch auf den Hocker neben ihm.

Der Typ drehte sich halb um. »Ich hab Sheila gesagt, Schwachkopf.«

»Wollen Sie's haben oder nicht?«, entgegnete Webster ganz ruhig.

Der Bulle schob das narbige Kinn vor und überlegte einen Moment. Dann lachte er kalt.

»Kommen Sie nie wieder her«, warnte Webster ihn.

»Sonst?«

»Sonst bring ich Sie um«, sagte Webster.

Er machte kehrt, bevor er das höhnische Grinsen des Bullen aus Chelsea sehen musste.

Sheila saß am Tisch, als er in die Küche kam. Es sah aus, als hätte sie sich nicht von der Stelle gerührt, seit er gegangen war. Ihr Gesicht war ohne jede Farbe.

»Wie war's?«, fragte sie.

Webster warf sich mit einer heftigen Bewegung herum und schlug mit einem Laut, in dem sich ohnmächtige Wut und Schmerz mischten, mit der Faust gegen die Wand. Noch spürte er den Schmerz nicht in seinem ganzen Ausmaß, aber er wusste, das würde kommen.

Er hörte, wie Sheila aufsprang und Eiswürfel in ein Geschirrtuch wickelte.

Er drehte sich um. »Es gibt so vieles, was ich nicht von dir weiß«, sagte er.

Sheila stand stumm da, das Bündel in der Hand.

»Ich finde, du musst mir alles erzählen«, sagte er.

Als Sheila zum Ende kam, begann es draußen schon dunkel zu werden. Sie hatte die Eiskompresse auf Websters Hand gehalten. Sie hatte zwei der drei Zigaretten geraucht, die sie sich pro Tag zugestand, aber sie hatte keinen Tropfen Alkohol getrunken. Sie war hin und her gegangen, hatte sich gesetzt, war wieder aufgestanden und von Neuem auf und ab gegangen. Sie hatte frisches Eis für Websters

Hand geholt, war im Wohnzimmer umhergelaufen. Webster hatte jedem Wort gelauscht.

Als sie fertig war, hatte sie ihm von dem Vater erzählt, der trank, an ihrem siebten Geburtstag im Gefängnis saß und wenig später die Familie verließ. Sie erzählte von ihrer Mutter, die als Schneiderin arbeitete und bei Newberry's an der Kasse saß, die besten Willens war, aber nie Zeit hatte. Die allzu früh an Darmkrebs starb, als Sheila dreizehn war. Sie und Nancy, ihre ältere Schwester, waren von ihrer Tante und deren Mann aufgenommen worden, die nur drei Straßen weiter wohnten. Die Tante wollte sie bei sich haben, der Onkel nicht. Wenn er sie bestrafte, schlug er sie mit dem Gürtel. Nancy traf es am schlimmsten. Sie war eine gute Schülerin. Sheila nicht. Ihr sei alles egal gewesen, sagte sie.

Am Ende dieser Geschichte angelangt, erzählte sie Webster, wie man als Bedienung in einem Ort wie Chelsea lebte, der berüchtigt war für Bandenunwesen, Drogenhandel und hohe Kriminalität; wo die Straßen gefährlich waren, gerade nachts, wenn sie von der Arbeit kam; wo sich ständig jemand an sie herangemacht und sie entweder bedroht oder angebaggert hatte. Sie erzählte von dem Polizisten, der eines Abends in das Restaurant kam, in dem sie arbeitete, und sie zu ihrem Auto brachte, und wie danach keiner mehr sie belästigte. Er hatte ihr eine Wohnung gemietet, eine billige Kellerwohnung, in der es Ratten gab, aber wenigstens war sie so endlich dem Onkel entronnen. Erst nach einer Weile hatte sie erkannt, dass sie nur einen Albtraum gegen einen anderen eingetauscht hatte. Sie sprach nicht darüber, wie sie zu den Blutergüssen gekommen war, die Webster gesehen hatte, aber als draußen die Sonne unterging, war Webster so weit, dass er dem Kerl am liebsten sämtliche Zähne ausgeschlagen hätte.

»Er ist verheiratet«, sagte Sheila. »Und er hat Kinder. Als er mich eine beschissene Nutte nannte, hat er genau das gemeint.«

Sie weinte keine Träne. Sie zeigte keine Spur von Selbstmitleid.

Sie hielt Websters Hand und massierte sie sanft. Sie erzählte von der Nacht, als der Polizist wie vereinbart zu ihr kommen wollte und sie von einer Freundin hörte, dass er seit Mittag unaufhörlich getrunken hatte. Sie packte ein paar Sachen, setzte sich in den Cadillac und fuhr los. Hinter der Grenze zu New Hampshire machte sie eine Pinkelpause und trank ein paar Gläser. Eine Stunde später legte sie noch eine Pause ein und trank noch ein paar Gläser. Der Alkohol half gegen die Panik. Sie hatte die ganze Fahrt über Todesangst, er könnte ihr direkt auf den Fersen sein.

»Du wolltest nach New York?«, fragte Webster.

»Ich wollte nur weg, so weit wie möglich.«

»Und dann bist du vor meiner Tür gelandet.«

»So kann man es auch sehen.«

Webster saß lange Zeit allein mit ihrer Geschichte, während sie das Essen machte. Er hasste jedes Detail, aber er hasste Sheila nicht. Er beschloss, von ihrer Vergangenheit als der »Zeit vor Vermont« zu denken und den Baum, an dem ihre Fahrt geendet hatte, als eine Art Grenze zwischen »gestern und heute« zu sehen. Damit, dachte er, konnte er leben.

Sie aßen zusammen, und dann spülte sie das Geschirr. Nach dem langen Reden war sie still, als wären ihr die Worte ausgegangen. Als sie mit dem Geschirr fertig war, setzte er sich mit ihr auf die Couch und hielt sie in den Armen und wartete darauf, dass all die giftigen Sporen aus der Wohnung verschwinden würden.

Sie müsse sofort duschen, erklärte Sheila, sobald sie die Wohnung betrat. Noch im Gehen warf sie ihre Kellnerinnenkluft ab, als könne sie sie nicht schnell genug loswerden. Nach der Dusche sammelte sie die Kleidungsstücke auf und stopfte sie in die Waschmaschine, bevor sie sich Webster zeigte – frisch geduscht, mit nassem Haar.

Sie sah blühend aus. Trotz ihrer beinahe phobischen Abneigung gegen Ärzte und alles, was mit ihnen zu tun hatte, hatte er von Anfang an dafür gesorgt, dass sie ihre monatlichen Untersuchungstermine einhielt und die verschriebenen Vitamine nahm.

»Warum hattest du es denn so eilig, aus den Kleidern zu kommen?«, fragte er, als sie sich zum Essen setzten; es gab Steaks, die er gerade gebraten hatte. »Kann es mein unwiderstehlicher Charme sein?«

»Keezer, der Grapscher, wollte unbedingt mal meinen Bauch anlangen. Meistens macht mir das nichts aus. Mein Körper gehört mir eh nicht mehr allein, das ist ganz okay. Aber bei ihm hat's mich echt gegraust.«

Webster hatte Kerzen und eine Tischdecke gekauft. Sheila schien es nicht zu bemerken.

»Na, jetzt kannst du dich erholen.« Er schob sich ein Stück Steak in den Mund.

Einen Moment lang schaute sie sich in der Küche um, als suchte sie etwas. Dann richtete sie den Blick auf ihren

Teller. Sie nahm ihre Gabel, rührte aber weder das Fleisch noch die Kartoffeln oder die grünen Bohnen an.

»Ich hab mir gedacht, ich könnte morgen mal das Schlafzimmer streichen«, sagte Webster.

Sheila hob ihr Glas und trank das Wasser darin in einem Zug aus. Sie stellte das Glas auf den Tisch. Webster ergriff ihre Hand und erschreckte sie ein wenig damit.

»Ich möchte dich etwas fragen«, sagte er und lachte.

Sheila war vorsichtig, lächelte nicht.

»Willst du mich heiraten?«, fragte er.

Sheila, die gerade die Gabel zum Mund führen wollte, hielt inne. Sie legte die Gabel weg.

»Was?«, fragte sie.

Webster schwieg.

»Das kommt ziemlich überraschend«, sagte sie.

»Sheila.«

»Muss das gerade jetzt sein?«

Webster ließ ihre Hand los. »Muss was gerade jetzt sein?«

»Müssen wir gerade jetzt über solche Sachen reden. Pläne machen.«

»Wir machen doch dauernd Pläne«, sagte er.

»Aber keine konkreten Pläne.«

»Doch, natürlich. Wir bekommen ein Kind. Das ist ein ziemlich konkreter Plan.«

Sie presste die Lippen zusammen.

»Was zum Teufel ist los, Sheila?«, fragte er, sich aufrichtend. »Das ist doch nicht irgendein Plan. Ich mache dir einen Heiratsantrag.«

Sheila drückte die Handballen an ihre Augen und rieb. »Es ist schön, so wie es ist«, sagte sie müde. »Warum können wir's nicht einfach so lassen?«

Sheilas Haut war gerötet vom heißen Wasser, und ihr Haar fiel feucht und glatt hinter ihren Ohren herab. Sie hatte kein Make-up aufgelegt wie sonst, wenn sie außer Haus ging, und beim Anblick ihres ungeschminkten Gesichts meinte er, die wahre Sheila zu sehen.

»Ich frage das nicht nur, weil du schwanger bist«, erklärte er.

»Das weiß ich.«

»Was stört dich dann?«

»Warum muss immer alles gleich amtlich besiegelt werden?« Sie zündete sich eine Zigarette an.

Er starrte sie an.

»Siehst du«, sagte sie. »Du möchtest, dass ich sie ausmache.«

»Stimmt, ja.«

»Warum?«

»Aber Sheila, du weißt, warum.«

»Genau darum geht es. Ich hasse diese ganzen verdammten Vorschriften. Du nimmst mir die Luft.«

Sie braucht etwas zu trinken.

Webster wusste, dass es keinen Sinn hatte, weiter zu diskutieren. Es war unmöglich, Sheila davon zu überzeugen, dass sie ohne Alkohol auskommen konnte oder dass sie nur deshalb Streit suchte, weil sie unbedingt etwas trinken wollte. Auch wenn es ihn noch so sehr drängte, sie daran zu erinnern, dass es gefährlich war, in ihrem Zustand zu trinken, er wusste, dass sie nicht auf ihn hören würde. Er konnte nur versuchen, sie abzulenken, so wie er das bei Einsätzen mit Alkoholikern machte.

»Ich nehme es zurück«, sagte er. »Ich will dich nicht heiraten.«

Sie sah ihn an. »Was willst du eigentlich?«

»Ich wollte, aber jetzt will ich nicht mehr.«

»Willst du dich über mich lustig machen?«

»Seh ich so aus?«

Sie drückte ihre Zigarette aus, nahm ihre Gabel und aß etwas von den grünen Bohnen. Hinter ihr auf dem Fensterbrett stand eine leere Flasche Dawn-Geschirrspüler. Im Becken stapelten sich die schmutzigen Töpfe und Pfannen zu einem schiefen Turm.

»Ich habe einen Einsatz«, bemerkte er mit einem Blick auf seine Uhr.

»Was? Es ist Freitagabend.«

»Einer von den Neuen hat sich krank gemeldet.«

»Du meinst, es gibt jemanden, der noch grüner ist als du?«

Webster schob seinen Stuhl zurück und spürte, wie etwas in ihm verdorrte.

»Du lügst«, sagte sie.

Er antwortete nicht.

»Es ist, weil ich nicht übers Heiraten reden will, stimmt's?«, fragte sie und goss sich Wasser nach.

Der Anblick der Kerzen machte Webster traurig. Warum Vater-Mutter-Kind spielen?

Er ging ins Schlafzimmer, um sich umzuziehen. Er hatte nichts vor, trotzdem zog er die Uniform an, nahm sein Funkgerät und den Zubehörgürtel.

Als er aus dem Schlafzimmer kam, stand sie vor der Wohnungstür. In der Hand hielt sie einen Tupperwarebehälter mit dem Rest des Abendessens.

Er blieb drei Meter vor ihr stehen.

»Brauchst du Messer und Gabel?«, fragte sie.

»Auf der Wache gibt's Besteck.«

»Willst du mich heiraten?«, fragte sie.

»Nein.«

»Bitte?«

»Und was ist mit den Vorschriften?«, fragte er. »Und damit, dass ich dir die Luft nehme?«

»Scheiß auf die Vorschriften«, sagte sie. »Wir tun, was wir wollen.«

»Zum Beispiel?«

»Wir könnten uns auf deinem Grundstück trauen lassen, mit ein paar Hunden als Trauzeugen.«

»Es ist nicht mein Grundstück.«

»Na und?«, sagte sie, aber an ihrem Blick, der plötzlich von ihm abglitt, erkannte er, dass sie in diesem Moment das Resultat der Gleichung errechnet hatte, die Webster schon vor Wochen gelöst hatte. Webster + Sheila + Kind = kein Grundstück. Das Land bedeutete nichts ohne Sheila und das Kind. Und er würde das, was von seinen Ersparnissen geblieben war, für ihren Lebensunterhalt brauchen, wenn das Kind erst da war. Er würde Vierundzwanzigstundenschichten arbeiten, wenn es sein musste.

Er sah, wie ihr Blick ziellos durch das Zimmer schweifte, bevor er zu ihm zurückkehrte. »Das kannst du nicht machen«, sagte sie. »Du sparst doch seit Jahren für dieses Stück Land.«

Er erinnerte sie nicht daran, dass sie ihn ihre Schulden bei dem Polizisten hatte zahlen lassen. »Hey, keine Vorschriften, haben wir ausgemacht. Ich kann tun, was ich will.«

»Das ist nicht komisch, Webster. Es ist ernst.«

»Mir war's auch ernst, als ich dich gebeten habe, mich zu heiraten.«

Sie starrte ihn wortlos an, dann lächelte sie. »Und wo ist der Ring?«

Er zog das kleine, blaue Kästchen aus der Hosentasche. Er hatte vermeiden wollen, dass sie es entdeckte, während er weg war. Sie nahm es und machte es auf. Es war ein kleiner Brillant in einem goldenen Reif.

»Mensch, Webster«, sagte sie. »Ich hab doch nur Spaß gemacht.«

Sie wurden von dem Geistlichen in der kongregationalistischen Kirche getraut, in der Webster konfirmiert worden war, bevor er sich vom Glauben losgesagt hatte. Seine Gefühle hinsichtlich der menschlichen Seele waren ambivalent.

Zur Trauung kamen Websters Eltern und Burrows mit seiner Frau Karen. Zwei von Websters Cousins fuhren eigens aus dem Northeast Kingdom, dem nordöstlichen Zipfel Vermonts, herunter. Von Sheilas Seite erschien niemand, und während des Gottesdienstes hatte Webster einen Moment lang das Gefühl, seine zukünftige Frau schwebte in der Luft und könnte so ganz ohne Wurzeln jeden Moment ins ewige Vergessen stürzen. Sheilas Schwester, die einzige Angehörige, die vielleicht die Reise auf sich genommen hätte, war im neunten Monat schwanger und durfte nicht reisen. Sheila schien es nichts auszumachen. »Ich wollte, es wären nur du und ich«, hatte sie am Abend zuvor gesagt.

Sie trug ein schwarzes Kleid mit hoher Taille, eine Überraschung für Webster, der nicht gefragt worden war und mit Weiß gerechnet hatte. Als er ihr nach der Feier in der Kirche zu dem Kleid gratulierte – es war von einer fließenden Eleganz und brachte ihren hellen Teint zum Leuchten –, erklärte sie, dass sie bewusst ein Kleid ausgesucht hatte, das sie auch später noch tragen konnte.

»Zu deiner nächsten Hochzeit?«, fragte er.

Sie gab ihm einen kleinen Schlag mit dem Brautstrauß, den seine Mutter besorgt hatte.

Nach der Trauung spazierte die kleine Gesellschaft im Julisonnenschein zu einem Hochzeitsessen in einem Privatzimmer im Bear Hollow Inn. Websters Cousins, Joshua und Dickie, beide Landwirte, die das Leben gern von der komischen Seite nahmen, wie Webster sich aus seiner Kindheit erinnerte, als sie noch näher beieinander gewohnt hatten, brachten mit ihren Scherzen Burrows in Schwung, und als der ein paar Gläser getrunken hatte, gab es kein Halten mehr. Webster lehnte sich zurück und streichelte Sheilas Arm und freute sich, seine Mutter aus vollem Hals lachen zu sehen. Selbst Sheila beteiligte sich am Gespräch, auch wenn sie manchmal minutenlang beängstigend still war.

»Alles in Ordnung?«, fragte er.

Als sie sich ihm zuwandte, glaubte er Tränen in ihren Augen zu sehen. Er stützte den Ellbogen auf den Tisch und beugte sich vor, um sie vom Rest der Gruppe abzuschirmen. Er hatte Sheila noch nie weinen sehen. Sein Gesicht war nahe an ihrem. Die Tränen machten ihm Angst.

»Was ist?« Er nahm ihre Hand.

»Nichts. Mir geht's gut.«

Webster glaubte, sie fühle sich vielleicht einsam, weil niemand aus ihrer Familie da war, und wollte sagen, er sei jetzt ihre Familie, er und das Kind.

»Das ist völlig blöd«, sagte sie. »Das passiert mir sonst nie. Ich bin nur so glücklich.« Sie senkte den Kopf, als wäre ihr der Gefühlsausbruch peinlich. Er schlang den Arm um sie. »Ich hätte nie gedacht, dass ich das mal erleben würde«, sagte sie. »Jedenfalls nicht so. Ich verdiene dich nicht, Webster.«

»Willst du mich verarschen?«, raunte er ihr ins Ohr. Liebesgeflüster zwischen Brautleuten. »Ich bin derjenige, der sein Glück kaum glauben kann. Du rumst mit deinem Auto genau in meinem Revier gegen einen Baum, und ganz zufällig bin ich gerade im Einsatz. Wie wahrscheinlich ist das denn, dass mir die Liebe meines Lebens auf diese Weise entgegenkommt?«

Er merkte, dass sie lachte.

Er drückte ihr ein frisches Taschentuch in die Hand. Wenn er jetzt aufblickte, würde er seinen Vater, der darauf bestanden hatte, dass er eines einsteckte, lächeln sehen. Er behielt Sheila im Arm, während sie sich das Gesicht abtupfte. »Dein Kleid gefällt mir wirklich gut«, sagte er und nutzte die Gelegenheit, um ihren runden Bauch zu tätscheln.

»Ist meine Wimperntusche verschmiert?«, fragte sie.

Er neigte den Kopf ein wenig zurück und musterte ihr Gesicht. »Am rechten Auge außen.«

Sie wischte den Fleck weg und gab ihm das Taschentuch zurück. Dann hob sie das Champagnerglas, das sie bisher ignoriert hatte. Websters Mutter bemerkte es.

»Oh, Kind, ich habe schon die ganze Zeit darauf gewartet, dass du das tun würdest.« Sie und Sheila stießen miteinander an.

An diesem Abend, dem ersten ihres dreitägigen Hochzeitsurlaubs, lagen Webster und Sheila zu Hause in ihrem Bett. Sie hatten beschlossen, auf eine Reise zu verzichten. Ihr enges Beisammensein im Kokon ihres Schlafzimmers und die Aussicht auf zwei weitere freie Tage reichten Webster zu seinem Glück. Am Montag wollten sie mit dem Geld, das ihnen seine Eltern zur Hochzeit geschenkt hatten, einen Stubenwagen und einen Autositz für das Baby kaufen. Morgen würden sie gemeinsam überlegen, wohin sie den Stubenwagen stellen würden – welchen kleinen Winkel ihrer ohnehin schon kleinen Wohnung sie für das Kind einrichten würden. Aber an diesem Abend gab es nichts zu besorgen und nichts zu planen. Websters Mutter hatte, betulich wie sie war, vom Restaurant zwei Abendessen und den Rest der Torte einpacken lassen und das Päckchen Sheila nach dem Mittagessen überreicht. »Keine Frau sollte am Abend ihrer Hochzeit in der Küche stehen, ganz gleich, wo sie ihn verbringt«, sagte sie. Sheila umarmte sie zum ersten Mal.

Webster war gerührt vom Bemühen seiner Mutter. Sie schien ihr größter Fan zu sein. Aber Sheila hatte ja auch etwas, das seine Mutter sich von Herzen wünschte: ein Enkelkind, das man knuddeln konnte.

Webster legte die Hand auf Sheilas Bauch und dachte: Das ist jetzt meine Familie.

Sheila trieb, während Webster sie in seinen Armen hielt, zwischen Wachen und Schlafen.

»Es sind Wehen«, sagte Sheila, als Webster morgens um halb neun nach Hause kam. Er hatte eine vergleichsweise leichte Nacht hinter sich. Nicht allzu viele Einsätze und nichts Ernstes. »Erträglich.« Sie war knapp im neunten Monat. Mit einem Glas Wasser vor sich saß sie am Küchentisch, der Bademantel reichte kaum noch um ihren Bauch, der Gürtel ließ sich nur mit Mühe schnüren. Eine Schwangerschaft hatte auch ihre komischen Seiten.

»Vorwehen?«, fragte er.

»Ich weiß nicht. Vielleicht.«

Sie waren zusammen zum Vorbereitungskurs gegangen, obwohl Webster den Ablauf kannte. Er behielt es für sich, Sheila sollte lernen, was sie wissen musste, ohne dass er dazwischenredete. Er hatte gleich im ersten Monat seiner Probezeit bei einer Entbindung geholfen. Burrows sagte, die Zweitgebärenden warteten immer zu lange. Webster wusste alles über Arterien und Venen, die in der Nabelschnur angelegt waren, das Absaugen und die Sekunden des Wartens auf den ersten Schrei des Neugeborenen, die spitzen, kleinen Köpfe gleich nach der Geburt, denen die Schwestern immer Mützchen überstülpten, angeblich um die Säuglinge warm zu halten. Webster war überzeugt, dass sie es taten, weil die spitzen Köpfe hässlich aussahen. Er hatte noch nie einen Säugling erlebt, der vom ersten Moment an schön anzusehen gewesen war. Meistens konnte er sie erst ein paar Wochen später, wenn die Mütter auf der Wache vorbeikamen, um sich zu bedanken, niedlich nennen.

Er legte Funkgerät und Gürtel auf den Tisch und sah, wie Sheila sich krümmte und die Augen schloss.

Er wartete, bis sie aufatmete.

»Das sind keine Vorwehen«, sagte er.

»Nein, wahrscheinlich nicht.«

»Ist deine Fruchtblase geplatzt?«

Sie nickte.

»Wann?«

»Gegen zwei heute Morgen.«

»Warum hast du mich nicht angerufen?«

Sheila zuckte mit den Schultern.

Webster sah sie prüfend an. Er schaute auf seine Uhr und wartete auf die nächste Wehe. Sie kam nach vier Minuten, und diesmal ballte Sheila die Hände zu Fäusten, um dem Schmerz standzuhalten. Webster hockte sich vor ihr auf die Fersen.

»Weißt du noch, wie du atmen musst?«

»Natürlich weiß ich es. Ich kann's nur nicht umsetzen.«

»Im Übungskurs hast du's prima gemacht.«

»Sieht das hier nach einer Übung aus?«

»Versuch, während der Kontraktionen zu atmen, auch wenn's nicht so geht, wie sie es euch gezeigt haben. Kannst du dich anziehen?«

»Ich glaube schon.«

»Wir fahren jetzt hin.«

»Ins Krankenhaus?«

»Wohin sonst?« Er richtete sich auf.

»Bin ich jetzt eine von diesen blöden Ziegen, von denen sie im Kurs geredet haben? Die viel zu früh hingehen und wieder nach Hause geschickt werden?«

»Nein«, sagte Webster. »Bei dir ist die Fruchtblase geplatzt. Du musst hin.«

Sie versuchte aufzustehen, und er stützte sie. »Es ärgert mich halb zu Tode, dass du mehr über das alles weißt als ich«, sagte sie.

»Warum?«, fragte er. »Wenn dieses Kind im Auto kommt, wirst du froh sein, mich dabeizuhaben.«

Sie zogen sich beide im Schlafzimmer an. Webster wollte nicht in seiner Uniform im Mercy Hospital erscheinen. Sheila war keine Patientin von ihm. Sie war seine Frau, und er würde Vater werden. Aber er wusste natürlich, was alles passieren konnte: Steißlage, Totgeburt, Nabelschnur um den Hals. Er fragte, ob er ihren Bauch abtasten dürfe, um zu sehen, wo sich der Kopf des Kindes befand. »Rühr mich nicht an!«, fuhr sie ihn an, als er sich ihr näherte.

Er nahm seinen Zubehörgürtel mit der sterilen Schere und mehrere Decken mit und trug den Koffer.

Sie lehnte sich schwer atmend an die Wand. »Glaubst du wirklich, es kommt jetzt gleich?«

»Nein«, sagte er.

Er half ihr die lange Außentreppe hinunter, die im Winter tückisch war, im September ungefährlich. Die Sonne schien hell, und das Laub an den Bäumen leuchtete in kräftigen Farben. Zweiundzwanzig Jahre in Vermont, und es verlor nie seinen Zauber.

Im Auto hatte Sheila drei starke Wehen. Sie stemmte einen Arm gegen das Armaturenbrett, den anderen gegen die Tür. Die Wehen kamen jetzt schnell hintereinander. Webster jagte den Wagen bis auf hundert hoch, mehr getraute er sich nicht. Man konnte nie wissen, wann plötzlich irgendein blöder Tourist, der sich verfahren hatte, auf den Highway schoss.

»O Gott!«, schrie sie und sah ihn an. »Ich möchte pressen.«

»Nein, tu das nicht«, sagte Webster bestimmt. »Du darfst auf keinen Fall pressen. Atme, Sheila. In einer halben Minute sind wir da. Versuch es mit der Atemtechnik. Hörst du mir zu? Nicht pressen.«

»Ich kann das nicht mit dem Scheißatmen.«

Webster wollte seine Frau nur noch auf einer sterilen Liege sehen, die Beine in Haltern, den Arzt samt Ultraschallgerät an ihrer Seite.

Er sah, wie sie sich unter dem Schmerz einer neuen Wehe zusammenkrümmte. Wenn er als Sanitäter bei einer Geburt dabei gewesen war, hatte er immer wissen wollen, was für ein Schmerz das war. Jetzt war er froh, dass er es niemals erfahren würde.

Webster hielt mit quietschenden Reifen vor der Rampe, riss die Tür auf und rannte in die Notaufnahme. Er hielt die erste Schwester an, die ihm bekannt vorkam.

»Mary, Sie heißen doch Mary, nicht? Meine Frau bekommt gleich ihr Kind.«

Die Schwester schnappte sich eine fahrbare Trage und rannte zum Auto. Sie riss die Tür auf. Sheila lag mit weißem Gesicht an der Rückenlehne. »Okay, Kindchen«, sagte Mary. »Alles wird gut. Können Sie stehen?«

Sheilas Beine waren weit gespreizt. Sie schüttelte den Kopf.

»Wir holen Sie jetzt raus.«

Webster schob seine Arme unter Sheilas Achseln, drehte sie auf die Seite und zog. Mary, erstaunlich kräftig trotz ihrer zierlichen Statur, fing die Füße auf. Sie hievten Sheila auf die Trage.

Auf der Station zog Mary den geblümten Vorhang der Kabine zu. Sie und Webster beförderten Sheila auf das

Bett. Sheila begann, während der Kontraktionen leise zu wimmern. Mary zog ihr die Schwangerschaftshose und den Schlüpfer aus und hob ihre Beine an, um sie in die Beinhalter zu platzieren. Sheila trug noch ein violettes Batik-Shirt mit einem CND-Logo auf der Brust.

»Kopfaustritt«, sagte Mary.

Webster unterdrückte einen Fluch. Er wollte seine Frau nicht in Panik versetzen.

»Wo bleibt der Arzt?«, fragte er.

»Auf Intensiv.«

Webster schluckte einen zweiten Fluch hinunter.

»Das Kind kommt«, sagte Mary. »Bleiben Sie in Kopfhöhe Ihrer Frau und halten Sie sie bei den Schultern. Sie sind Ihr Ehemann. Sie braucht Sie jetzt dringender als ich.«

Mary trat aus der Kabine hinaus, um eine Schwester namens Julie zu rufen.

Webster hielt Sheila bei den Schultern und versicherte ihr, dass er sie liebe, dass alles gut gehen werde. Das Baby sei schon fast da, und sie dürfe jetzt pressen, so viel sie wolle.

»Gott sei Dank«, wimmerte Sheila.

Ihr Gesicht zog sich zusammen, Schweiß trat aus allen Poren und durchnässte innerhalb von Sekunden ihr Haar. Sie hatte zu grunzen begonnen, das Geräusch erschreckte Webster. Er hatte es schon früher gehört, aber nie von Sheila. Er versuchte, in die Sanitäterrolle zu wechseln, professionellen Abstand zu gewinnen, aber als er Sheilas bis zum Äußersten angespannte Muskulatur unter seinen Händen spürte und ihre Schreie hörte, blieb nichts von der ganzen Professionalität. Er war aufgeregt und verängstigt zugleich, als hätte er noch nie einer Geburt beigewohnt.

»Komm schon, Sheila«, sagte er ihr ins Ohr. »Noch einmal mit aller Kraft.«

Und Sheila presste mit aller Kraft, die ihr Körper noch hergab. Dann fiel sie mit hilflos wedelnden Armen in sich zusammen. »Ogott, Ogott, Ogott!«, rief sie, und Webster fragte sich, ob das eine Art Gebet war.

»Sheila«, sagte er mit fester Stimme. »Pressen, Sheila. Nur noch einmal. Ja, so ist's richtig. Gut so. In einer Sekunde ist es vorbei. Nur noch einmal.«

Und dann übernahm ihr Körper die Arbeit und riss sie mit sich, ob sie wollte oder nicht.

Webster sah, wie das Kind geboren wurde. Er hielt den Atem an in den Sekunden der Stille, die folgten.

Er hörte einen Säuglingsschrei und senkte den Kopf, aus tiefster Seele dankbar.

»Okay, Daddy«, sagte Mary. »Wollen Sie die Nabelschnur abtrennen? Sie haben ein wunderhübsches kleines Mädchen bekommen.«

Webster zog Handschuhe über, und Mary reichte ihm eine sterile Schere. Er machte einen sauberen Schnitt. Julie kümmerte sich um die Nachgeburt. Mary sterilisierte den Nabelschnurrest und packte das Neugeborene ein, ehe sie es Webster reichte. Er schob die Hüllen vorsichtig zur Seite, um das ganze Gesicht seiner Tochter sehen zu können.

Seine Tochter.

Er war überwältigt. Er brachte das Neugeborene zu dessen Mutter, die mit geschlossenen Augen dalag.

»Sheila«, sagte Webster leise. »Hier ist sie. Hier ist unser Baby. Sie möchte an deine Brust.«

Sheila schreckte aus dem Schlaf auf und streckte die Arme aus, die zitterten, wie Webster bemerkte. Er half ihr, sich aufzusetzen. Er legte das Neugeborene an ihre Brust und schloss sorgfältig Sheilas Arme um ihre Tochter. Er wusste, dass Mary zusah.

»O Gott, wie schön sie ist«, sagte Sheila staunend, und Webster lachte. Sheila sah schrecklich mitgenommen aus und das Neugeborene genauso. Aber lange hielt dieser Gedanke nicht an. Er war jetzt der Vater. Er wich den beiden nicht von der Seite.

Das Kind suchte eine Brustwarze. Sheila sah zu Webster hinauf. »Haben wir uns nicht hier kennengelernt?«, fragte sie.

Sheila suchte einen Namen aus Websters Familie aus, der ihr gefiel: Rowan. Webster flickte seine freien Tage zu einem zweiwöchigen Urlaub zusammen. Als er wieder zu arbeiten begann, wurde ihm für sechs Monate Schicht I zugeteilt. Der Chef nannte es Umstrukturierung, aber Webster vermutete, dass er ihm etwas Gutes tun wollte. Die Tagschicht erlaubte ihm, spätestens nachmittags um halb fünf zu Hause bei seiner Frau und seinem Kind zu sein.

Jeden Tag nach der Arbeit sprintete Webster die Treppe hinauf, wie ausgehungert nach seiner kleinen Tochter, die sich rasant zum Bilderbuchbaby entwickelte. Manchmal saß Sheila auf einer Decke auf dem Boden und spielte mit der Kleinen, wenn er kam, manchmal lag sie auf dem Sofa und döste, während Rowan im Stubenwagen schlief. Webster konnte zwar seine kleine Tochter nicht füttern, aber er machte sie sauber und wickelte sie und legte sie Sheila, wenn diese langsam wach wurde, an die Brust. Nach dem Stillen stand Sheila auf und bereitete das Abendessen vor, während Webster sein Kind betrachtete.

Rowan hatte das gleiche Haar wie Sheila, ein echter genetischer Glücksfall, fand Webster. Ihre Augen waren blau, ihre Glieder schmal und lang, das Erbe beider Eltern. Websters Mutter schwor, Rowan sähe aus wie Websters

Großmutter, aber als Sheila und Webster sich das Bild einer biederen Frau ansahen, an die er sich nicht erinnerte, konnten sie keinerlei Ähnlichkeit entdecken. Websters Eltern wurden fortan Nana und Opa genannt.

Websters Leben war plötzlich von Grund auf verändert. Sheila und er schliefen zu unterschiedlichen Zeiten, beide bekamen sie nicht genug Schlaf, beiden machte es nichts aus. Webster war überzeugt, dass er und Sheila das schönste Kind gezeugt hatten, das er je gesehen hatte. Seine Mutter griff zu den Stricknadeln und brachte, so schien es, bei jedem Besuch eine neue gestrickte Überraschung für Rowan mit: Decken und Schühchen für das Neugeborene; Jäckchen und Stricktiere und ein wunderschönes grünblaues Mäntelchen für das Krabbelkind. Burrows und seine Frau schenkten Sheila und Webster einen raffinierten Sportwagen, den man auseinandernehmen konnte – und der so ziemlich für alles zu gebrauchen war außer fürs Kochen.

Wenn Webster Rowan auf dem Arm hielt, tauschte er Nasenküsse mit ihr und erklärte ihr, sie sei eine kleine Nervensäge. Er spazierte mit ihr durch die ganze Wohnung und zeigte ihr die Lichter. Hundertmal setzte er dasselbe fünfteilige Puzzle mit ihr zusammen, und sie schmatzte jedes Mal vor Verwunderung, wenn sie es geschafft hatte, die Teile richtig zusammenzufügen. Er vermutete, dass Rowan mit ihren neun Monaten der Garten hinten unendlich groß und abenteuerlich erscheinen musste. Im Sommer brachte Websters Mutter frisches Gemüse mit, das Sheila kochte, mit dem Stabmixer pürierte und dann in Eiswürfelschalen einfror. Wenn sie Rowan mittags und abends im Kinderstühlchen fütterte, taute sie ein oder zwei Würfel von dem gefrorenen Püree auf, machte es warm und wendete den, vermutlich bei allen

Eltern beliebten, Flugzeugtrick an, um Rowan zum Essen zu verführen.

Webster ertappte sich dabei, dass er bei jeder passenden und unpassenden Gelegenheit das Wort Liebe im Mund führte. Er hatte das Gefühl, in ein Leben hineingeworfen worden zu sein, das ihm bestimmt war, obwohl er es vor seiner Begegnung mit Sheila nicht hätte beschreiben können.

Sheila, die langsam ihre Figur zurückgewann, schien das neue Dasein zu erleben wie ihr Kind, eingebettet in eine Hülle der Geborgenheit, die anfangs den kleinen Raum zwischen Bett, Sofa und Spültisch umfasste und sich dann auf das Auto ausdehnte, in dem sie mit dem Baby Fahrten zu Nana und später, Rowan nun schon hinten im Kindersitz, zum Einkaufen im Supermarkt unternahm.

An einem Spätnachmittag im August fand Webster Sheila und Rowan schlafend auf dem Rasen im Garten vor, als er nach Hause kam. Er wollte sie nicht wecken, holte sich nur einen Stuhl, um sich zu ihnen zu setzen und an ihrem Anblick zu erfreuen. Ein leichter Wind wehte warm über sie hinweg und hielt die Mücken fern.

Er stellte sich vor, wie Sheila und Rowan hier zusammen gesessen und gespielt hatten und dann einfach eingeschlafen waren. Ein hinreißendes Bild, seine beiden Frauen mit dem gleichen glänzenden braunen Haar, das Kinderköpfchen an den Kopf der Mutter geschmiegt. Atmeten sie im Gleichklang? Webster bedauerte es, seinen Fotoapparat nicht zur Hand zu haben, aber er wagte nicht, aufzustehen und ihn zu holen. Von vorn hörte er das Stimmengewirr der Kunden, die sich vor der Eisdiele drängten. Der ideale Tag für eine Kugel Eis. Im Garten war man für sich, solange die Bäume belaubt waren. An der Stelle, wo

Sheila und Rowan schliefen, wuchs das Gras am üppigsten.

Rowan erwachte zuerst, und das wiederum weckte Sheila. »Hallo«, sagte sie schlaftrunken, während sie Grashalme von sich und dem Kind entfernte. Sie stand auf und nahm die Kleine auf den Arm. Auch Webster stand auf.

»Dann mach ich jetzt wohl mal das Essen«, meinte sie.

Webster hielt sie mit einem Kuss auf. »Ich habe eine bessere Idee. Gehen wir nach vorn und holen für jeden ein Eis.«

Sheila protestierte nicht, wie er erwartet hatte. Im Allgemeinen achtete sie streng darauf, dass Rowan gesund aß. Doch diesmal lächelte sie.

»Du hast großartige Ideen, Mr Webster, weißt du das?«

Webster nahm ihr Rowan ab, die sich immer noch den Schlaf aus den Augen rieb. »Na, was meinst du – sollen wir zum Abendbrot Eis essen?«

Sie nickte und legte ihren Kopf an seine Schulter.

Webster wusste, dass er nie so glücklich gewesen war.

Es war ein plötzlicher Kindstod, der Säugling seit Stunden tot, als Webster und Burrows das Haus erreichten, ein kleines Cottage am Ufer des Bachs, der parallel zur 83 floss. Es war eigentlich ein reines Sommerhaus, und im ersten Moment dachte Webster, die Mutter wäre vielleicht eine Urlauberin. Das Haus hatte keinerlei Isolierung. Die Mutter hatte bei ihrem Anruf hartnäckig behauptet, das Kind atme noch.

Im Kinderbett lagen Decken und Stofftiere. Bisher konnte niemand mit Sicherheit die Ursache dieses sinnlosen und tragischen Sterbens von Säuglingen benennen. Webster empfand nur Traurigkeit und Zorn.

Er suchte den Radialispuls am Handgelenk und fragte sich, wann die Mutter ihren Säugling das letzte Mal angesehen hatte, wie lange schon sie sich weigerte, der Realität ins Auge zu sehen. Burrows begann mit der Wiederbelebung, obwohl beide Sanitäter wussten, dass das Kind tot war. Um der Hinterbliebenen willen mussten sie alles tun, was in ihrer Macht stand.

Webster sah sich in dem kleinen Wohnzimmer um, in dem das Kinderbett neben dem Sofa stand. Er versuchte stets, sich ein Bild von den Lebensumständen der Menschen zu machen, zu denen sie gerufen wurden. Ein Zweizimmerhäuschen, der Säugling im Wohnzimmer. Das Kind war vielleicht zehn Wochen alt.

Burrows rief die Leitstelle, um zu melden, dass sie einen Polizeibeamten und einen Gerichtsmediziner brauchten. Bei plötzlichem Kindstod war eine Obduktion zwingend.

»Wie heißen Sie, Madam?«, fragte er.

»Susan.«

»Susan, wo ist Ihr Mann?«

»Bei der Arbeit.«

»Und wo ist das?«

»Er arbeitet auf einer Baustelle gleich in der Nähe von Rutland.«

Sie gab ihre Antworten klar und ohne Zögern. Ihr Haar war schmutzig, und ihre Zähne hatten einen hässlichen gelben Belag. Webster konnte den üblen Atem noch zwei Meter entfernt riechen. Trotz des warmen Herbsttages war es bei dem Sofa eiskalt.

Die Frau zog die Enden ihrer rosafarbenen Strickjacke um sich zusammen. »Warum kümmern Sie sich nicht um mein Baby?«, fragte sie.

Webster kauerte vor der Frau nieder. »Wir kümmern uns um Ihr Baby. Sehen Sie den Sanitäter da?« Webster schwitzte unter seinem Uniformhemd. »Wie heißt das Baby denn?«, fragte er.

»Britney.«

Webster würde ihr die schreckliche Nachricht nicht beibringen müssen. Das würde im Krankenhaus geschehen. Hilfsmaßnahmen an einem toten Kind durchzuführen war das, was einen fertigmachte.

»Sie ist tot, oder?«, fragte die Frau.

»Wir behandeln sie noch. Wir tun, was wir können.«

»Ich weiß, dass sie tot ist.«

Der Schmerz traf die Frau plötzlich mit aller Gewalt. Ihr Gesicht verzerrte sich, sie fiel auf das Sofa. Sie drückte sich die Hände auf den Mund. »Nein, nein, nein ...«, schluchzte sie immer wieder, Klagelaute, die in Wimmern übergingen. Webster setzte sich zu ihr und legte seine Hand auf ihren Arm. Sie, nicht der Säugling, war jetzt sein Patient.

Er stand auf und fragte Burrows, ob sie der Mutter nicht etwas geben sollten, aber Burrows schüttelte den Kopf. »Wenn die Polizei hier fertig ist, sehen wir, wie es ihr geht, und nehmen sie dann vielleicht mit.«

»Es ist kaum zu ertragen«, sagte Webster.

»Ist das dein erster Kindstod?«

Webster nickte.

»Es ist das Schlimmste, was es gibt«, sagte Burrows, der wahrhaftig kein Softie war. »Ein ganzes Leben ausgelöscht, und ohne jeden Grund. Ganz gleich, wie oft man es mitgemacht hat, es macht einen wahnsinnig.«

»Die Mutter weiß es schon seit Stunden, oder?«

»Nimmst du's ihr übel, dass sie die Realität nicht sehen will?«

»Nein, bestimmt nicht.«

»Du zitterst ja«, sagte Burrows und sah seinen Partner prüfend an.

»Mir geht's gut.«

»Schau, es ist nicht dir passiert«, sagte Burrows. »Rowan ist gesund und munter. Und sie wird's auch bleiben. Sie ist längst über das Alter hinaus, in dem du dir deswegen Sorgen machen müsstest.«

»Ich weiß«, sagte Webster.

»Geh du jetzt mal raus und warte auf die Bullen. Ich bleibe hier bei der Mutter.«

»Ist das wirklich okay?«

»Geh schon«, sagte Burrows. »Das ist ein Befehl.«

Webster ging hinaus ins Freie. Er merkte, wie ihm Tränen in die Augen schossen, und blickte zum Himmel hinauf, damit sie ihm nicht über die Wangen liefen. Nye würde es ihn nie vergessen lassen, wenn er ihn hier flennend vorfand. Er dankte Gott, wo auch immer der sein mochte, dass ihm sein Kind nicht genommen worden war, dass die Geburt und die ersten Lebensmonate problemlos verlaufen waren. Aus der Ferne hörte er den Streifenwagen den Holperweg herunterkommen. Er hatte keinen Grund, hier draußen zu sein. Er drehte um und ging wieder ins Haus. Jetzt würde alles schnell gehen.

Webster warf seine Ausrüstung noch im Gehen ab und rief nach Sheila, überrascht, sie nicht mit Rowan im Wohnzimmer anzutreffen. Als er noch einmal rief, hörte er aus dem Schlafzimmer eine Antwort. Dort saß Sheila im Dunklen eines späten Oktobernachmittags auf dem Bett und stillte ihre vierzehn Monate alte Tochter. Sie hatte eine Pyjamahose an und eine weiße Bluse, die Rowan leichten Zugang zu ihrer Brust bot. Webster warf sich zu ihnen aufs Bett und kraulte Rowan mit einem Finger die Wange.

»Animier sie jetzt nicht«, sagte Sheila. »Ich versuche gerade, sie zur Ruhe zu kriegen. Sie hat den ganzen Tag nicht geschlafen.«

Webster hörte den gereizten Ton. Sheilas Haare waren strähnig, und unter ihren Augen lagen dunkle Schatten. Wenn Rowan den ganzen Tag nicht geschlafen hatte, dann auch Sheila nicht.

»Leg sie gleich hin, wenn sie satt ist«, sagte Webster. »Dann kannst du schlafen. Und wenn sie nicht schläft, nehme ich sie.«

»Du hast zwei Schichten durchgearbeitet.«

»Ich bin besser in Form als du.«

Sheila nickte.

Webster stand vom Bett auf und zog sich aus. Er wollte seine Arbeit nicht in sein Familienleben hineintragen. Wenn er die Uniform ablegte, war das, als ließe er ein Leben hinter sich, um in ein anderes einzutauchen.

Er stieg in eine Jeans, zog einen schwarzen Pulli über und ging ins Bad, um sich Gesicht und Hände zu waschen. Als er, wieder im Schlafzimmer, vor dem Spiegel über der Kommode stand, um sich die Haare zu ordnen, sah er ein flüchtiges Bild von Sheila und Rowan auf dem Bett. Impulsiv drehte er sich um und warf sich mit ausgebreiteten Armen über die beiden, um sie zu küssen. Mit einem Fuß stieß er ein Glas um, und Sheila wandte den Kopf ab.

Er hob das Glas vom Boden auf. Auf seinem Grund war noch ein Rest bernsteinfarbener Flüssigkeit. Er roch daran. Der Whiskey machte ihn wütend.

»Wo hast du ihn hingetan?«, fragte er.

Sheila antwortete nicht. Ihrem Gesicht sah er an, dass sie wütend war. Aber, zum Teufel, *er* war wütend.

»Ich finde das Zeug sowieso«, sagte er. »Da kannst du's mir auch gleich sagen.«

»Nur zu«, sagte sie.

»Was soll das, Sheila, verdammt noch mal! Du stillst noch. Genauso gut könntest du Rowan gleich aus der Whiskeyflasche trinken lassen.«

»Übertreib nicht so«, sagte sie.

Webster nahm ihr das Kind ab. Sheilas Arme hingen leer herab. Nach ein paar Sekunden stand sie auf und rutschte hinter ihm vom Bett. Sie schlüpfte in ihre Stiefel.

Rowan, so rüde von der Brust gerissen, begann zu weinen, dann zu strampeln und um sich zu schlagen, bereit, ein Riesengebrüll anzustimmen.

»Na bitte, jetzt hast du's erreicht«, sagte Sheila.

»Ich hab's erreicht?«, fragte Webster. »Ich? Wie lang geht das schon? Sheila, ich muss es wissen.«

»Ich muss dir gegenüber keine Erklärungen abgeben.«

»Doch, musst du. Du hast mein Kind mit Whiskey gestillt.«

»Dein Kind, ah ja.«

»Unser Kind.«

»Danke, ich dachte schon, ich wär vielleicht nur die Amme.«

»Sheila, lass das.«

Sie ging ins Wohnzimmer hinüber. Webster folgte ihr. Er sah, wie sie ihre Handtasche nahm.

»Herrgott noch mal«, sagte er. »Wo willst du hin?«

»Weiß ich noch nicht.«

»Bleib hier.«

»Ich dreh durch, wenn ich hier nicht rauskomme.«

Webster stellte sich vor die Wohnungstür. Rowan schrie.

»Was ist denn nur passiert?«, fragte er. »Als ich gestern gegangen bin, war doch alles gut.«

Sie hob den Kopf und sah ihn an. Ihr Blick war hart. »Draußen hat es minus dreizehn Grad, und es ist noch nicht mal November. Ich kann keinen Schritt vor die Tür gehen mit dem Kind. Sie hat den ganzen Tag geheult. Das alles hier macht mich wahnsinnig. Ich komm mir vor wie eine Irre in der Gummizelle.«

»Das geht allen so, wenn der Winter kommt. Ob sie nun kleine Kinder haben oder nicht.«

»Aber du kommst wenigstens raus.«

»Vielleicht solltest du dir überlegen, ob du nicht wieder zu arbeiten anfangen willst«, sagte Webster.

»Ich will nicht arbeiten. Ich will einfach …«

Webster wurde eiskalt. »Was, Sheila? Was willst du?«

»Mich ins nächste Auto setzen.«

Einen Moment lang konnte er nicht sprechen.

»In dir hab ich meine große Chance gesehen«, sagte Sheila.

»Deine Chance? Worauf?«

»Sicherheit. Dir quillt doch die Sicherheit aus allen Poren, Webster.«

Er war wie betäubt. Er drückte das Kind an sich und klopfte ihm den Rücken, um es zu beruhigen.

»Okay, es ist passiert. Ich hab was getrunken. Einmal. Bist du jetzt zufrieden, Herr Sanitäter? Es war ein einziges Mal, und es kommt nicht wieder vor. Und vielleicht wirfst du mal einen Blick in deine hochheiligen medizinischen Bücher. Wenn eine Mutter mal was trinkt, weißt du, wie viel das Baby dann davon abbekommt? Praktisch nichts.«

»Wo ist die Flasche?«

»Rowan muss gewickelt werden. Und sie muss schlafen. Und du stehst mir im Weg.«

Sie streckte die Arme aus und stieß ihn zur Seite. Er hätte sie leicht aufhalten können, aber er tat es nicht, sondern machte die Tür frei. Am liebsten hätte er ihr gesagt, sie brauche gar nicht wiederzukommen, wenn sie nicht bereit sei, mit dem Trinken aufzuhören, aber er wusste, dass es nur eine leere Drohung gewesen wäre.

Als Sheila weg war, setzte sich Webster mit Rowan aufs Sofa.

Hatte Sheila ihn wirklich nur ausgesucht, weil sie in ihm die Chance auf ein gesichertes Leben gesehen hatte? Der Gedanke widerte ihn an. Liebte sie ihn gar nicht so, wie er sie liebte? War es gar nicht der gemeinsame Start gewesen, den er gesehen hatte?

Oder waren Sheilas Worte nur in der Hitze des Gefechts

gefallen? Würde sie sie zurücknehmen, wenn sie nach Hause zurückkam?

Als Rowan wieder unruhig wurde und zu quengeln begann, holte Webster die pinkfarbene Wickeltasche aus dem Schlafzimmer und suchte heraus, was er brauchte. Er legte seine kleine Tochter auf die weiche Unterlage auf dem Couchtisch, um ihre Windeln zu wechseln. Sie lachte, als kitzelte er sie. Rowan mochte die Spannung zwischen Webster und Sheila gespürt haben, aber was ihre Mutter und ihr Vater zueinander gesagt hatten, würde sie niemals erfahren.

Nachdem er die Kleine gewickelt hatte, steckte er sie in ihren gelben Schlafanzug. Er setzte sich einen Moment mit ihr auf einen Stuhl in der Küche und ulkte Gesichter schneidend mit ihr herum.

Hatte Sheila es darauf angelegt, schwanger zu werden, weil sie in ihm ihre beste Chance gesehen hatte? Wer würde so etwas tun? Aber dann dachte Webster an das merkwürdige Durcheinander wegen der Verhütung, nachdem sie das erste Mal zusammen gewesen waren. Er schloss die Augen. Die Nacht auf dem Hügel unter dem fast vollen Mond war eine kostbare Erinnerung für ihn gewesen.

Sheila wollte die Regeln brechen. Gut. Aber Webster konnte die Regeln ändern.

Mit viel Mühe packte er Rowan in ihren hellblauen Schneeanzug. Sheila hatte den Autositz am Fuß der Treppe abgestellt. Webster hielt Rowans Gesicht dicht an seine Brust, um ihre zarte Haut zu schützen. Er befestigte den Autositz in seinem alten Streifenwagen, und nachdem er Rowan darin angeschnallt hatte, ging er nach vorn, setzte sich hinters Lenkrad und steckte den Zündschlüssel ein.

Er drehte sich noch einmal nach seiner Tochter um, konnte aber nicht mehr erkennen als ein Paar runder blauer Augen in einem Schneeanzug. Er fühlte etwas in sich zerbrechen. Die reizbare, ruhelose Sheila war zurück. Die Sheila, die trank.

Webster manövrierte den Wagen rückwärts auf die 83 hinaus und fuhr zu Giant Mart. Rowan im Tragesack an seiner Brust, suchte er in den Regalen nach Babymilchpulver. Er würde schon kapieren, wie er es anrühren musste. Und morgen würde er Sheila sagen, dass sie abstillen solle. Er vermutete, sie würde einverstanden sein, und sei es nur um der Freiheit willen, die es ihr verschaffte.

In der Wohnung zurück, legte er Rowan schlafen und suchte nach Alkohol. Er fand nichts. Entweder hatte Sheila die Flasche mitgenommen, oder sie war raffinierter, als er gedacht hätte. Das Wort Kätzchen fiel ihm ein, und er stieß einen unschönen Laut aus.

Sheila kam irgendwann in der Nacht zurück. Er fragte sie nicht, wo sie gewesen war.

Am Morgen bereitete er vier Flaschen für Rowan zu, ehe er zur Arbeit fuhr.

Sie hörten die Signaltöne und dann die sachliche Stimme aus der Leitstelle. »Verdacht auf Herzinfarkt, starke Brustschmerzen, die bis zum Kiefer ausstrahlen.« Webster fragte nach der Adresse. Burrows sagte: »Scheiße.« Auf der ganzen rüttelnden Fahrt über die hart gefrorenen Furchen schwitzte er Blut und Wasser. Burrows hing sehr an seinem RTW.

»Wo ist das überhaupt?«, fragte Webster.

»Woher soll ich das wissen?«, versetzte Burrows.

Sie gelangten schließlich zu einer Fischerhütte am Rand eines kleinen, zugefrorenen Sees. Davor standen fünf Lastwagen. Die Riesenfahrzeuge, alle neueren Baujahrs, wirkten absurd vor der kleinen Hütte.

»Eisfischer«, sagte Webster.

»Hast du mal den Film ›Beim Sterben ist jeder der Erste‹ gesehen?«, fragte Burrows.

»Ja?«

»Ach, schon gut.«

Webster fiel auf, dass Burrows anklopfte, anstatt wie sonst einfach hineinzustürmen. Vielleicht fürchtete er, auf der anderen Seite könnte eine Schrotflinte warten. Ein Mann schrie: »Kommen Sie rein!«, und es hörte sich nicht nach einem Hinterhalt an. Nicht dass von den Sanitätern, die Webster kannte, je einer in einen Hinterhalt geraten wäre, aber er hatte gelesen, dass in den großen Städten so etwas vorkam.

In der Hütte warteten fünf Männer, vier standen, einer lag auf dem Boden. Fünf Männer, fünf Laster. War da keiner bereit, den anderen mitzunehmen?

Der Boden bestand aus strapazierfähigen, grauen Teppichfliesen, die über und über voll Flecken waren. Woher die stammten, wollte Webster gar nicht wissen. Der Mann auf dem Boden hielt sich die Brust und weinte.

Webster und Burrows bahnten sich einen Weg durch Pizzakartons und Bierdosen.

Als Webster neben dem Patienten niederkniete, wusste er sofort, dass etwas nicht stimmte. Die Haut des Mannes war zu rosig für einen Herzanfall, aber Webster nahm dennoch die übliche Kontrolle vor. Keine Schweißbildung, keine Kurzatmigkeit, keine Übelkeit. Lediglich der Blutdruck des Patienten war etwas erhöht.

»Wie heißt er?«, fragte Webster.

»Sully«, antwortete einer der Männer, der beim Spülbecken stand.

»Sully«, sagte Webster, »haben Sie solche Schmerzen schon früher mal gehabt?«

»Einmal«, antwortete der Fischer. »Bei der Hochzeit meiner Nichte.« Er sprach, als hätte er Mühe zu atmen. »Damals haben sie beinahe die Rettung gerufen.«

»Welchen Wert würden Sie dem Schmerz auf einer Skala von eins bis zehn geben, Sully?«

»Acht«, sagte der Mann. »Vielleicht neun. Es sind fürchterliche Schmerzen.«

»Können Sie mir zeigen, wo es wehtut?«, fragte Burrows ihn.

Der Mann legte seine Finger unmittelbar unter seine Ohren und führte sie abwärts zur Brustmitte.

»Brustschmerz, der zum Unterkiefer ausstrahlt«, stellte Webster fest.

»Wir müssen ihn in die Klinik bringen«, sagte Burrows zu Webster.

»Nette Fahrt.«

»Lange Fahrt.«

Webster richtete Sully in Sitzposition auf und fragte, ob er zum Rettungswagen laufen könne. Sully versuchte es und schaffte es, o Wunder, ohne Hilfe zu stehen. Noch bevor sie die Hüttentür erreichten, sagte er, genau wie Webster erwartet hatte: »Der Schmerz lässt ein bisschen nach. Ich fühl mich ein bisschen besser. Warten wir noch einen Moment.«

»Lassen Sie mich Ihre Werte prüfen«, sagte Webster, wie es die Dienstvorschrift verlangte, obwohl er und Burrows schon genau wussten, womit sie es zu tun hatten. »Setzen Sie sich hier hin.«

Webster legte dem Patienten die Blutdruckmanschette an, dann ertastete er den Handgelenkpuls. Noch ehe er etwas melden konnte, stand Sully wieder auf, als hätte er sich auf wunderbare Weise von einer Nahtoderfahrung erholt. Er hob die Arme in die Höhe.

»Ich bin gerettet!«, rief er laut.

Die Fischer in der Hütte lachten. »Sully, ich hab dir doch gleich gesagt, dass es nur Sodbrennen ist.«

Die fünf Männer boten den Sanitätern zum Dank frische Fische an. Burrows lehnte ab. Einer der Männer wies Webster auf die winzige Hütte mitten auf dem gefrorenen See hin. In ihrem Inneren, das wusste Webster, waren ein Ofen und ein paar Klappstühle und ein Loch, durch das die Männer ihre Angelschnüre hinunterließen.

»Die Rettung sollte diesem Arschloch eine Rechnung für den Verschleiß des Wagens schicken«, sagte Burrows, als sie in den RTW stiegen, Webster hinter das Steuer.

»Warum hast du den Fisch abgelehnt?«, fragte Webster.

»Putzt du gerne Fische?«

»Nein, nicht besonders.«

»Ich auch nicht, und Karen weigert sich. Ich denke mal, dass Sheila da nicht anders ist.«

Nein, Webster konnte sich nicht vorstellen, dass Sheila sich hinstellen und Fische putzen würde.

Der RTW schwankte über die Furchen. »Scheißkerle«, brummte Burrows.

Sie brauchten einundzwanzig Minuten, um auf eine befestigte Straße zu gelangen. Sechsunddreißig Minuten von der Rettungswache, zwanzig Minuten am Einsatzort, noch einmal sechsunddreißig Minuten für die Rückfahrt. Beinahe anderthalb Stunden verschwendet. Burrows war sauer.

»Du siehst scheiße aus, Webster, weißt du das?«, sagte er. »Schläft das Baby nicht?«

»Sie schläft bestens.«

»Ehe läuft gut?«

»Bestens«, sagte er wieder.

»Ich muss nachfragen, verstehst du. Du bist nicht voll da. Ich muss auf so was achten. Also, was ist los?«

»Ich bin nicht voll da?«, fragte Webster betroffen.

»Nein, nein, du machst deine Arbeit schon gut. Aber du siehst aus, als würdest du an der Dialyse hängen. Also, was läuft zu Hause?«

»Das weiß ich selbst nicht so genau«, antwortete Webster.

»Bingo. Ich hab doch gewusst, dass es die Beziehung ist.«

»Einen Scheiß weißt du«, entgegnete Webster. »Ich könnte genauso gut in finanziellen Schwierigkeiten stecken.«

»Aber so ist es nicht. Richtig?«

Webster seufzte.

»Mann, die Frau hatte dich von Anfang an richtig unterm Pantoffel. So wild warst du auf sie.«

»Bin ich immer noch.«

»Und liebt sie dich auch?« Burrows begann, sich mit einem Zahnstocher die Zähne zu reinigen.

»Ja«, sagte Webster.

Aber stimmte das?

»Wo liegt dann das Problem?«, fragte Burrows.

»Ich weiß auch nicht«, sagte Webster. »Schau dir das an. Ein Stau in Hartstone?«

»Du könntest die Sirene einschalten.«

»Wir sind ja gleich da.«

Plötzliches Sirenengeheul würde nur den Fahrer vor ihm zu Tode erschrecken.

»Sheila ist so rastlos. Als wäre sie ständig auf dem Sprung.«

»Wohin?«, fragte Burrows.

»Das sagt sie nicht. Kann's nicht sagen.«

»Bist du sicher, dass das nicht diese Postpartum-Scheiße ist? Gibt's ja nicht selten bei Frauen nach der Schwangerschaft.«

Webster sah den Ort vor sich, aber er konnte nicht hineinfahren. Ein großer Sattelschlepper versperrte ihm die Sicht. »Ist heute irgendein Umzug?«

»Keine Ahnung.«

»Aber das ist es gar nicht. Sie ist nicht deprimiert oder so«, sagte Webster.

Burrows drehte den Kopf und sah Webster mit zusammengekniffenen Augen an. »Was ist es dann?«

Webster hatte nie mit einem anderen über Sheila gesprochen. Es kam ihm vor wie ein Vertrauensbruch. Aber er wusste, dass Burrows nicht lockerlassen würde, bis er hatte, was er wollte. Und vielleicht wäre es ja eine gewisse Erleichterung, darüber zu reden.

»Sie trinkt«, sagte Webster.

»Ach, du lieber Gott.« Burrows schloss kurz die Augen. »Und trinkst du auch?«

»Nein.«

»Na, das ist doch schon mal gut.«

»Nichts ist gut.«

»Am Anfang war's wahrscheinlich romantisch, hm?«, fragte Burrows. »Die erste Flasche Wein ... die zweite ...«

»Ja, kann sein.«

»Dann merkst du, dass ihr zu jeder Mahlzeit was trinkt, weil es so verdammt romantisch ist, stimmt's? Kerzen, die guten Gläser und dann Sex. Cool.«

Webster schwieg.

»Eines Abends entdeckst du dann, dass ihr ein Problem habt, und du bist es nicht.«

Der Stau löste sich plötzlich auf, ohne ersichtlichen Grund. Kein Umzug. Kein Unfall. »Woher weißt du das alles?«, fragte Webster.

»Alles schon mal dagewesen. Braucht ihr vielleicht einen Eheberater?«

Webster schüttelte den Kopf, überrascht und ablehnend. »Das kannst du vergessen. Das kommt nicht infrage.«

»Gut, ich kenn nämlich auch keinen.« Burrows grinste. »Aber rein aus Neugier – würde Sheila hingehen?«

»Würdest du hingehen?«

»Nie im Leben.«

Webster kam sich vor, als lebte er im sprunghaften Rhythmus eines kranken Herzens. Wochenlang konnte Sheila ganz normal sein, liebevoll, gelegentlich sogar schnippisch auf diese besondere Art, die Webster einmal an ihr gemocht hatte. Jedes Mal, wenn sie zu dritt etwas unternahmen, Schlittenfahren gingen oder zum Einkaufen oder sonntags zum Mittagessen bei Websters Eltern fuhren, wenn er sah, wie sie Rowan vorlas, mit ihr im Wald spazieren ging, wie sie mit Rowan lachte, schöpfte Webster Hoffnung. Einen Moment lang wurde ihm dann leichter ums Herz, und er dachte, ganz vorsichtig, jetzt wird alles gut.

Trotzdem blieb er wachsam. Und nach einem Monat oder sechs Wochen fiel ihm unweigerlich etwas auf, das ihn unruhig machte. Dann begann er, nach weiteren Fingerzeigen zu suchen. Manchmal hatte er das Gefühl, seine Ehe mit dieser Suche nach den verräterischen Zeichen zu vergiften, dass er sie dadurch irgendwie erst heraufbeschwor: die Schlaffheit der Gesichtszüge, die leicht verschliffene Rede, den Widerwillen, ihn zu küssen. Sheila ging manchmal aus, aber nicht mit ihm. Webster suchte nach Flaschen und fand sie. Eine Wolke des Argwohns hing in der Wohnung.

Eines Abends entdeckte Webster eine Flasche Bacardi auf einem Bord hinter Rowans Stofftieren. Dass es Sheila nicht genug war, ihn zu hintergehen, sondern dass sie auch noch Rowans Spielsachen benutzte, um ihren Betrug zu tarnen, machte ihn doppelt wütend.

»Jetzt reicht's«, sagte er zu Sheila, als er, seinen Fund schwenkend, ins Wohnzimmer trat.

Sheila wandte sich ab.

Rowan blickte zu ihrem Vater auf. Webster war sicher, dass sie die Spannung zwischen ihm und Sheila wahrgenommen hatte, und jetzt, da sie die ersten Wörter sprechen konnte, hatte sie vielleicht mehr verstanden, als ihm recht war. Er versteckte die Flasche hinter seinem Rücken.

»Du gehst zu den AA«, sagte Webster zu Sheila.

»Das muss man wollen.«

»Du wirst schon wollen, glaub mir.«

»Ach ja? Wie das?«, fragte Sheila, ohne den Blick vom Fernseher zu wenden.

Webster hatte eine Antwort. Es war etwas, worüber er seit Wochen nachdachte. »Ich nehme Rowan, und wir ziehen zu meinen Eltern.«

Sheila schaltete den Fernseher aus. »Was genau soll das heißen?«

»Das heißt, dass Rowan und ich bei meinen Eltern leben werden, und du nicht.«

»Nana?«, fragte Rowan.

Webster lächelte seine Tochter an. »Mal sehen«, sagte er und dachte, dass es wahrscheinlich keine Wendung gab, die Eltern so oft gebrauchten wie diese zwei Wörter, *mal sehen*.

»Das würdest du nicht wagen«, sagte Sheila.

»Wollen wir wetten?«

Webster drehte sich um, ging ins Schlafzimmer und holte seinen Koffer aus dem Schrank. Er begann zu packen. Als er mit einem großen Leinenbeutel in Richtung Rowans Bett und Regal ging, stand Sheila auf.

»Also gut«, sagte sie leise.

»Was, also gut?«

»Ich gehe. Zu den AA.«

Webster trug den Koffer und den Leinenbeutel ins Schlafzimmer zurück. »Ich erkundige mich, wo und wann das nächste Treffen stattfindet.«

»Das weiß ich schon«, sagte Sheila.

Sie war also immerhin so weit gegangen, sich über die AA zu informieren? Das war wenigstens ein erster Schritt.

»Mami traurig?«, fragte Rowan, die immer alles genau wissen wollte. Sie wollte wissen, ob sie beunruhigt sein sollte oder nicht.

»Nein, Schatz«, antwortete Webster. »Es ist alles in Ordnung.«

Nichts war in Ordnung. Aber vielleicht würde es in Ordnung kommen.

Er parkte vor der Kirche, so weit wie möglich entfernt von einer Straßenlampe. Es war unsinnig, da Sheila sowieso gleich zu dem Treffen im Souterrain gehen würde. Er dachte, er könnte vielleicht ihre Identität schützen – obwohl es praktisch unmöglich war, in Hartstone, oder selbst im Nachbarort, anonym zu bleiben. Hinter ihnen, im Kindersitz, schlief Rowan.

Sheila hatte zwei Zigaretten im Auto geraucht. Normalerweise hätte Webster sie scharf kritisiert, wenn sie mit dem Kind im Wagen rauchte. Vielleicht wurde er ja wirklich langsam zum selbstgerechten Spießer, wie sie ihm einmal wütend vorgeworfen hatte. In letzter Zeit hatte Webster oft genug gute Lust gehabt, einfach einmal mit den Kollegen von der Rettung eine Nacht lang um die Häuser zu ziehen, sich einen anzutrinken und mit Schlagseite nach Hause zu kommen. Aber das konnte er nicht bringen. Dann würde sie überhaupt nicht mehr auf ihn hören.

»Du kriegst das schon hin«, sagte er zu ihr.

»Ich hab auf dieses Ritual ungefähr so viel Lust wie auf eine Wurzelbehandlung«, versetzte sie.

»Hast du schon mal eine Wurzelbehandlung bekommen?«

»Nein.«

Sie trug Jeans und eine weiße Bluse. Jeden Tag wurde

es ein bisschen später dunkel, aber Anfang April konnten die Abende immer noch unangenehm kalt sein.

Webster schaute auf seine Uhr.

»Ich weiß, ich weiß«, sagte Sheila. »In spätestens drei Minuten muss ich gehen. Aber eigentlich könnte ich jederzeit reingehen.«

»Du würdest nur mehr auffallen.«

»Mit einem Abend wird's nicht getan sein«, warnte sie. »Mach dir also keine allzu großen Hoffnungen.« Sie sah ihn an. »Machst du dir Hoffnungen?«

»Ich weiß nicht, ob ich mich das getrauen soll.«

Er tätschelte ihr den Rücken und hatte den Eindruck, dass sie zurückzuckte. Es erinnerte ihn daran, dass sie einander nicht mehr so viel anfassten wie früher.

Aber die Berührung schien bei Sheila etwas gelöst zu haben. Sie seufzte und senkte den Kopf. »Es tut mir leid, Webster«, sagte sie.

Er hätte sie gern in den Arm genommen, aber so, wie sie saßen, ging es schlecht, es wäre noch viel ungelenker gewesen als bei Teenagern, die auf dem Rücksitz herumknutschten. Er fragte sich, ob Sheila sich irgendwann getrieben fühlen würde, Wiedergutmachung zu leisten. Er wollte keine Wiedergutmachung. Er wollte nur, dass sie zu trinken aufhörte.

»Ich liebe dich«, sagte sie.

Er öffnete seinen Sicherheitsgurt und zog sie an sich. »Wirklich?«

Sie nickte, und er küsste sie auf den Scheitel. »Ich liebe dich auch.«

Sie legte ihre Hand auf seinen Schenkel. »Es ist nicht wie Hypnose. Ich werde da nicht geheilt rauskommen.«

»Das weiß ich«, murmelte er, sein Kinn auf ihren Kopf gedrückt. »Geh einfach regelmäßig zu den Treffen.«

Nach einer kleinen Weile löste sie sich von ihm und stieg aus dem Auto. Sie zögerte einen Augenblick. Er blickte ihr nach, als sie mit straffen Schultern, die Hände in den Taschen, auf die Tür zum Souterrain zuschritt.

Als sie herauskam, lächelte sie. Webster fühlte sich wie befreit, obwohl er sich immer wieder gesagt hatte, er dürfe nicht zu viel erwarten. Er beobachtete sie, wie sie, halb beleuchtet von einer Straßenlampe, zum Wagen kam.

Umwerfend schön.

Zu Hause brachten sie Rowan ins Bett und liebten sich, wie sie sich früher geliebt hatten. Webster konnte sein Glück kaum fassen. Wenn er es geschafft hätte, Sheila früher dazu zu bewegen, zu den AA zu gehen, hätten sie einander nicht so viel Schmerz zugefügt. Jetzt würde alles anders werden. Er war ganz sicher.

Noch ehe die Woche um war, roch Webster Alkohol in Sheilas Atem. Er war so sehr außer sich, dass er kaum sprechen konnte.

»Mich interessiert nur eines«, sagte er, bevor er ins Schlafzimmer ging und zu schlafen versuchte, weil er zu müde und zu niedergeschmettert war, um Rowan zu nehmen und zu gehen oder es auch nur anzudrohen. »Dieses Lächeln, als du von dem Treffen kamst, war reiner Schwindel, oder?«

»Ich weiß es nicht«, sagte sie.

Webster lehnte es strikt ab, im Beisein von Rowan zu streiten. Aber Sheila, die im Prinzip mit ihm einig war, vergaß sich manchmal. In den schlimmsten Momenten dachte Webster wieder daran wegzugehen. Manchmal schien ihm, Sheila bäte ihn förmlich darum, sie zu verlassen. Dann redete er sich ein, sie mache nur eine sehr schwierige Phase im Leben einer jungen Mutter durch. Jeden Moment werde sie aus freien Stücken zu den AA gehen oder einen Weg finden, um wieder ins Lot zu kommen.

Es gab auch Perioden des Friedens. In einer Nacht voll Leidenschaft und Zärtlichkeit wurde alles vergeben und vergessen. Liebe einer ganz bestimmten Art wurde neu entzündet. Webster und Sheila wagten sich näher und näher, während jeder darauf wartete, dass der andere nachgeben würde.

Sheila ging von selbst zu den AA und hielt einen Monat lang durch.

Webster wusste, dass er einmal so glücklich gewesen war, wie ein Mensch nur sein konnte, aber er konnte dieses Glück nicht mehr empfinden. Selbst wenn zwischen ihm und Sheila alles gut war, konnte er die Höhe nicht mehr erklimmen. Er schloss die Augen und erinnerte sich jeder Einzelheit, aber es war, als wäre ihm ein Stück seiner selbst ins Unerreichbare entglitten.

In diesem sprunghaften Rhythmus eines kranken Herzens wuchs Rowan heran.

Manchmal, wenn er im RTW zu einem Einsatzort fuhr oder mit seinem wortkargen Vater Holz hackte, fragte sich Webster, ob alle Ehen diesem Muster folgten – gute Perioden, schlechte Perioden. Wahrscheinlich, dachte er dann. Zum Scheitern verurteilt waren wohl die Ehen, die in den schlechten Perioden stecken blieben, wenn weder Mann noch Frau wussten, wie sie da wieder herauskommen sollten, oder ihnen womöglich auch gar nichts daran lag, wieder herauszukommen.

Während seiner Ausbildung hatte ein Dozent im

Zusammenhang mit ihrer Arbeit als Rettungssanitäter von »Stressoren« gesprochen, den grausigen Dingen, die sie unweigerlich erleben würden, und erklärt, dass diese Erlebnisse, unverarbeitet, mit der Zeit zur Gleichgültigkeit gegenüber dem Patienten führen konnten. Webster hatte mit einigen dieser Stressoren zu kämpfen gehabt, aber auch wenn sie ihn manchmal innerlich aufwühlten, wusste er doch meistens mit ihnen umzugehen. Doch er hatte keine Ahnung, wie er mit den Stressoren in seiner Ehe umgehen sollte. Sie machten ihn seiner Frau gegenüber immer gleichgültiger.

Seine Mutter, die mit Rowan spielte, kroch auf allen vieren auf dem Boden herum. Webster achtete nicht darauf. Im Fernsehen lief immer noch »Mr Rogers«, eine Kindersendung, die Webster sich nur mit zusammengebissenen Zähnen ansehen konnte. Auch sie beachtete er nicht.

Sheila war arbeiten.

Auf Rowans Lippen klebten noch Reste dunkelroten Zuckergusses. Webster ließ seine Mutter Rowan mit allem verwöhnen, was ihr Spaß machte. Sie hatte nie ein kleines Mädchen zum Verwöhnen gehabt. Es amüsierte Webster.

Seine Mutter ließ sich völlig außer Atem aufs Sofa fallen. Rowan schien fasziniert von einer Sendung, die Webster zum Einschlafen fand.

»Du bist ja heute Herr Schweigsam«, sagte seine Mutter und gab ihm einen Puff in die Seite.

»Hör auf, Mam. Du hörst dich an wie einer aus dieser blöden Sendung.«

»Ah, Herr Reizbar jetzt«, meinte seine Mutter unverändert strahlend.

Webster versuchte zu lächeln, schaffte es aber nicht ganz.

»Möchtest du was trinken? Eistee? Den könnte ich dir machen.«

»Nein«, sagte er.

»Was ist los?«, fragte sie, nicht mehr strahlend jetzt, sondern sichtlich besorgt. »Du machst dir Sorgen, weil Sheila trinkt, nicht?«

»Woher weißt du das?«

»Es ist ziemlich offensichtlich. Wir sind ja nicht blind.«

»Ihr habt darüber gesprochen, du und Dad?«

»Nur unter uns.«

Webster schaute verlegen weg.

»Es ist nicht deine Schuld«, sagte seine Mutter.

»Woher willst du das wissen?«, gab Webster zurück. »Es könnte doch sein, dass etwas, das ich tue oder nicht tue, sie in den Wahnsinn treibt.«

»Hat sie das denn gesagt?«, fragte seine Mutter. Sie sah zu Rowan hinunter, um sich zu vergewissern, dass ihre Enkelin immer noch in die Fernsehsendung vertieft war. »Peter, ihr habt dieses wunderbare Kind«, fügte sie hinzu.

»Das weiß ich.«

»Du wirkst so niedergeschlagen.«

»Das bin ich auch. Die letzte Zeit war die Hölle.«

»Liebt Sheila dich denn?«

»Ich glaube schon.«

»Dann wird sie diesen Unsinn auch lassen«, sagte seine Mutter. »Für dich. Und für Rowan.«

»So einfach ist das nicht.«

Webster bemerkte, dass seine Tochter jetzt, da die Sendung sich ihrem Ende näherte, unruhig zu werden begann.

»Ihr müsst mehr unternehmen«, riet seine Mutter. »Rausgehen. Ausflüge machen. Macht was gemeinsam, statt dass immer nur einer von euch sich mit Rowan beschäftigt.«

Er wusste, dass der Rat seiner Mutter gut gemeint war. Aber er war ungefähr so hilfreich wie die Idee, ein Loch im Eimer mit einem Strohhalm zuzustopfen.

Rowan stapfte auf ihren kurzen Beinen zu ihrer Großmutter und rammte ihr Gesicht samt Schnodder und klebrigem Zuckerguss in ihren Schoß. Seiner Mutter schien es nichts auszumachen. »Merk dir nur eins«, sagte sie, während sie Rowans Kopf streichelte, »bereue nie, was zur Geburt deiner Kinder geführt hat.«

Schon am nächsten Sonntag befolgte Webster den Rat seiner Mutter. Am Abend zuvor überredete er Sheila zu einem Familienausflug in einen Park im Wald. Dort gab es Picknicktische und -bänke, Spazierwege und sogar einen Spielplatz. Sie würden alle drei gemeinsam losziehen. »Ich bereite das Picknick vor«, sagte er, »und dann frühstücken wir im Grünen.«

Am Morgen packte er alles zusammen: Streichhölzer, Brot, Schinkenspeck, lange Spieße, Pappteller, Saft, Papiertücher, eine Bratpfanne und eine Thermosflasche Kaffee. »Sieht interessant aus«, bemerkte Sheila.

»Wart's ab.«

Rowan war in heller Aufregung über den bevorstehenden Familienausflug, und Webster fragte sich, warum sie so etwas nicht schon häufiger gemacht hatten. Sie fuhren oft alle zusammen zum Einkaufen und mindestens alle zwei Wochen einmal zu seinen Eltern zum Essen, aber auf die Idee, einen Ausflug in den Park zu unternehmen, waren sie bisher nicht gekommen.

Während Sheila Rowan hinterherlief, die jedes Gerät auf dem Spielplatz ausprobieren musste, zündete Webster an einem von mehreren Grillplätzen auf dem weitläufigen Gelände sein Feuer an. Mit der Zeit trafen andere Familien ein. Die meisten Kinder waren mit ihren Vätern unterwegs. Die Mütter nutzten, wie Webster wusste, die Gelegenheit, um einmal gründlich auszuschlafen oder ein paar Stunden für sich zu haben.

Webster stellte die Pfanne auf den Rost über dem Feuer. Er briet den Schinkenspeck wie er es von seinem Vater gelernt hatte – langsam und gründlich. Der Duft wurde zu Sheila hinübergetragen, und sie zog eine Augenbraue hoch. Er stellte einen Pappteller zurecht, polsterte ihn mit Papiertüchern und gab den Schinkenspeck zum Abtropfen darauf. Als Nächstes röstete er mihilfe der langen Spieße das Brot, jede Scheibe, bis sie goldbraun und knusprig war – genau so, wie sie sein sollte. Er goss Saft in die Pappbecher, den Kaffee in Steingutbecher, die er von zu Hause mitgebracht hatte. Dann legte er drei Scheiben Schinkenspeck zwischen zwei Scheiben geröstetes Brot. Er machte für jeden von ihnen ein Sandwich. Er vermutete, dass die anderen Väter inzwischen ganz schön neidisch geworden waren. Als alles auf dem Picknicktisch bereit war, rief er seine Frau und seine Tochter. »Kommt essen!«

Die genießerischen Seufzer der beiden verrieten ihm, dass er alles richtig gemacht hatte.

»Wenn etwas so übermäßig angepriesen wird, werde ich im Allgemeinen skeptisch«, sagte Sheila. »Aber das hier ist besser, als ich es mir vorgestellt habe.«

»Man muss es im Freien machen und auf einem Holzfeuer. Sonst schmeckt es völlig anders. Warum, weiß ich nicht genau«, sagte Webster, während er seiner Tochter zusah, wie sie ihren kleinen Mund aufriss, um einen möglichst großen Bissen von ihrem Sandwich darin unterzubringen.

»Ich hätte den Fotoapparat mitnehmen sollen«, sagte er. »Es ist ein historisches Ereignis.«

»Ihr erstes Picknick?«, fragte Sheila. »Ich finde, du musst häufiger raus ins Freie.«

»Das hat meine Mutter auch gesagt. Jetzt sind wir alle draußen.«

Sheila trank ihren Saft.

»Möchtest du noch eins?«, fragte Webster. »Ich habe reichlich Schinkenspeck gebraten. Das Brot ist im Nu geröstet.«

»Ja, ich nehm noch eins«, sagte Sheila.

»Auch!«, rief Rowan, die gerade erst gelernt hatte, ihr Brot aufzuklappen und den Schinkenspeck zu zerpflücken.

Jeder aß noch ein Sandwich. Sie saßen sich alle drei auf den Bänken gegenüber. Webster verspürte ein zaghaftes Flattern von Glück.

Sheila räumte auf, während Webster und Rowan zusammen einen Spaziergang machten. Er wollte sie nicht so bald nach dem Essen auf dem Spielplatz toben lassen. Der Spaziergang wurde kürzer als beabsichtigt, weil Rowan, wie ein kleiner Hund, sämtliche Steine und Tannenzapfen auf dem Weg genauestens inspizieren musste. Als sie umkehrten, sah er Sheila mit baumelnden Beinen auf einer Schaukel sitzen.

»Soll ich dich anschubsen?«, fragte er, als er bei ihr angekommen war.

»Klar«, sagte sie.

»Auch!«, rief Rowan, die versuchte, auf die Schaukel neben ihrer Mutter zu klettern.

Webster schubste sie beide an, bis Sheila lachte und Rowan jauchzte vor Vergnügen. Er liebte ihre Stimmen. Er liebte sie. Schließlich bat Sheila ihn aufzuhören. »Mir wird schwindlig«, sagte sie.

Rowan und Sheila sprangen von den Schaukeln, und sie setzten sich alle drei auf eine Bank an einem Spazierweg nicht weit von dem Tisch, an dem sie gepicknickt hatten. Bald schon rutschte Rowan von der Bank und begann, die Schätze der Natur zu ihren Füßen zu erforschen.

Sheila war still. Webster fürchtete, dass sich langsam ein eiserner Vorhang senkte.

»Sheila«, sagte er. Als sie sich ihm zuwandte, spielte um ihren Mund dieses halbe Lächeln, dem er zu misstrauen gelernt hatte.

Webster konnte einzelne Momente erschaffen, aber es reichte nicht für ein ganzes Leben.

Er legte seinen Arm auf die Rückenlehne der Bank, aber ohne Sheila zu berühren, und hielt den Blick auf Rowan gerichtet. Er spürte, dass Sheila danach lechzte, etwas zu trinken. Er ermahnte Rowan, sich keine Steinchen in die Nase zu schieben. Sie sah ihn unter gesenkten Lidern hervor an, als erwöge sie das Für und Wider. Eine ältere Frau auf einer Bank in der Nähe beugte sich vor. Webster hatte sie vorher gar nicht bemerkt.

»Das sind die schönsten Jahre unseres Lebens«, sagte sie lächelnd.

Webster nickte ihr zustimmend zu. Sheila senkte den Kopf und starrte zu Boden.

»Wirklich«, sagte sie, irgendwohin ins Leere.

Der Garten hinter der Eisdiele war nichts Besonderes, aber Webster und Sheila hatten die Bäume mit Luftballons geschmückt, einen Picknicktisch mit roten Bechern und Tellern und bunten Hüten gedeckt und Spiele vorbereitet, die Zweijährigen Spaß machen würden. Rowan rannte derweilen aufgeregt im Garten herum. Sie hatte schon Grasflecken auf dem gelb-weißen Kleidchen, das ihre Mutter ihr zu diesem Anlass gekauft hatte. Sheila und Webster standen da und betrachteten ihr Werk.

»Es sieht richtig nach einer Geburtstagsfeier aus«, meinte sie.

»Ein Glück, dass der Regen ausgeblieben ist, den sie angesagt hatten.«

»Die irren sich doch immer.«

»Rowan platzt gleich vor Aufregung«, sagte Webster lächelnd.

Sie durchlebten eine lange friedliche Zeit. Webster wagte noch immer nicht zu hoffen, dass er und Sheila sich auf sicherem Grund befanden, aber es war so viel Zeit vergangen, dass er fand, das Geburtstagsfest seiner Tochter sei Anlass genug, auch ihre lange gute Phase zu feiern. Sheila hatte die Geburtstagstorte gebacken, einen etwas schief geratenen Schokoladenkuchen mit gelbem Zuckerguss. Drei Kerzen, eine davon als Glücksbringer.

Rowans ersten Geburtstag hatten sie in der Familie gefeiert. Diesmal wollte Sheila vier Kinder einladen, die Rowan aus der Kindertagesstätte kannte, und die Eltern dazu. Webster kannte die Eltern nicht; er war ihnen nur flüchtig begegnet. Rowans Großeltern würden ebenfalls zu der Feier kommen.

Sheila wirkte glücklich. Sie goss Cola in einen der größeren roten Becher, die für die Erwachsenen gedacht waren, und fragte Webster, ob er auch welche wolle. Bevor er Ja sagen konnte, traf das erste Elternpaar mit seinem Kind ein, einem Jungen namens Jason. Rowan schleppte Jason sofort mit, um ihm die Spiele zu zeigen, die ihr Vater vorbereitet hatte. Sheila bot den Eltern etwas zu trinken an und wies sie auf die Chips und die Dips hin. Das Gespräch lief stockend an, und die Wohnung über der Eisdiele musste für eine Menge Witze herhalten. Webster hatte sie alle schon gehört, aber er lachte trotzdem.

Sheila lachte laut und viel mit den Müttern. Sie kannte sie besser als Webster.

Webster ging ganz in seiner Aufgabe als Zeremonienmeister auf.

Erst eine Stunde später etwa fiel ihm auf, dass er Sheila niemals ohne ihren roten Becher sah. Jähe Beunruhigung durchzuckte ihn. Sie war nervös, sagte er sich, sie brauchte etwas, woran sie sich festhalten konnte. Als es Zeit war, die Torte anzuschneiden, sprach Rowan leise, sodass niemand es hören konnte, ihren Wunsch aus und blähte die Backen auf. Zu Websters Überraschung beugte sich Sheila plötzlich über den Kuchen und blies alle Kerzen aus. Er war sicher, dass Rowan weinen würde, aber stattdessen schlug sie mit der flachen Hand auf den Kuchen und zerstörte die aufgespritzten Worte »Alles Gute zum Geburtstag, Rowan«. Nur Webster verstand es als eine Geste des Zorns. Sheila beschloss, es niedlich zu finden, und lachte. Webster warf einen Blick auf die Eltern rundherum und bemerkte ihre irritierten Gesichter.

Während Webster die Spiele beaufsichtigte, stand Sheila mit ihrem roten Becher in der Hand an die Betonwand der Eisdiele gelehnt und sah zu. Nachmittags, beim allgemeinen Verabschieden, brachte sie ihre Worte nur noch verschliffen heraus. Webster bemerkte, wie die Eltern ihre Kinder an sich zogen, als Sheila sich näherte. Er war wütend und beschämt. Als die letzten Gäste gegangen waren, sagte er Sheila, sie solle nach oben gehen, er werde den Garten aufräumen und dabei auch auf Rowan aufpassen.

Sheila schleppte sich die Treppe hinauf. Websters Mutter übernahm die Aufräumarbeiten, während Webster sich zu seinem Vater gesellte, der unter einem roten Ahornbaum stand, und sie beide Rowan im Auge behielten.

»Es steht schlimm um Sheila«, sagte sein Vater ohne lange Umschweife. »Da muss etwas geschehen.«

»Ich habe weiß Gott alles versucht, bis auf eine Trennung«, sagte Webster.

»Du musst mehr tun. Dir vielleicht mal diese Programme ansehen.«

»Du meinst eine Entziehungskur?«

»Genau.«

»Die sind teuer, Dad.«

Webster hätte sich auf die Zunge beißen können. Sein Vater würde glauben, er bitte um Hilfe.

»Wir könnten euch helfen ...«, begann sein Vater.

Webster hob abwehrend die Hände. »Tut mir leid, dass ich vom Geld gesprochen habe. Das ist das Letzte, was ich will. Ganz gleich, was wir tun, wir schaffen es selbst.«

Sein Vater schob die Hände in die Hosentaschen. Weder Webster noch sein Vater hatten Rowan aus den Augen gelassen, die die Sache mit der Geburtstagstorte ganz vergessen zu haben schien. »Glaub mir, mein Junge«, sagte sein Vater. »Deine Mutter und ich könnten nichts Besseres mit unserem Geld anfangen, als es dir und deiner Familie ein bisschen leichter zu machen.«

»Danke, Dad, aber ich muss mir das erst überlegen.«

»Hey, Prinzessin!«, rief sein Vater und winkte seiner Enkelin zu.

»Du bist eine gottverdammte Säuferin«, sagte Webster im Schlafzimmer zu Sheila, während Rowan draußen im Wohnzimmer vor dem Fernseher saß. Er versuchte, leise zu sprechen, aber sein Zorn war zu groß. »Am Geburtstag deiner Tochter! Was denkst du dir eigentlich? Hast du gesehen, wie die Kinder sich zu ihren Eltern geflüchtet haben, wenn du in ihre Nähe gekommen bist? Mein Gott, Sheila, was sollen diese Leute von uns denken?«

»Ich hab's ja gewusst«, sagte sie geringschätzig. Sie nahm eine Packung Zigaretten aus der Nachttischschublade und zündete sich eine an. »Was die Nachbarn denken, ist dir wichtiger, als was mit mir los ist.«

»Ich weiß, was mit dir los ist. Ich brauch dich nur anzusehen.«

Sie schob sich die Haare hinter die Ohren und reckte das Kinn in die Höhe, als ginge das alles sie nichts an. »Und wie willst du mich bestrafen?«, fragte sie. »Keine Geburtstage mehr? Das ist super. Da wird Rowan gleich mitbestraft.«

»Sie ist schon bestraft«, entgegnete Webster.

»Hat sie sich heute für ihre Mami geschämt?«

»Worauf du dich verlassen kannst. Sie merkt ganz

genau, wenn du trinkst. Sie scheut vor dir zurück. Mich schaudert bei der Vorstellung, was hier abgeht, wenn ich nicht da bin.«

»Dich schaudert bei der Vorstellung. Du meine Güte, Webster, seit wann bist du nur so ein Arschloch?«

»Ich finde, du solltest in eine Klinik gehen.«

»Und wer hat dich um deine Meinung gebeten?«, fragte sie und stand auf. »Und komm mir bloß nicht wieder mit dieser AA-Scheiße. Die Treffen deprimieren mich. Ich habe mit diesen Leuten nichts gemein. Außerdem übertreibst du wie immer. Sieht Rowan vielleicht halb verhungert oder unglücklich oder verwahrlost aus? Glaubst du, ich liebe sie nicht genauso sehr wie du?«

»Doch, ich glaube, dass du sie ebenso sehr liebst wie ich. Aber den Alkohol liebst du mehr.«

»So ein Blödsinn.«

»Ach, hör auf, Sheila. Hör einfach auf.«

Seine Stimme war todmüde. Sie senkte den Kopf.

»Lass uns einfach nur schlafen, in Ordnung?«, fragte er.

»Ja, natürlich«, sagte sie. »Immer einen Tag nach dem anderen, okay?«

Sie hatten einen guten Monat, dem ein schlimmer folgte. Dann hatten sie drei gute Wochen, denen eine entsetzliche folgte. In den schlimmen Wochen sagte sich Webster immer wieder denselben Satz vor, einen Satz wie ein Ohrwurm, der ihm nicht aus dem Sinn ging: Meine Familie muss gerettet werden. Es erbitterte ihn, dass er Herzinfarkten vorbeugen, Schmerzen lindern, Drogenvergiftungen mit Gegenmitteln beikommen konnte, aber nicht fähig war, die klaffenden Wunden in seinem Familienleben zu nähen.

Wenn er nach der Arbeit nach Hause kam, fürchtete er

sich, die Wohnungstür zu öffnen. Oft fand er Rowan müde und quengelig auf dem Sofa vor dem Fernseher, während Sheila im Schlafzimmer lag und schlief. Webster musste es richten. Einmal traf er Sheila mit einer halb leeren Weinflasche neben sich in der Küche beim Kochen an. »Eines ins Töpfchen, eines ins Kröpfchen«, sagte sie lächelnd, als hätte sie alles vergessen, was vorgefallen war.

»Wo ist Rowan?«, fragte er in Panik.

»Ich hab sie in den Garten geschickt. Sie baut einen Schneemann.«

Webster rannte die Treppe hinunter. Er musste es richten.

Er zwang Sheila das Versprechen ab, dass sie nie wieder Auto fahren würde, wenn sie getrunken hatte. Zweimal vergaß sie, Rowan von der Kindertagesstätte abzuholen, und die Erzieherin musste Webster auf der Rettungswache anrufen, von wo ihm die Nachricht per Funk übermittelt wurde. *Sie sollen Ihre Tochter abholen.*

Immer wieder durchsuchte Webster die Wohnung. Eines Morgens fand er in der Mülltonne der Eisdiele eine weiße Plastiktüte mit mehreren Dutzend Miniflaschen, die Wodka und Whisky enthalten hatten. Er schloss die Augen. Um sich diese Menge Flaschen zu beschaffen, musste Sheila in sämtlichen Spirituosenläden weit und breit die Runde gemacht haben, um nicht aufzufallen. Er fragte sich, ob Rowan bei diesen Fahrten dabei gewesen war.

Webster tat alles, was in seiner Macht stand, setzte jedes ihm bekannte Mittel ein und fürchtete dennoch, dass sein Patient – ihre Ehe – auf der Strecke bleiben würde.

Einmal, als Webster in der Woche zwischen Weihnachten und Neujahr abends nach Hause kam, schlief Rowan schon in dem Kinderbett, das sie unter die schräge Decke geklemmt hatten. Den restlichen Platz nahm ein Weihnachtsbaum ein. Weihnachten war schön gewesen, reinste Freude für Webster das Gesicht seiner Tochter, als sie morgens beim Aufwachen ihre Geschenke entdeckte. Nur die Wahl eines Geschenks für Sheila war schwierig gewesen. In der ersten Zeit hatte er ihr nicht genug Geschenke machen können. Jetzt fühlte er sich ausgelaugt, seine Phantasie schien erschöpft. Etwas Romantisches oder Extravagantes wäre ihm verlogen vorgekommen. Schließlich entschied er sich für einen Schnellkochtopf, den Sheila sich gewünscht hatte. Er fand das Geschenk deprimierend.

Sie brauchten eine andere Wohnung, so bald wie möglich. Aber wenigstens musste er nicht fürchten, seine Tochter zu wecken, wenn er nachts nach Hause kam. Rowan hatte einen wahrhaft gesegneten Schlaf.

Sheila rief ihn aus dem Schlafzimmer.

»Komme gleich!«, rief er zurück.

Sie kam an die Tür: schwarze, schenkelhohe Strümpfe, schwarzer Spitzenbüstenhalter und passendes Höschen. Ihr Bauch war absolut flach. Wie hatte sie das geschafft?

»Wow«, sagte er. »Wie komme ich zu dieser Ehre?«

»Komm erst mal rein, dann wirst du's schon sehen«, sagte sie in kokettem Ton.

Er zog sich vor der Waschmaschine aus und duschte in Blitzgeschwindigkeit. Dann tauchte er ins Bett zu seiner Frau. Kein Tabakgeruch. Kein Hauch von Alkohol. Webster entspannte sich.

Sheila legte sich auf ihn und spreizte weit seine Arme. »Ich liebe dich, Mr Webster«, sagte sie, »und ich möchte, dass du das niemals vergisst.« Sie beugte sich über ihn, um ihn zu küssen.

Sie ließ seine Hände los, und er ließ sie langsam ihren Körper hinauf- und hinuntergleiten, ein wunderbares Gefühl. Sie küsste ihn von Neuem und richtete sich auf, sodass er die frivolen schwarzen Spitzen bewundern konnte. Dann umfing er sie und drehte sie so, dass sie in seinem Arm zu liegen kam und er ihr Gesicht betrachten konnte. Ihre Blicke trafen sich, und er hatte das Gefühl, dass sie es einander hundertmal sagten, *es tut mir leid, es tut mir leid,* aber in einer Sprache, die sie beide nicht beherrschten. Er sagte ihr, dass er sie liebte, und mit ihrem fordernden Kuss entzündete sie von Neuem die kämpferische Leidenschaft früherer Tage. Webster verspürte Trauer und Lust zu gleichen Teilen. Trauer um alles, was verloren war, und Lust an Sheilas Körper, der nie aufgehört hatte, ihn zu erregen. Er wusste, dass jeder von ihnen den anderen bezwingen wollte und dass in diesem Kampf keiner siegen würde. Er begehrte Sheila. Er wollte sie für immer behalten. Am meisten aber wünschte er, es wäre alles anders, als es gerade war.

Sheila hielt sich zurück, doch er spürte, dass es sie ihre ganze Willenskraft kostete. Als der Augenblick kam, sahen sie einzig einander an. Und als sie niedersanken, lachten sie.

Eine Woche lang und dann noch eine lebte Webster sein Leben.

Die Signaltöne erreichten sie nachmittags um Viertel vor zwei. Webster meldete sich. Burrows blickte von seinem Siegerblatt auf.

»VU«, sagte Webster. »Zwei Fahrzeuge, Route 222, nördlich vom Ort.«

»Vier Minuten, zwanzig Sekunden«, sagte Burrows, ohne überlegen zu müssen. Er rannte schon zum RTW. Webster dicht hinter ihm.

»Bestimmt am Steuer eingeschlafen«, sagte Burrows, als sie unterwegs waren. »Wollen wir wetten?«

Webster dachte nach. Viertel vor zwei am Nachmittag. Kein Verkehr. Gutes Wetter. Konnte ein Betrunkener sein, aber unwahrscheinlich. Konnte ein Herzinfarkt sein, noch unwahrscheinlicher.

»Zu einfach«, sagte Webster, als er Licht und Sirene einschaltete. Er trat aufs Gaspedal. »Könnte ein Reh oder so was sein.«

»Ich war kurz davor, dir sieben Mäuse abzugewinnen«, sagte Burrows. Er strich sich über sein Stoppelhaar.

»Glaubst du.«

»Du hattest nichts auf der Hand«, sagte Burrows.

»Aber man muss das Blatt spielen, um zu gewinnen«, erinnerte ihn Webster.

Burrows zeigte ihm den Finger. »Ist es unser Einsatz?«, fragte er. »Oder sind wir die Verstärkung?«

»Im Moment sind wir dran. Ihre Leute sind bei einem Brand.«

»Vielleicht einer, der zu schnell zum Einsatzort wollte? Einer von der freiwilligen Feuerwehr?«

»Könnte sein«, meinte Webster.

»Frontal?«, fragte Burrows.

»Hat sich so angehört.«

»O Gott.«

Sie rasten an der alten Jalousieveranda vorbei. Webster bog scharf auf die 222 ab.

»Wie weit oben?«, fragte Burrows.

»Weiß ich nicht genau.«

Webster hasste die 222. Ein ständiges Auf und Ab und eine Kurve nach der anderen. Die Straße war gefährlich. Man konnte nicht schnell fahren, wenn man keine zwanzig Meter voraussehen konnte.

Er bremste scharf ab, als er die Blinklichter sah. Ein grün-goldener Wagen der State Police mit aufgerissenen Türen versperrte ihm die Sicht.

Aber nicht Burrows. »Scheiße«, sagte er und drückte schon die Tür auf. Er packte seinen Notfallkoffer und ein Spineboard und rannte los.

Da erst sah Webster den Buick.

Sein ganzer Körper fing Feuer. Er konnte nicht schnell genug aus dem RTW hinauskommen.

Er rannte zu dem Auto, erkannte Sheila auf dem Vordersitz, schon von Burrows versorgt. Er riss die hintere Tür auf. Wo war Rowan? Kindertagesstätte? Er versuchte, ruhig nachzudenken. Hatte Sheila sie bei seiner Mutter abgesetzt? Was hatte Sheila überhaupt auf der 222 zu suchen?

Ein Beamter der State Police trat zu ihm. »Bewusstlose Frau im Fahrersitz eines Buick«, meldete er. »Kleinkind wurde aus dem Wagen geschleudert, etwa zehn Meter weit. Der andere Fahrer, ein Mann, konnte sein Fahrzeug in letzter Minute herumreißen. Im LKW eingeklemmt. Wir versuchen jetzt, ihn rauszuholen.«

»Ich brauche hier jemanden!«, rief eine Polizistin laut, und Webster sah das Bündel auf dem Boden. Er rannte.

»Im Kindersitz angeschnallt«, sagte die Polizistin, »aber der war nicht im Wagen festgemacht. Die Kleine ist durch ein offenes Fenster geflogen. Sie lebt.«

Webster fiel auf die Knie und beugte sich über Rowan. Unter der Decke war seine Tochter noch im Kindersitz angeschnallt.

»Rowan, meine Kleine«, sagte er.

Webster, der Sanitäter, vermerkte die Prellungen, die Risswunden im Gesicht, die unnatürliche Lage des Handgelenks, das möglicherweise gebrochen war. Seine Tochter schien ihm im Schockzustand zu sein. Der glasig starre Blick gefiel ihm nicht. Das kleine Gesicht war blutverschmiert.

»Ich brauche Hilfe!«, schrie er.

»Sie muss in einem Winkel aufgeschlagen sein, in dem der Sitz ihren Kopf geschützt hat«, sagte die Polizistin. »Wie ein Helm.«

»Es ist meine Tochter.« Webster schrie wieder um Hilfe.

Die Polizistin, die neben ihm gekauert hatte, stand auf und pfiff. Ein weiterer Polizist kam zu ihnen gerannt.

»Kommt ein zweiter Rettungswagen?«, fragte sie.

»Dauert keine Minute mehr«, antwortete ihr Kollege.

»Wo ist der andere Sanitäter?«

»Versorgt die Frau im Buick.«

»Kritisch?«

»Schaut nicht so aus.«

»Hol ihn her und fordere Verstärkung an. Der Sanitäter hier ist außer Dienst.«

Burrows zog Webster hoch, dessen Knie vom nassen Laub auf der Erde durchweicht waren. »Sie ist jetzt meine Patientin«, sagte er, als er Webster in die Augen sehen konnte. »Du überlässt die Versorgung mir. Du kannst ihre Hand halten.«

Webster trat zurück.

»Hol die HWS-Schiene für Kinder und Arm- und Beinschienen«, befahl er einem zweiten Sanitäter, der so schnell er konnte zum RTW lief. Webster sah einen dritten RTW ankommen.

Er sah zu, wie Burrows Rowans Arm schiente. Er hörte seine Tochter jammern, ein wunderbares Geräusch, ein beglückendes Geräusch. Aber beim Anblick seiner Tochter auf dem Spineboard wurde ihm fast schlecht.

Was wäre wenn?, hämmerte es auf ihn ein. Was wäre, wenn der andere Fahrer seinen Wagen nicht herumgerissen hätte? Was wäre, wenn Sheila an einen Baum geprallt wäre? Was wäre, wenn Rowan an einen Baum geschleudert worden wäre?

Burrows legte ihm die Hand auf die Schulter. »Deine Tochter ist bald wieder gesund«, sagte er. »Ein gebrochenes Handgelenk und ein gebrochenes Bein. Sie muss auf der rechten Seite aufgekommen sein. Ich hab einen Feuerwehrmann organisiert, der den RTW fährt. Du kannst dich mit mir nach hinten setzen. Aber noch mal – ich behandle.«

Als Webster mit Burrows zusammen Rowan auf die Trage im Krankenwagen verlagerte, hatte er das Gefühl, die Welt sei aus dem Lot.

»Deine Frau«, sagte Burrows, als sie sich hinten hineingesetzt hatten.

»Meine Frau.«

»Alles okay.«

»Alkohol?«

»Zwei Komma sechs.«

Webster nickte mit zusammengebissenen Zähnen. »Sie hätte Rowan umbringen können.«

»Aber sie hat's nicht getan. Willst du ihre Verletzungen wissen?«

Webster sagte nichts.

»Schlüsselbeinbruch, Schnittwunden an Stirn und Brust. Prellungen. Möglicherweise ein Milzschaden.«

Mit anderen Worten, dachte Webster, sie würde wieder auf die Beine kommen.

»Sie hat geweint«, sagte Burrows.

»Scheiß auf sie«, sagte Webster.

Im Krankenhaus wurde Rowan nach der Untersuchung in der Notaufnahme in ein Doppelzimmer in der pädiatrischen Abteilung gebracht. Webster wich ihr keine Minute von der Seite. Mit einem feuchten Schwamm wischte er ihr vorsichtig das Blut ab. Er fütterte sie. Er behielt die Monitore im Auge. Er las ihr vor, wenn sie wach war. Von den dreiundvierzig Stunden, die er in ihrem Zimmer verbrachte, schlief er nur sechs. Nicht ein einziges Mal sah er nach Sheila.

Am Morgen des dritten Tages kam Websters Mutter und holte ihn und Rowan ab. Sie würden erst einmal für ein paar Tage bei ihr bleiben. Über Sheila verlor sie kein Wort.

Sie hatte einen neu gekauften Kindersitz für das Auto mitgebracht und eine Decke, in die Webster seine Tochter einhüllte. Er setzte sich mit ihr nach hinten. Der ganze Rücksitz war voller Stofftiere, und Rowan lachte, als Webster begann, ihnen Namen zu geben. Burrows folgte ihnen mit dem alten Streifenwagen. Ein Kollege würde ihn später abholen.

Im Haus übergab Webster Rowan seiner Mutter. Er wusste, dass auf dem Küchentisch etwas Süßes auf Rowan wartete. Er selbst blieb auf der Veranda.

»Du bist eine Woche außer Dienst«, verkündete Burrows, als er ankam.

»Okay.«

»Sheila wird morgen entlassen. Sie wird von der Polizei abgeholt und direkt auf die Dienststelle gebracht und verhaftet.«

»Der LKW-Fahrer?«

»Hat eine gebrochene Hüfte und ein gebrochenes Knie. Kann sein, dass er nächste Woche rauskommt. Aber mit dem Knie schaut's schlecht aus, er muss operiert werden und danach wird er einige Monate Reha brauchen. Übrigens keiner von der freiwilligen Feuerwehr.«

»Was werfen sie ihr vor?«

»Fahrlässige Gefährdung des Straßenverkehrs, Trunkenheit am Steuer, Körperverletzung, was weiß ich.«

»Meinst du, sie muss in den Knast?«

»Garantiert. Der zweite Verkehrsunfall unter Alkoholeinfluss. Und diesmal hat sie andere Menschen verletzt.«

Webster wandte sich ab.

»Die Bullen holen sie nicht vor zehn«, bemerkte Burrows wie nebenbei.

Webster nickte.

»Ich hab das von Nye persönlich.«

Webster war überrascht. »Er weiß es?«

»Er weiß es«, sagte Burrows.

Am nächsten Morgen trat Webster um acht Uhr in Sheilas Zimmer. Sie hatte ihre alte Lederjacke an. Burrows musste sie vorgewarnt haben. Sie sah grotesk aus, mit geplatzter Lippe, Stirn und Wangen voller Pflaster. Im Gegensatz zu Rowan, die ein gebrochenes Bein hatte, konnte sie laufen.

»Du hättest beinahe drei Menschen getötet«, sagte Webster. Er stand drei Meter entfernt von ihr, die Hände in den Taschen zu Fäusten geballt.

Sie senkte den Kopf. »Es tut mir leid.«

»Du hättest beinahe Rowan getötet.«

»Es tut mir so leid.«

»Das ist mir egal.«

»Ich gehe in eine Klinik«, versprach sie.

»Du gehst in den Knast.« Er hielt einen Moment inne. »Ich sollte dich jetzt zur Polizei bringen.«

Sie sah ihn an. »Aber du tust es nicht.«

»Nein.«

Spannung baute sich zwischen Sheila und Webster auf. Eine Spannung, die sich aus Zorn und Reue speiste, und noch etwas – Trauer über das Ende der Verzauberung.

Webster fuhr den alten Streifenwagen zum Haupteingang des Krankenhauses. Mary brachte Sheila im Rollstuhl herunter. Nye, Burrows und Mary machten es möglich. Webster würde ewig in Nyes Schuld stehen.

Im Wagen fragte Webster Sheila, was sie auf der 222 zu suchen gehabt habe.

»Ich weiß nicht mehr«, antwortete sie.

Seine Hände verkrampften sich am Lenkrad. Er musste die Zähne zusammenbeißen, um seine Wut zu beherrschen. Er konnte ihr nicht verzeihen, was sie getan hatte; dass sie ihn dazu zwang, das zu tun, was er jetzt tun musste.

Einen Kilometer vom Haus seiner Eltern entfernt hielt er an. Er wandte sich Sheila zu, aber sie blickte nicht auf.

»Ich lasse die Schlüssel stecken«, sagte er. »Im Handschuhfach liegen fünfzehnhundert Dollar. Fahr, bis du aus New York raus bist. Dann lass den Wagen an irgendeiner Tankstelle stehen, die rund um die Uhr geöffnet hat, setz dich in den nächsten Bus und fahr so weit wie es geht. Komm auf keinen Fall zurück. Wenn du zurückkommst, wirst du festgenommen.«

Sheila begann zu weinen.

»Und dann wanderst du in den Knast.«

Er wartete. Er glaubte, sie würde ihn bitten, ihre Tochter sehen zu dürfen. Er war entschlossen, es ihr zu verweigern. Sie fragte gar nicht.

Webster stieg aus dem Wagen. Er schlug die Tür zu, die Tür zu einem Leben. Den Kopf zwischen den Schultern gesenkt, als wartete er auf eine Kugel, ging er davon.

Er hatte hundert Schritte hinter sich gebracht, als er den Motor anspringen hörte. Er horchte, während der Wagen sich näherte.

Wilde Hoffnung sprang auf, ein dünnes Flämmchen. Er stellte sich vor, Sheila würde anhalten. Er würde ihr sagen, dass er sie liebte. Etwas Wunderbares würde geschehen, und sie konnten alle drei wieder eine Familie sein.

Sheila holte ihn ein, zögerte und fuhr weiter.

Er blickte dem alten Streifenwagen nach, bis er ihn nicht mehr erkennen konnte.

Er ließ sich auf das dürre Gras am Straßenrand fallen und weinte, und es war ihm gleich, wer ihn sah.

2009

Nachdem Rowan zur Schule aufgebrochen ist und er das Geschirr des Geburtstagsfrühstücks gespült hat, geht er die schmale Treppe des Hauses hinauf, das seit dem Tod seiner Eltern ihm gehört. Er erinnert sich: beide in Hospizpflege im Wohnzimmer, Webster mit seiner ganzen Erfahrung als Rettungssanitäter hilflos im Angesicht der Krebsleiden, die ihre Körper verwüsteten. Prostatakrebs bei seinem Vater, Lungenkrebs bei seiner Mutter. Dabei hatte sie in ihrem Leben nicht eine einzige Zigarette geraucht. Selbst am Ende, oder vor allem am Ende, als er seinen Vater die letzten Atemzüge tun sah, jeder von Sekunden des Nichts gefolgt, hatte Webster, gut ausgebildet und erfahren wie er war, Panik verspürt. Alles drehte sich nur noch um das Morphium, die Hospizpflegerinnen, die Stunden in dem abgedunkelten Zimmer, in denen er am Krankenhausbett seines Vaters saß, dessen Hand leicht und kühl auf seiner lag. Es war beileibe nicht Websters erste Begegnung mit dem Tod, dennoch erschütterte ihn die Erfahrung bis ins Innerste. Wühlte in ihm und kehrte das Unterste zuoberst, sodass ihm, als er schließlich die zehnjährige Rowan holte, damit sie sich von ihrem Großvater verabschieden konnte, die Furcht vor seiner Rolle als Vater und das Bewusstsein seiner Verantwortung beinahe die Luft abdrückten. Er war der Nächste. Nichts mehr zwischen ihm und dem Morphiumtropf am Ende.

Sheila war da schon acht Jahre weg.

Jetzt ist Rowan siebzehn.

Webster legt sich auf das Bett seiner Tochter.

An die Decke hat Rowan eine Ansicht aller Skigebiete in Neuengland gemalt, die sie besucht hat. Über die Berge, vor einem kühlen, blauen Himmel, zieht sich ein Netzwerk verschlungener Pfade, die Entfernungen zwischen ihnen sind durch gewundene Straßen verkürzt, auf denen sich Jeep Cherokees, Subarus und Rowans Toyota tummeln, alle mit Skiern auf den Dächern. Sunday River, Stowe, Okemo, Loon, Killington, Stratton, Bromley, Bretton Woods und sogar Wachusett im Südosten.

Nach dem Tod seiner Eltern richtete Webster sein altes Zimmer für Rowan her, baute einen Schrank und Bücherborde ein, stellte einen Schreibtisch mit Schubladen hinein. Rowan schläft noch in dem alten Eichenbett, das Webster gehörte, aber die Bettdecke mit dem Emblem der Boston Bruins ist verschwunden. Rowan schläft unter einer Patchwork-Steppdecke, die ihre Großmutter angefertigt hat und die jetzt neben dem Bett auf dem Boden liegt. Webster, selbst kein Held im Bettenmachen, hat Rowan nie beibringen können, wie so ein Bett ordentlich und vorschriftsmäßig gerichtet wird. Manchmal findet er die Bettdecke wie mit einem einzigen ungeduldigen Ruck zum Kopfkissen hochgezogen vor.

In einer Ecke liegen Rowans Gitarre und ihre Klarinette. Webster hat sie seit Monaten nicht mehr auf den Instrumenten spielen hören. Er weiß, wenn er Rowans Schreibtischschubladen aufzöge, würde er diverse Tuben Lipgloss vorfinden, mehrere Dutzend Bic-Stifte mit angeknabberten Enden, ein Foto von Sheila und Rowan kurz nach der Geburt (so häufig betrachtet, dass es keine Macht mehr über Webster und Rowan besitzt – oder doch?), Schmuckstücke, die Rowan vor Jahren geschenkt bekommen hat und von denen sie sich nicht trennen kann, sowie ein Häufchen Münzgeld. Von Zeit zu Zeit sammelt Rowan, auf Websters Anweisung, alles Kleingeld ein, das im Haus herumliegt, sortiert es und bringt es zur Bank. Zur Belohnung bekommt sie danach die Hälfte des Erlöses. Vor ein paar Jahren hat Webster ihr zu Weihnachten eine Maschine geschenkt, die die Münzen sortierte und verpackte. Vor dem Weihnachtsessen präsentierte Rowan ihrem Vater zweihundertsechzig Dollar säuberlich in Rollen abgepackt.

Aber Webster macht Rowans Schubladen nicht mehr auf, seit er ihr versprochen hat, das »Schnüffeln« zu lassen. Im Herbst, kurz nach Rowans siebzehntem Geburtstag, fand er einen Streifen Antibabypillen in ihrem Schreibtisch und sprach sie darauf an. Es war ein Fehler, der zu der erbittertsten Auseinandersetzung führte, die je zwischen Vater und Tochter stattgefunden hatte. Webster tut es heute noch weh, wenn er daran denkt, an seinen Zorn (worüber eigentlich? Rowans sexuelle Reife? Ihre Bereitschaft? Ihre Vernunft?), der so jäh und heftig aufflammte wie der Rowans und heimlichen Groll zum Ausbruch brachte, Groll, der sich auf beiden Seiten lange aufgestaut hatte: über eine mysteriöse Beule an der vorderen Stoßstange des Toyota, für die keiner verantwortlich sein wollte; über eine schlechte Note in einer Spanischprüfung, deren Berechtigung Rowan zu widerlegen suchte, indem sie Webster bewies, dass sie den Stoff sehr wohl beherrschte – sie zeigte ihm die korrigierte Arbeit mit den mitfühlenden Bemerkungen des Lehrers –, nur nicht rechtzeitig fertig geworden war; und über ein Ausgehverbot, das Rowan gemein und lächerlich fand. Der Einbruch in ihre Privatsphäre, erklärte Rowan mit Nachdruck, sei unverzeihlich. Am Ende ließ Rowan die Beule im Wagen richten, bezahlen musste allerdings Webster. Er ließ wegen des Aushehverbots mit sich reden, und beide kamen überein, dass Nachhilfe in Spanisch keine dumme Idee wäre. Und Webster versprach, nie wieder zu schnüffeln.

Er dreht sich herum, und das Funkgerät drückt ihm in den Bauch. Er nimmt es ab.

Vor seinem Tod verkaufte sein Vater den Laden für eine bescheidene Summe, die nach Bezahlung aller Schulden Webster bekam. Er war damals zweiunddreißig, hatte eine zehnjährige Tochter und keine Frau. Den größten Teil des Geldes gab er im Lauf der Jahre für Kinderbetreuung aus, den Rest legte er für Rowans Ausbildung auf die Seite.

Webster verdient jetzt siebenundfünfzigtausend Dollar im Jahr. Er hat die höchste Stufe erreicht. Weiter wird sein Einkommen nicht mehr steigen, abgesehen von den jährlichen automatischen Erhöhungen, die in letzter Zeit nicht einmal mehr jährlich erfolgen. Die kommenden vier Jahre werden hart werden, aber sie werden zu bewältigen sein.

Obwohl – vielleicht doch nicht, so wie die Dinge jetzt stehen. Er denkt an das Geschenk, das Rowan ihm beim Frühstück überreicht hat. Die Wettervorhersage hätte ebenso gut ein Stimmungsbild seiner Tochter im Lauf eines beliebigen Tages sein können: Sonne, Sonne und Wolken, Regen und wieder Sonne.

Sein Funkgerät meldet sich. »Webster«, sagt er.

»Du musst früher kommen. Das heißt, sofort«, sagt Koenig.

»Bin gleich da.«

»Nein, fahr direkt hin. Du bist näher dran.«

Koenig nennt Webster die Adresse.

»Um was geht's?«

»Mann von achtundvierzig. Atemprobleme.«

Der Patient sitzt, stark schwitzend und offensichtlich verwirrt, an eine Wand gelehnt auf einem Perserteppich. Webster bleibt genug Zeit, um die hohe Spitzgiebeldecke, den überdimensionalen Flachbildfernseher und die Glaswand mit Blick auf die Green Mountains zu bemerken. Koenig sucht den Puls des Mannes und legt ihm die Blutdruckmanschette um das Handgelenk. Die rothaarige Ehefrau springt auf, drückt beide Hände an den Kopf, scheint völlig außer sich vor Angst. Zwei kleine Mädchen mit dem gleichen roten Haar, ungefähr fünf und acht Jahre alt, sind in die Küche verbannt worden, doch Webster sieht die kleinen Füßchen auf der Türschwelle.

»Wo tut es weh?«, fragt er den Mann.

Der Patient legt die Hand auf seine Brust und zieht sie zum linken Arm hinunter.

»Blutdruck achtundsiebzig zu sechsunddreißig«, meldet Koenig. »Puls find ich nicht. Atem zweiunddreißig und flach.«

Webster legt die Elektroden an. Rechter Arm, linker Arm. Rechtes Bein, linkes Bein. »Leg einen Zugang«, sagt er zu Koenig. »Er braucht eine Bolusinfusion, damit der Druck raufgeht.«

»Wir waren gerade beim Kaffeetrinken«, berichtet die Frau mit schriller Stimme, als könne sie es nicht glauben. Sie springt unentwegt auf und ab, und Webster würde ihr gern sagen, dass sie aufhören soll, weil sie den Kindern, die weinend in der Küche warten, damit Angst macht.

»Wo würden Sie den Schmerz auf einer Skala von eins bis zehn einstufen?«, fragt er den Patienten.

Der Mann verliert das Bewusstsein und kippt auf die Seite. Webster und Koenig heben ihn gemeinsam auf das Spineboard und kontrollieren dabei den Karotispuls.

»Wie heißt er?«, ruft Webster.

Die Antwort lässt so lange auf sich warten, dass Webster sich nach der Frau umdreht.

»Mr Dennis!«, rufen die Kinder von der Küchentür aus.

Mr Dennis?

»Dennis!«, schreit Webster den Mann an.

Keine Reaktion.

»Dennis, bleiben Sie bei uns.« Er wirft einen Blick auf den Monitor. »Kammerflimmern«, sagt er zu Koenig. »Hast du einen Puls?«

»Nichts zu finden«, antwortet Koenig.

»Nimm den Sauerstoff weg.«

Webster prüft nach, ob die Paddles richtig sitzen. Er ruft: »Alle wegtreten« und vergewissert sich, dass niemand den Patienten berührt, bevor er ihm den Stromstoß verabreicht.

Die Frau beginnt zu wimmern, unheimliche Laute, die zur Decke aufsteigen.

Webster versucht, den Patienten mit Herzdruckmassage wiederzubeleben, dann stellt er das Gerät wieder auf einhundert Joule ein. Er verabreicht einen zweiten Stromstoß. Er gibt dem Patienten Epinephrin und erhöht dann auf hundertfünfzig Joule. Erst nach dem vierten Versuch meldet Koenig einen Pulsschlag. Er sichert die Atemwege, indem er den Patienten intubiert.

»Nehmen wir ihn mit«, sagt Webster.

»Wohin bringen Sie ihn?«, fragt die Frau, als sie losgehen.

»Ins Mercy Hospital«, antwortet Webster. »Wir tun für

Ihren Mann, was in unserer Macht steht.« Er wirft einen Blick auf die Kinder, deren Gesichter jetzt bleich sind.

»Er ist nicht mein Mann«, sagt die Frau leise.

Webster nickt. Natürlich. War ja klar, so wie die Frau gezögert hat, bevor schließlich die Kinder Mr Dennis riefen; so wie sie von dem Patienten Abstand gehalten, ihn die ganze Zeit, während sie im Haus waren, nicht ein Mal berührt oder angesprochen hat.

Man soll eben nie etwas als selbstverständlich voraussetzen.

»Madam, bitte warten Sie, bis jemand hier ist, der sich um die Kinder kümmern kann, und fahren Sie dann mit meinem Wagen ins Krankenhaus. Bitten Sie dort darum, dass jemand den Wagen zur Rettungswache fährt. Die Schlüssel können Sie unter den Sitz legen. Sie müssen sich jetzt ein wenig beruhigen. Wir tun, was wir können.«

Aber Mr Dennis ist noch lange nicht gerettet. Er bekommt erneut Kammerflimmern, und diesmal, im RTW, kann Webster nichts dagegen ausrichten. Sie rasen den Hang hinunter, dünn besiedelt mit teuren Ferienhäusern, deren Eigentümer es phantastisch finden, dass sie sich hier auf sechsmal mehr Wohnfläche ausbreiten können als daheim in Manhattan.

Webster und Koenig schalten Lichter und Sirene aus, bevor sie an der Notaufnahme vorfahren. Im Laufschritt die Trage begleitend, berichtet Webster mit präzisen Angaben über die Abfolge der Maßnahmen, die Medikamentendosis, die Anzahl der Stromstöße. »Seit neun Uhr siebenundvierzig kein Puls mehr«, sagt er.

So gut wie tot.

Er fragt sich, ob die Freundin ins Krankenhaus kommen wird und ob der Mann verheiratet ist. Ob hinter der

Fassungslosigkeit der Frau nicht nur die Angst um den Mann stand, sondern vielleicht auch die verzweifelte Frage: Warum muss es ausgerechnet hier passieren?

Sobald Koenig und Webster im Krankenhaus knapp außerhalb der Ortsgrenze fertig sind, fahren sie, an dem Schild vorbei, das anzeigt, dass Hartstone »rauchfrei« ist, zur Rettungswache zurück. Sie sind beide schweigsam. Wenn ein Patient trotz aller Bemühungen stirbt, ist das immer eine Niederlage. Während sie mit der Taconic Range im Westen und den Green Mountains im Osten in südlicher Richtung fahren, denkt Webster an die Freundin. Koenig hat ihre Adresse in den Bericht aufgenommen, und vielleicht ist ihr das ja auch recht, aber Webster bezweifelt es. Wäre es der Frau gleichgültig gewesen, ob der Mann namens Dennis in ihrem Haus gesehen wurde, so hätte sie bereitwilliger Auskunft gegeben. Sie wäre zu ihren Kindern gegangen, und sie hätte mit Dennis gesprochen. Webster fragt sich, wer wirklich die nächsten Angehörigen sind. Die Ehefrau sitzt vielleicht in Manhattan oder auf ihrem eigenen Grundstück auf dem nächsten Hügel. Webster ist ein Zyniker. Bei allzu vielen seiner Einsätze ist er Zeuge von Untreue und Betrug zwischen Eheleuten geworden, oder er musste die Opfer handgreiflicher ehelicher Auseinandersetzungen versorgen. Er glaubt, so ziemlich alles gesehen zu haben, was Ehepartner einander antun können.

Koenig parkt den RTW auf seinem angestammten Platz ein, rückwärts, um ohne zeitraubendes Manövrieren sofort wieder losfahren zu können. Webster geht ins Haus, während Koenig den Wagen reinigt. Kein Blut, stellt er fest, bevor er hineingeht, Gott sei Dank.

»Wo ist eigentlich Pinto?«, fragt er, als Koenig in den

Dienstraum kommt. Koenig geht erst einmal zum Kaffeeautomaten und drückt den Hebel sechsmal herunter, um einen halben Becher zusammenzubekommen. Webster schaut wieder auf seine Uhr. Drei Stunden, seit seine Tochter ihm das Frühstück gemacht hat.

»Er hat sich krankgemeldet.« Koenig stellt seinen Kaffeebecher auf den Resopaltresen, der den Raum der Länge nach durchschneidet.

»Schon wieder?«

»Burn-out«, sagt Koenig. Koenig ist kein Anfänger, aber er ist noch nicht so lange dabei wie Webster.

»Nach gerade mal zwei Jahren?«, fragt Webster.

»Der war doch von Anfang an ständig gestresst.«

Burn-out. Webster weiß alles darüber. Emotionale Erschöpfung gepaart mit körperlichen Schäden an Rücken und Knien infolge schweren Hebens beim Transport von Patienten ist für viele Sanitäter, Neulinge ebenso wie Oldtimer, Anlass, vorzeitig aus dem Dienst auszuscheiden. Einige beginnen dann eine Ausbildung zum Pfleger. Von den Jüngeren versuchen manche, in die Polizeiakademie hineinzukommen. Andere gehen einfach weg oder sterben, wie sein erster Partner, Burrows, daheim im Wohnzimmer. Burrows, in seinem letzten Jahr Burn-out und am Ende Herzinfarkt. Webster, der dienstfrei hatte, hörte eine Stunde später von Burrows' Tod und war außer sich. Wenn er nur im Dienst gewesen wäre. Er war sicher, er hätte seinem alten Partner, den er mit der Zeit lieben gelernt hatte wie einen griesgrämigen Onkel, das Leben retten können.

Nur einmal hat Webster selbst mit einem Burn-out-Syndrom zu tun gehabt. Nach der Trennung von Sheila war er unfähig, einen Einsatz zu fahren. Tagelang lag er nur auf der Couch und überließ es seiner Mutter, sich um seine zweijährige Tochter zu kümmern. Seine Lähmung war sicherlich nicht nur einem Burn-out zuzuschreiben, aber die Wut, die in ihm tobte, richtete sich vor allem gegen seine Arbeit, die blutigen Schlamassel, die fetten Leiber, die Häuser, in denen es nach Urin und Katzenfutter roch, den sinnlosen Tod Jugendlicher, wobei Selbstmorde das Schlimmste waren. Er hatte Kollegen erlebt, die am Einsatzort durchgedreht waren, junge Mitarbeiter anbrüllten und Patienten in Angst versetzten. Er hatte sie vor aller Augen schluchzen oder, auf der Wache zurück, mit ihren Geräten um sich werfen sehen. Schlimmer noch, er hatte mit ansehen müssen, wie sie zu trinken angefangen hatten. Nicht bereit, sich eine Pause zu gönnen oder ihre Arbeit aufzugeben, fanden die Burn-out-Opfer immer einen Weg, sich irgendwie aus dem Job hinauszukatapultieren.

Nachdem Webster eine Woche lang nur herumgelegen hatte, stellte sich eines Tages seine Mutter vor ihn hin und erklärte ihm, er habe keine Wahl, er müsse wieder der werden, der er gewesen war. Er sei der einzige Halt seiner Tochter. Selbst heute noch kann er den Blick seiner Mutter vor sich sehen: eine Blende mütterlichen Zorns über Augen voll Trauer und Mitgefühl. Die Fäuste hielt sie energisch in die Hüften gestemmt. Sie und sein Vater würden immer für ihn da sein, sagte sie, aber für Rowan trage er allein die Verantwortung.

Von diesem Tag an hat Webster dafür gesorgt, dass er einem Burn-out nicht einmal nahe kam. Er kann sich keinen leisten.

»Das Wetter wird gut heute Abend für euer Essen nach der Hochzeitsprobe«, sagt Webster zu Koenig, um das Thema zu wechseln. Seinem hoch aufgeschossenen Partner mit dem kurz gestutzten blonden Haar und den leicht hervorstehenden blauen Augen sieht man seine vierzig

Jahre nicht an. Er raucht, aber er läuft auch regelmäßig. Koenig, der früher Mathelehrer an einer Privatschule war, hat seinen eigenen besonderen Burn-out hinter sich. Er erkannte eines Tages, dass er dringend eine Arbeit braucht, bei der er nicht Gefahr läuft, sich zu Tode zu langweilen. Webster war überrascht zu hören, dass ein Rettungssanitäter besser verdient als ein Mathematiklehrer. So viel zu vier Jahren Universitätsstudium. Koenig, der glücklich ist, nie wieder ein Schulzimmer betreten zu müssen, geht in seiner Arbeit auf, das merkt man deutlich. Webster hat nie einen besseren Partner gehabt und bezweifelt, dass er je einen besseren finden wird. Oft tauschen die beiden die Rollen, damit Koenig in Übung bleibt. Webster möchte seinen Partner nicht verlieren, aber er hofft für Koenig, dass man ihm die Leitung des zweiten Teams geben wird, wenn es geschaffen wird.

»Magst du den Jungen, den deine Tochter sich ausgesucht hat?«, fragt Webster. Man kann nicht unbedingt von einer überstürzten Heirat sprechen, aber die Hochzeit wurde doch sehr plötzlich anberaumt, weil Jim (Joe? Jack?) in der kommenden Woche nach Afghanistan muss.

»Ich mache mir Sorgen um den Jungen, aber noch mehr sorge ich mich um Annabelle.« Annabelle, zweiundzwanzig, groß gewachsen wie ihr Vater und begeisterte Läuferin wie er. »Vielleicht wird er mir sympathischer, wenn er wieder da ist«, fügt Koenig hinzu. »Er ist ein radikaler Rechter, was ja bei Militärangehörigen nichts Ungewöhnliches ist. Die Politik lasse ich im Gespräch mit ihm immer außen vor. Aber Annabelle hat für Obama gearbeitet. Ich kann mir nicht vorstellen, was zum Teufel die beiden miteinander reden.«

»Wie haben sie sich kennengelernt?«

»Bei einem Blind Date.«

»Dabei kommen manchmal die besten Ehen raus«, sagt Webster.

Ganz anders, als wenn man seine zukünftige Frau am Ort eines Autounfalls kennenlernt, den sie selbst verursacht hat, weil sie betrunken war, was Webster hätte warnen müssen, wenn er nur Augen und Ohren offen gehalten hätte.

»Ich hoffe nur, er kommt nicht debil oder im Rollstuhl zurück«, sagt Koenig. »Ich kenne Annabelle. Sie würde ihn niemals verlassen. Aber, mein Gott, eine Woche verheiratet, und dann sollst du einem Mann, den du kaum kennst, tagtäglich den Hintern abwischen und ihm das Reden neu beibringen. Keine Kinder. Schuften, um den Lebensunterhalt für beide zu verdienen. Was wäre das für ein Leben?«

»Hey«, sagt Webster, »so weit ist es noch lange nicht. Lass das Mädchen erst mal heiraten. Genieß die Hochzeit, Koenig. Das ist morgen deine einzige Aufgabe.«

»Abgesehen vom Bezahlen.«

»Stimmt.«

»Das ist übrigens für dich angekommen.«

Koenig nimmt einen Umschlag vom Tresen und schiebt ihn Webster über den Tisch zu, an dem dieser sitzt.

»Sieht amtlich aus.«

Webster reißt den Umschlag auf. »Ich muss meinen Führerschein verlängern lassen«, sagt er. »Ich hatte keine Ahnung, dass es schon wieder Zeit ist.«

»Hast du Geburtstag?«

»Ja, heute.«

»Hey, alles Gute. Wie alt? Vierzig?«

»Richtig.«

»Ein grünes Bürschchen!«

»He, Vorsicht.«

Webster liest den Brief. »Diesmal muss ich ein neues Foto liefern. Glauben die im Ernst, dass sich meine Augenfarbe inzwischen verändert hat?«

»Nein, aber dein Gewicht vielleicht. Du könntest grau geworden sein.«

»Meine Eltern waren beide schon grau, bevor sie vierzig wurden«, sagt Webster.

»Ich werde mit fünfzig eine Glatze haben.«

»Dein Großvater mütterlicherseits?«

»Ich hab den Mann geliebt. Aber er hatte einen hässlichen Kopf.«

Webster geht an den Computer, der immer angeschaltet auf dem Tisch steht. »Morgen wird's schön«, teilt er seinem Partner mit. »Zwanzig Grad und sonnig.«

»Möge das Glück Annabelle lächeln.«

»Ich hoffe, es lächelt auch dem Soldaten.«

»Jackson.«

»Weiß ich.«

Webster legt den Brief weg und trinkt seinen lauwarmen Kaffee.

»Bei dir alles in Ordnung?«, fragt Koenig.

»Ja, warum?«

»Ich hab das Gefühl, du bist mit deinen Gedanken woanders.«

»Ach wo, nur das Übliche, du weißt schon. Ich mache mir Sorgen um Rowan.«

»Bis vor sechs Monaten«, bemerkt Koenig, »hast du dir fast nie Sorgen um Rowan gemacht.«

Webster sagt nichts.

»Was hat sich verändert?«, fragt Koenig.

»Dass sie inzwischen siebzehn ist?«

»Vielleicht hat sie einen Freund.«

»Hat sie«, bestätigt Webster. »Der Junge heißt Tommy

und ist ein netter Bursche, soweit ich das beurteilen kann.«

Koenig schweigt. Er zerdrückt seinen leeren Kaffeebecher und wirft ihn in den Mülleimer. »Rowan ist ein feines Mädchen«, sagt er, während er seine Stiefel aufschnürt. »Diese neuen Timberlands drücken gemein.«

»Wie lange hast du sie schon?«

»Drei Wochen.«

»Und immer getragen?«

Koenig nickt.

»Dann hau sie weg. Das wird nichts mehr.«

»Jammerschade.«

»Vielleicht findest du bei den Kollegen einen, der deine Schuhgröße hat«, sagt Webster, als ein Ruf hereinkommt. Er nimmt ihn entgegen.

»Iktus«, sagt er zu Koenig. »Zweiundzwanzigjährige Frau. Epileptikerin.«

»Na, super«, sagt Koenig und schnürt seine Stiefel schleunigst wieder zu.

Webster räumt die Küche auf und stellt den silbernen Würfel, der bisher auf dem Tisch stand, aufs Fensterbrett. Das schwarze Quadrat zeigt jetzt einen anderen Spruch an: *Lass dir Zeit und sei vorsichtig.* Er vermutet, dass Rowan am vergangenen Abend den Würfel noch einmal geschüttelt hat, und fragt sich, welchen Rat sie gesucht hat. Nach der Küche nimmt er das Bad in Angriff und macht es gründlich sauber. Auf den Fenstern liegt noch der ganze Winterschmutz, aber er weiß, dass Rowan sich die vornehmen wird, sie ist immer noch von dem neuen Windex-Sprüher fasziniert, der die Scheiben säubert, ohne dass man nachwischen muss. Es ist ein schöner Tag, wie vorhergesagt, und Webster denkt ab und zu an Koenig und Annabelle und den Soldaten. Die meiste Zeit jedoch denkt er an Rowan.

Es ist noch gar nicht so lange her, da hat Rowan ihn stets mit einer Umarmung und einem Kuss begrüßt, wenn er nach Hause gekommen ist. Sie ließ sich erzählen, wie sein Tag verlaufen war, während sie Äpfel aufschnitt, die sie später mit Zucker und Zimt bestreut aßen. Wenn er sie nach ihrem Tag fragte, berichtete sie bereitwillig – wann sie mit Gina wandern gehen wolle; wie froh sie sei, dass sie Geschichte hat abwählen können; dass sie und Gina vorhätten, zum Shoppen nach Manchester zu fahren, um sich nach preisgünstigen Winterjacken umzusehen. Wann ist das gewesen? Im Oktober? November? Ist die Veränderung allmählich eingetreten oder über Nacht? Er kann sich nicht erinnern. Er hat den Eindruck, dass es mit den herzlichen Begrüßungen von einem Tag auf den anderen vorbei war. Dass er plötzlich keine Ahnung mehr hatte, was sie tat und mit wem sie zusammen war. Dass bis Weihnachten ihre Stimme einen gereizten Unterton bekommen hatte, der mal da war, mal nicht. Und dass sie in den Monaten danach begann, seine Autorität infrage zu stellen und es ihn deutlich merken zu lassen, wenn er sie mit seinen Fragen nervte und damit, dass er ständig alles wissen wollte. Er vermutet, dass diese Veränderung früher oder später hat kommen müssen und hilfreich sein wird, wenn Rowan im Herbst von zu Hause weggeht. Alles theoretisch einleuchtend. Aber die Realität, mit der er täglich konfrontiert wird, dass er seine Tochter plötzlich nicht mehr kennt, die ist so gar nicht einleuchtend.

Webster hört das typische Wimmern von Rowans Corolla, noch bevor der Wagen in die Einfahrt einbiegt. Er ist noch beim Staubsaugen, als Rowan hereinkommt, und hört die Stimmen im hinteren Flur erst, nachdem er das Gerät ausgeschaltet hat. Es sind die von seiner Tochter und von Gina, Rowans blonder Freundin, die nicht nur hochbegabt ist, sondern eines Tages eine Schönheit werden könnte, wenn sie es schafft, die Pickel loszuwerden, die ihr Gesicht besiedeln.

Die Hände in den Hosentaschen tritt Webster in die Küche. »Hallo Gina«, sagt er. »Wie geht's denn so?«

»Hallo Mr Webster. Ganz gut.«

»Hallo Dad«, sagt Rowan und öffnet den Kühlschrank, immer das Erste, was sie tut, wenn sie nach Hause kommt. »Möchtest du ein Glas O-Saft?«, fragt sie ihre Freundin.

»Gern.«

»Wie war die Arbeit?«, fragt Webster. »Hattet ihr beide heute dieselbe Schicht?«

Die roten Spritzer auf Ginas T-Shirt sehen nach Metzgereiblut aus.

»Ganz okay, nicht berauschend«, antwortet Gina, während Rowan zwei hohe Gläser mit Orangensaft füllt. »Ich war die meiste Zeit hinten an der Tür und hab Kartons aufgemacht. Da hab ich wenigstens ein bisschen Sonne abbekommen.«

»Bei mir an der Kasse war eine Frau, die total durchgedreht ist«, erzählt Rowan und setzt sich mit ihrem Glas in der Hand an den Tisch. »Plötzlich fängt sie an zu kreischen, ich würde sie bescheißen. Dabei hab ich noch nicht mal ihren Einkauf zusammengerechnet, geschweige denn Geld von ihr bekommen. Und sie schreit rum, dass ich sie betrüge.« Rowan trinkt ihr Glas mit einem Zug leer, sucht nach einer Serviette. Webster reißt ein Stück Küchenrolle ab und reicht es ihr. »Prompt kommt der zweite Geschäftsführer angerannt, rupft den Kassenstreifen raus und vergleicht die Zahlen mit jedem einzelnen Artikel in ihren Tüten. Dann behauptet die hysterische Ziege, ihr stünden zwei Körbchen Erdbeeren zum Preis von einem zu, und ich – dabei zeigt sie mit dem Finger auf mich – hätte ihr beide berechnet. Mr T erklärt ihr, dass das Angebot leider nur letzte Woche gültig war, und bevor er dazu kommt, ihr zu sagen, dass er bereit ist, eine Ausnahme zu machen, schmeißt sie ihre Handtasche nach ihm, und der ganze Krempel, den sie drinhat, fällt raus – Kleingeld, Schlüssel, Dollarscheine, gebrauchte Papiertaschentücher, Pfefferminzdrops, was weiß ich. Ein Töpfchen Make-up geht zu Bruch, und das ganze Zeug landet auf meinen Turnschuhen und Mr Ts Schuhen, und dann fängt die Alte auch noch an zu heulen. Mr T stopft ihr die ganzen Sachen wieder in die Handtasche, bis auf die gebrauchten Taschentücher und das Make-up, gibt ihr die Tasche zurück, packt ihre Einkäufe wieder ein und schiebt ihr alles raus zu ihrem Auto. Und bezahlt hat sie natürlich keinen Cent.«

Gina lacht. »Das mit dem Make-up finde ich lustig.«

»Aber auch nur, weil du es nicht auf *deinen* Turnschuhen hast«, entgegnet Rowan. »Ich musste es aufwischen und die ganzen Taschentücher und Glasscherben einsammeln.«

»Und was habt ihr beide heute Abend vor?«, fragt Webster.

»Gina ist mitgekommen, weil ihr Computer wieder mal spinnt«, erklärt Rowan, »und sie sich ein paar Notizen und einen Test, den wir zu Hause machen sollen, runterladen will.«

Sie wissen beide, dass das geflunkert ist. Ginas Mutter hat kein Geld für einen Computer, und Gina sollte eigentlich mit dem in der Schulbibliothek arbeiten, der aber immer belagert ist. Mindestens zwei-, dreimal die Woche kommt das Mädchen deshalb mit zu Rowan. Sie hat alle ihre College-Bewerbungen auf Rowans Laptop fertig gemacht, und zu jeder Bewerbung gehörten vier Aufsätze. Trotz dieser Schwierigkeiten hat Gina glänzende Noten, was immerhin etwas beweist, auch wenn Webster nicht genau weiß, was. Ihn freut es, dass Rowan mit ihr befreundet ist.

»Im Tiefkühlschrank ist selbst gekochte Erbsensuppe«, sagt er.

Manchmal sorgt er sich, was Gina eigentlich zu Hause zu essen bekommt. Das Mädchen lebt mit ihrer Mutter, Eileen, und einer ans Haus gefesselten Großmutter zusammen. Eileen arbeitet Teilzeit am Empfang eines Autohauses, weil sie die Großmutter nicht den ganzen Tag allein lassen kann. Sie verdient vielleicht fünfundzwanzig in der Woche, bestenfalls dreißig. Webster vermutet, dass Gina nur auf die Columbia-Universität gehen kann, weil sie ein volles Stipendium bekommen hat.

Samstags kocht Webster nicht. Gina und Rowan essen das, was sie im Kühlschrank so finden, und die nächste Mahlzeit werden sie außer Haus zu sich nehmen, und es wird wahrscheinlich keine »ordentliche« Mahlzeit sein, eher so ein Herumpicken nach Hühnerart. Samstagabends isst Webster Reste und schaut fern, bis er die Augen nicht mehr offen halten kann. Rowan hat ihn früher immer geweckt, wenn sie nach Hause kam, aber das tut sie jetzt nicht mehr.

»Dann lass ich euch jetzt mal in Ruhe«, sagt Webster und sieht Rowan an, die seinen Blick erwidert und mit den Schultern zuckt.

»Heute putzt du die Fenster«, verkündet Webster am Sonntagmorgen. »Morgen soll's regnen, drum muss es heute sein.«

Rowan, deren Gesicht noch ganz schlafverhangen ist, nickt.

»Nana hat sich immer so gefreut, wenn Opa im Frühling die Fenster geputzt hat. ›Jetzt habe ich neue Augen‹, hat sie dann gesagt.«

Rowan, in Flanellhose und T-Shirt, erklärt, sie müsse um vier zu Liz Foster. »Wir müssen noch was für Physik fertig machen.«

»In Ordnung. Komm nicht zu spät. Ihr habt wahrscheinlich einen Haufen Hausaufgaben.«

»Lektüre ohne Ende.«

»Welches Buch?«

»›Die Enden der Parabel‹.«

»Was ist das?«, fragt Webster.

»Ein echt blöder Siebenhundertsechzig-Seiten-Schinken.«

Webster, der vor einer Pfanne mit Eiern und Schinken am Herd steht, dreht sich um. »Sie verlangen von euch, dass ihr am Ende eures letzten Jahres ein Siebenhundertsechzig-Seiten-Buch lest? Hat Mrs Washington sich das ausgedacht?«

»Ihrer Meinung nach ist es der beste englischsprachige Roman überhaupt.«

»Habt ihr sie dieses Jahr furchtbar geärgert?« Webster lädt Eier und Schinken auf Rowans Teller.

»Nein. Na ja, ein bisschen vielleicht.«

»Man erntet, was man sät.«

Rowan zuckt nur mit den Schultern.

»Pech für euch«, sagt Webster. Er stellt einen Teller mit Toast auf den Tisch.

»Findest du?«

»Und – habt ihr gestern Spaß gehabt, du und Gina?«

»War ganz gut, ja.« Der spitz zulaufende Haaransatz ist von einer Schnur winziger Pickel gesäumt, und an einem Nasenflügel blüht ein Prachtexemplar von Mitesser. Rowans Morgengeruch – der zarte Duft ihres Haars, der ganz eigene ihrer Haut – ist Webster so vertraut, dass er sicher ist, er würde seine Tochter überall erkennen: im tiefsten Wald, im Schlussverkaufsgewühl eines Kaufhauses. Er erinnert sich an eine Reise nach Boston, die er während der Frühjahrsferien mit der damals neunjährigen Rowan unternommen hat. Nachdem sie den Freedom Trail absolviert hatten, nahm er sie mit ins Aquarium und verlor sie prompt aus den Augen, als er völlig fasziniert den Pinguinen zusah und sie einfach davonwanderte. In Panik machte er die ganze Wachmannschaft rebellisch, und Rowan fiel aus allen Wolken, als sie bei den Delfinen aufgelesen wurde. »Aber ich hab doch gewusst, wo er ist«, sagte sie verwirrt.

»Rowan, iss, das macht stark und ist gut für die Nerven.«

Rowan verdreht die Augen. Webster weiß nicht, wie oft er ihr das gesagt hat. Manchmal gewöhnt er sich etwas an und kann es dann nicht wieder ablegen. »Ich sag's ja nur, weil du Freitag beim Frühstück gleich auf hundertachtzig warst. Alles in Ordnung?«

»Alles bestens, Dad.«

»Na gut«, sagt er, obwohl er weiß, dass es nicht so ist.

Rowan kratzt sich an ihrem linken Arm, ein Zeichen, dass sie nervös ist.

»Alles in Ordnung?«, äfft sie ihn nach und zeigt auf seinen unberührten Frühstücksteller.

Webster stochert im kalt gewordenen Ei herum. »Den Ton kannst du dir sparen.«

Rowan tupft das Ei mit ihrem Toast auf.

Webster legt die Gabel weg und starrt auf die schmutzigen Fenster. Er kann die Eier nicht essen. Das falsche Frühstück. Etwas Süßes wäre besser gewesen. »Rowan, ich hab deine Launen langsam satt.«

»Ach, fick dich, Dad, hör einfach auf, okay?«

Bei dem Ausdruck sträuben sich ihm, wie beim Quietschen von Kreide auf der Tafel, buchstäblich die Haare. Er merkt, dass Rowan auf eine Zurechtweisung oder Strafe wartet. Als er nichts sagt, schiebt sie ihren Stuhl zurück. »Wo ist der Schlauch?«

Von der Garage aus beobachtet Webster Rowan beim Putzen der Fenster von außen. Sie steigt auf eine Trittleiter und beginnt mit dem hinteren Dachfenster ihres Zimmers. Sie richtet den Schlauch, an den sie das Sprühgerät angeschlossen hat, auf das Fenster, schaltet auf Schäumen und lässt das Seifenwasser die Scheiben hinunterlaufen. Sie wartet ein paar Sekunden, schaltet auf Spülen und wäscht den Schaum ab, bis das Fenster sauber ist und nur noch ein paar Tröpfchen übrig sind, die schnell trocknen werden. Genau so, wie er es ihr beigebracht hat. Er musste ihr versichern, dass das Mittel den Pflanzen nicht schadet, und obwohl er es selbst nicht glauben kann, haben weder die Büsche noch das Gras Schaden genommen. Es wäre wunderbar, wenn Windex ein Mittel erfände, mit dem man die Fenster von innen genauso mühelos putzen kann. Alte Häuser haben ihren Reiz, aber das Saubermachen ist eine Plage.

Sie steigt die Leiter ein Stück abwärts und nimmt die nächste Reihe Fenster in Angriff, immer paarweise. Zwei einschäumen, zwei spülen. Sie hat ihre Gummistiefel an, ihre Schlafanzughose und einen Ölmantel, der einmal gelb war. Ihre Stiefel sind schon nass, vom Sprüher und vom Tau im schattigen Gras. Er liebt die Blumen des späten Frühjahrs, Ende Mai, Anfang Juni. Holzapfel, Flieder, Waldlilie. Gerade ist alles noch ohne Farbe, am nächsten Tag leuchtet es.

Er glaubt, dass er Rowan mit seiner Weigerung, auf das »Fick dich« zu reagieren, stärker verunsichert hat, als wenn er sie gemaßregelt hätte.

Rowan nimmt sich jetzt die Front des Hauses vor und beginnt mit dem zweiten Dachfenster. Nachdem sie den Schlauch gerade gezogen hat, schleppt sie ihn mit sich die Trittleiter hinauf, richtet ihn auf die kleinen Scheiben und schäumt sie ein. Plötzlich schwenkt sie ihn über den Fensterrahmen hinaus und zielt auf die Vinylverkleidung der Frontwand.

Was zum Teufel? Will sie das Haus gleich mitwaschen?

Rowan schwingt den Schlauch in wilden Kreisen und Schleifen auf und ab und richtet ihre Waffe schließlich mit einem zornigen Aufschrei auf die frisch belaubten Büsche, auf den blühenden Flieder mit seinem betäubenden Duft, auf eine Tanne, die nach der Behandlung aussieht, als wäre sie mit nassem Klopapier beworfen worden.

Rowan schießt den Strahl so weit die Einfahrt hinunter, wie sie kann. Dann hebt sie den Schlauch steil in die Höhe und lässt es auf sich herabregnen.

Webster rennt los. Rowan lässt den Schlauch fallen und steigt eilig die Leiter hinunter. Als sie stolpert, fängt Webster sie auf und zieht sie, klatschnass und mit schäumendem Haar, fest an sich.

Webster und Koenig sind die Verstärkung, das zweite Team am Einsatzort. Ein Auffahrunfall mit sechs Fahrzeugen auf der Straße, die aus den Bergen herunterkommt. Plötzlicher Nebeleinfall, Sicht gleich null. Der Nebel bildet Höfe um die blauen und weißen Lichter der Polizeifahrzeuge. Webster kann deren fünf ausmachen und einen weiteren Rettungswagen. Er und Koenig melden sich bei der Einsatzleitung, und Webster erhält den Auftrag, sich um den Bus zu kümmern. Er erkennt einen umgestürzten Sattelschlepper, über dem ein gelber Schulbus hängt. Einen zusammengedrückten roten Mercury, einen dunkelblauen Jeep, der offenbar gegen einen Baum geschleudert wurde, einen silbernen Touareg, der einen ausländischen Wagen, einen Hyundai vielleicht, völlig in sich zusammengeschoben hat. Webster schnappt sich alles, was er tragen kann, aus dem RTW und rennt zu dem Schulbus. Er und Koenig sind jetzt Teil einer größeren Mannschaft.

Kinder stehen immer an erster Stelle. Im Laufen nimmt er den ungeheuren Lärm wahr: von den Streifenwagen, Rettungsfahrzeugen, Feuerwehrwagen, Abschleppfahrzeugen, die Schreie der Verletzten und der Verängstigten.

Zwei Polizisten haben die Vordertür des Busses aufgebrochen. Webster zieht sich hoch und schaut hinein. Der Fahrer ist bewusstlos, wird aber schon von einem Sanitäter und einem Polizisten herausgeholt. Sich an den Rückenlehnen der Sitze abstützend, tappt Webster den schräg abfallenden Gang hinunter. Kinder rufen, aber er sorgt sich mehr um die, die stumm bleiben. In Schulbussen gibt es keine Sicherheitsgurte, einige der Kinder sind meterweit durch den Bus geschleudert worden, die meisten ans hintere Ende, wo sich die Tür jetzt wegen des Mercurys nicht öffnen lässt. Polizisten haben die Notausstiege aufgebrochen und helfen Kindern heraus, von denen manche wie erwachsene Männer aussehen. Ein Bus, der, wie in manchen ländlichen Schuldistrikten üblich, Kinder aller Altersstufen, vom Kindergarten bis zur zwölften Klasse, befördert. In spätestens einer Viertelstunde wird es hier von Eltern wimmeln.

Gebückt sucht Webster jede Bank ab und entdeckt ein blondes Mädchen in einem violetten Trägerhemdchen, das in Seitenlage unter einem Sitz zu seiner Rechten eingeklemmt ist. Sie ist so tief unter den Sitz gedrückt worden, dass ihr Gesäß dahinter hervorragt. Mit Schultern und Beinen hängt sie an dem Stahlgestänge fest, das die Bänke trägt.

Webster lässt sich auf Hände und Knie hinunter. Schreie und Rufe um ihn herum verhallen, während er sich ganz auf diese eine Situation konzentriert. Er befürchtet Verletzungen am Rückenmark, vielleicht Lähmung. Kein Blut. Keine Regung. Er spricht das Mädchen mit lauter Stimme an, um sie wach zu bekommen. Er prüft die Atemwege und die Atmung. Er tastet nach der Karotis und findet einen schwachen Puls. Sie lebt, aber sie ist in schlechter Verfassung. Er legt ihr eine HWS-Schiene an, prüft die Pupillen. Sie sind gleich groß und reagieren seitengleich auf Lichteinfall. Wahrscheinlich doch keine Rückenmarksverletzung.

Als er den Blick hebt, bemerkt er einen Jungen von

vielleicht dreizehn Jahren in einem braunen Pulli, der, den Kopf in die Hände gestützt, drei Bänke weiter hinten sitzt. »Hallo, mein Junge!«, ruft er. Der Junge hebt den Kopf. Benommen, aber nicht im Schock, hofft Webster.

»Wie heißt du?«

»Edward.«

»Kannst du aufstehen?«

»Sie haben mir gesagt, ich soll hier sitzen bleiben.«

»Ich brauche deine Hilfe. Hier ist ein Mädchen eingeklemmt.«

Der Junge zieht sich an den Sitzlehnen aufwärts, um zu Webster zu gelangen. Der zeigt auf den Sitzplatz, auf den der Junge sich setzen soll. Der Junge lässt sich fallen, die Beine über dem Gesäß des Mädchens gespreizt.

»Bist du verletzt?«, fragt Webster.

Der Junge schüttelt den Kopf.

»Okay, hör mir genau zu. Ich zähle bis drei, dann schiebst du ihren Po vorsichtig nach vorn, damit ich sie herausziehen und untersuchen kann. Wenn du selbst dabei irgendeinen Schmerz spürst, hörst du sofort auf. Hast du das verstanden?«

Der Junge nickt. »Was ist los mit ihr?«

»Das weiß ich noch nicht. Weißt du, wie sie heißt?«

Der Junge zieht sich hoch und beugt sich über die Banklehne, um ihr Gesicht sehen zu können. »Das ist Jill«, sagt er.

»Jill!«, schreit Webster. Keine Reaktion. Er ruft noch einmal. Keine Reaktion.

Webster öffnet den Gürtel in der Jeans des Mädchens und vergewissert sich, dass die Schlaufen zu beiden Seiten symmetrisch sitzen. Nur dann kann er sie in einer geraden Linie vorwärtsziehen. »Also, ganz vorsichtig jetzt. Eins. Zwei. Drei.« Mithilfe des Jungen zieht Webster, der die

Arme durch das Gestänge des Sitzes gestreckt hat, das Mädchen in gerader Linie zu sich heran. Sie ist zierlich, wiegt vielleicht fünfzig Kilo.

»Okay, jetzt komm rüber und hilf mir. Wir müssen sie auf den Rücken legen und ausstrecken. Wenn ich es dir sage, ziehst du vorsichtig ihre Beine in den Gang hinaus. Ich hebe dann von hinten ihre Schultern an und schiebe.«

Ständig müssen Rettungssanitäter solche Entscheidungen treffen. Das Mädchen jetzt zu bewegen, kann für den verletzten Körper lebensgefährlich sein. Aber abzuwarten, bis ein Rettungsteam die Sitzbank entfernen kann, würde Zeit kosten, die sie vielleicht nicht haben.

Der Junge kriecht an den Platz, den Webster ihm angewiesen hat. Webster hat das Mädchen inzwischen in Rückenlage gebracht, mit den Füßen zum Gang. Der Junge zieht die Beine vorsichtig gerade.

Webster sichert die Atemwege, prüft Blutdruck und Atmung, sucht nach äußeren Verletzungen. Er prüft die Reflexe und, noch einmal, die Pupillen. In Ordnung. Ihr Knie zuckt, und sie verlagert ihr Bein.

»Ruf immer wieder ihren Namen«, befiehlt Webster dem Dreizehnjährigen.

Hinten schreit ein älterer Junge, der Rücken eines gelb gekleideten Sanitäters versperrt Webster die Sicht. Webster ist abgelenkt und muss seine ganze Willenskraft aufbieten, um sich wieder auf seine Aufgabe zu konzentrieren.

Schulterluxation auf einer Seite, vielleicht auf beiden. Eine Quetschung von der Größe eines Baseballs am Hinterkopf. Blutdruck hundertzehn zu zweiundsiebzig. Puls schnell, kaum wahrnehmbar. Er drückt leicht auf ihr Schlüsselbein und kann die Fraktur ertasten. Sie hätte bei der Berührung schreiend erwachen müssen.

»Du bleibst hier«, sagt er zu dem Jungen. »Ich hole die

Trage und den Sauerstoff. Rühr dich nicht vom Fleck, ganz gleich, was passiert. Und pass auf, dass keiner auf sie tritt.«

Webster steigt vorn aus dem Bus, so, wie er reingekommen ist, während die meisten anderen Sanitäter die Seitentür benutzen, die die Polizisten inzwischen freigelegt haben. Auf dem Weg zum RTW, um die Trage zu holen, sieht er ein Team aus New York ankommen und hebt den Arm.

»Kommen Sie mit mir«, bittet er den Sanitäter. »Nehmen Sie Ihr Spineboard mit, Ihre Trage und Ihr Sauerstoffgerät. Ich habe eine Patientin.«

Webster und der Sanitäter steigen in den Bus und gehen nach hinten. Gemeinsam schieben sie das Mädchen behutsam auf das Spineboard und schnallen sie an. Webster fixiert auch den Kopf. Sie tragen sie langsam und vorsichtig zur vorderen Tür. Beim Aussteigen trägt Webster, der vorn geht, die Hauptlast, dafür hat sein Kollege das heiklere Manöver zu bewältigen – er muss es schaffen, auszusteigen, ohne das Spineboard aus der Hand zu verlieren. Sie verlagern das Mädchen auf eine Trage und bringen sie zum wartenden Rettungswagen. Webster geht voraus, der Kollege und Edward folgen. Der zweite Sanitäter aus New York wartet schon bei der geöffneten hinteren Tür. »Wir übernehmen«, sagt er zu Webster.

»Nicht ansprechbar, Atem flach, Puls schwach, Blutdruck hundertzehn zu zweiundsiebzig, möglicherweise zwei ausgerenkte Schultern, Schlüsselbeinbruch, Verdacht auf Kopfverletzung, Name Jill.«

Webster wendet sich dem Jungen zu, der zitternd und stumm dabeisteht.

»Nehmen Sie den Jungen hier mit«, sagt er zu den Kollegen. »Er heißt Edward. Geben Sie ihm ein Telefon, damit er seine Eltern anrufen kann, oder erledigen Sie es für ihn. Lassen Sie sich von ihm den Nachnamen des Mädchens geben und melden Sie ihn der Leitstelle.«

Webster hilft dem Jungen, der kein Fünkchen Kraft mehr hat, in den Beifahrersitz. »Danke, Edward, du warst eine große Hilfe«, sagt er, während er ihn anschnallt.

Er schlägt die Tür zu und tritt zurück. Er schaut auf seine Uhr, eine Digitaluhr. Er ist seit neunzehn Minuten am Einsatzort.

Rettungsfahrzeuge, so weit er den Hang hinaufsehen kann, blinkende Lichter im dichten Nebel. Schwerverletzte, einige Todesopfer. Die gewitzteren Mannschaften haben vor dem Anhalten auf dem Standstreifen gewendet, um später gleich abfahren zu können. Die anderen Rettungsfahrzeuge werden als Mini-Unfallstationen eingesetzt werden, in denen Notärzte und Sanitäter dringende Fälle versorgen.

Webster, einer der Ersten vor Ort, fährt beinahe als Letzter ab, über die Standspur Richtung Mercy Hospital. Hinten im Wagen sitzt Koenig mit zwei Patienten, die zum Glück nicht schwer verletzt sind. Mutter und Sohn, aus dem Touareg, sie mit Gesichts- und Brustprellungen vom Airbag, der Junge, neun, mit einem Handgelenksbruch, den er sich zugezogen hat, als er, unverletzt, lange nach dem Unfall vom Beifahrersitz des Wagens auf die Straße fiel.

Vier Tote, drei von ihnen Kinder, die vierte die Fahrerin des Hyundai. Eine unverletzt gebliebene Frau aus einem der anderen Fahrzeuge, die hysterisch schluchzend unentwegt schrie, sie habe nicht rechtzeitig anhalten können, bis endlich ein Polizist, nur um es nicht mehr hören zu müssen, sie in einen Streifenwagen verfrachtete und nach Hause fuhr. Teams der lokalen Nachrichtensender aus zwei Staaten, die rücksichtslos die Abfahrtswege blockieren. Kleine Kinder auf Spineboards, Zipfel roter und blauer Pullis, die unter den Wärmedecken hervorlugen. Webster hat bei der Leitstelle nachgefragt, wohin Jill gebracht worden ist, aber bisher weiß niemand etwas. Webster muss an Rowan denken, wie leicht das Mädchen in dem violetten Trägerhemdchen seine Tochter hätte sein können.

Es ist nicht Websters erste Massenkarambolage, aber wenn ein Schulbus beteiligt ist und besorgte Eltern in Scharen am Einsatzort einfallen, macht das die Arbeit umso anstrengender. Wenigstens waren einige von ihnen so vernünftig, selbst mit anzupacken und zu helfen. Der Fahrer des Jeeps sah übel zugerichtet aus, als er auf seiner Trage am Bus vorbeitransportiert wurde. Webster behandelte Knochenbrüche, leichte Gehirnerschütterungen, Platz- und Schnittwunden, zwei schwere Verletzungen. Er sah die Eltern nicht an, die erfahren mussten, dass ihre Kinder ums Leben gekommen waren. Er kann den Tod von Kindern kaum ertragen: Die Bilder suchen ihn nachts heim. Er kann sich so gut einfühlen in den Schmerz der Eltern, dass er manchmal weinen muss.

Auf der Rückfahrt vom Mercy Hospital sagt Koenig: »Ein Albtraum. Sattelschlepper sollten auf der 83 verboten werden.«

»Und wo sollen sie hin?« Webster sitzt jetzt entspannt zurückgelehnt, eine Hand am Lenkrad. »Es ist die einzige Verbindung die Westseite von Vermont rauf.«

»Sollen sie das Zeug doch in kleineren Lastwagen befördern. Niemals hätte der Sattelschlepper auf dieser Straße dieses Tempo fahren dürfen.«

»Wie schnell?«

»Hundert, schätzt die Polizei.«

»Kaufe niemals einen Hyundai.«

»So ein Touareg hingegen …«, meint Koenig.

»Als ob du dir den leisten könntest.«

»Die Bullen konnten ihn einfach wegfahren.«

»Ich hasse solche Einsätze«, sagt Webster.

»Was du nicht sagst.«

»Wie war die Hochzeit?«

Koenig schüttelt den Kopf. »Beinahe eine Katastrophe.«

»Was ist denn passiert?«

»Annabelle ist gescheiter, als ich ihr zugetraut habe. Im Auto fing sie an zu weinen, und ich musste gut zwanzig Minuten warten, ehe sie sich wieder beruhigte. Sie hatte Angst. Sie wollte Jackson gar nicht vor seiner Abreise heiraten, aber sie meinte, es wäre gemein und moralisch nicht zu rechtfertigen, wenn sie es nicht täte. Und die Vorstellung, ihn einfach am Altar stehen zu lassen – oder wie man das nennt, wenn man in einem Gasthof getraut wird –, konnte sie nicht aushalten.«

»Ach Gott.«

»Sie hatte sich schon seit Wochen mit diesen Gedanken herumgequält.«

»Und was hast du gemacht?«, fragt Webster.

»Ich habe ihr gesagt, dass ich sie verstehen kann. Ich wusste, dass Ruth, die als Brautmutter natürlich ganz vorn thronte, einen Anfall kriegen würde, wenn Annabelle in letzter Minute ausstieg. Aber ich sagte Annabelle, ich bräuchte nur den Gang einzulegen, und wir könnten verschwinden, und ich würde später zurückfahren und Jackson und ihrer Mutter und den Gästen alles erklären. Einmal bin ich tatsächlich losgefahren und ungefähr drei Meter weit gekommen, bevor sie sagte, ich solle anhalten.

Ich hab ihr schließlich erklärt, sie müsse entweder aussteigen oder mich weiterfahren lassen. Sie reparierte sich das Gesicht so gut es ging, und dann hab ich sie in den Gasthof gebracht. Ich hab mich gefühlt, als würde ich sie zur Schlachtbank führen, sag ich dir.«

»Hey, das tut mir leid.« Webster biegt in den Hof der Rettungswache ein.

»Beim Empfang wirkte sie dann aber ganz glücklich, vielleicht war's also hauptsächlich Lampenfieber. Das hoffe ich jedenfalls. Sie wird im kommenden Jahr eine Menge Zeit haben, darüber nachzudenken, ob sie richtig entschieden hat.«

»Es wäre besser für sie, überhaupt nicht darüber nachzudenken«, meint Webster. »Sie kann es sowieso nicht ändern, solange er in Afghanistan ist.«

Webster steigt völlig erledigt aus seinem Wagen und geht ins Haus. Halb eins morgens, das Ende eines der längsten und schlimmsten Arbeitstage seit Langem. Eineinhalb Schichten. Rowan sitzt am Küchentisch vor den Resten einer Mahlzeit, die darauf warten, in die Mikrowelle geschoben zu werden.

»Du bist noch wach?«, fragt Webster erstaunt. »Du hast gekocht.«

»Nur Eintopf. Du siehst müde aus.«

»Harter Tag.«

»Ich hab von der Massenkarambolage gehört. War schlimm, oder?«

Webster hat Rowans Fragen über Notfallversorgung und alles, was dazugehört, stets beantwortet. In letzter Zeit hat er überhaupt nichts mehr verschwiegen, nicht einmal die grausigen Todesarten. »Ein einziger Horror. Vier Tote, drei davon Kinder. Ich habe ein junges Ding versorgt, das in einem Bus unter einer Sitzbank eingeklemmt war. Eine schwere Kopfverletzung, vermute ich, aber vielleicht täusche ich mich auch. Ich hoffe es. Sie war höchstens fünfzehn.«

»Wie ist der Erwachsene umgekommen?«

»Es war eine Frau. Sie wurde in ihrem Hyundai zerquetscht.«

Rowan schweigt. Versucht sie, es sich vorzustellen?

Webster zieht seine Jacke aus. Am liebsten würde er auf der Stelle alle seine Kleider abwerfen und in die Waschmaschine stecken.

»Was du tust, das ist großartig.« Rowan sieht ihren Vater an.

Sie ist den ganzen Abend aufgeblieben, um ihm das zu sagen.

»Danke«, sagte er. »Das macht es der Mühe wert.«

»Gut.« Sie steht auf.

»Geh jetzt ins Bett. In sechs Stunden musst du zur Schule.«

»Ich hab ein Nickerchen gemacht.«

Webster blickt seiner Tochter nach, die müde die Treppe hinaufsteigt.

Wiedergutmachung? Für das »Fick dich«? Für den Angriff auf Blätter und Blüten?

Am Nachmittag, nach dem Mittagsschläfchen, arbeitet Webster in seinem frisch umgegrabenen Garten. Als er die Hintertür quietschen hört, blickt er auf. Eine Sekunde lang, nein, nicht einmal eine Sekunde lang, glaubt er, Sheila zu sehen. Nicht so, wie sie jetzt vielleicht ist, sondern wie sie damals war: das lange braune Haar, die leicht herausfordernde Haltung, der graue Pulli und die Jeans, die Sonnenbrille im Haar, sogar die Stiefel. Aber es ist nicht Sheila – es ist seine Tochter, die ungefähr zwei Jahre älter aussieht als das letzte Mal, als er sie gesehen hat.

Er geht in die Einfahrt hinaus.

»Wo fährst du hin?« Er wischt sich die Hände an seiner alten Jeans ab. Auf seinem kurzärmeligen, rostbraunen T-Shirt steht *Hartstone Marauders.*

»Weg«, sagt sie.

»Rowan.«

»Ich treffe mich mit Tommy im Einkaufszentrum. Wir wollen was für seine Mutter zum Geburtstag besorgen, und danach gehen wir zur Talentshow in der Highschool. Hinterher gibt's vielleicht noch eine Party.«

»Was für eine Party?«

»Weiß ich auch nicht.«

»Du weißt, dass ich das nicht mag.«

»Ich ruf dich an, wenn ich dort bin.«

Beide wissen, dass ein Anruf über das Handy so gut wie

gar nichts bedeutet. Wenn sie will, kann sie ihm leicht etwas vorflunkern. Würde sie das tun?

»Hast du Benzin?«, fragt er.

»Genug.«

Sie hebt den Kopf und wirft ihre Haare nach hinten, eine Gebärde, die er selten bei ihr sieht. Webster möchte nicht, dass Rowan wegfährt, aber er kann nichts dagegen tun.

Er möchte sie in die Arme nehmen. Vor drei Monaten hätte er es noch getan. Er macht sich Sorgen, dass sie eine Autopanne haben, sich verfahren, sexuell belästigt werden könnte. Aber er spürt genau den Abwehrschild, den sie gegen ihn aufgebaut hat.

»Also«, sagt sie.

Es liegt ihm auf der Zunge zu sagen, sie solle keinen Alkohol trinken.

Er bleibt stehen, während sie in ihren Corolla steigt. Er weiß, dass er sie nervös macht. Er sollte weggehen, zurück in den Garten, aber er meint, sie aus der Einfahrt hinausbegleiten zu müssen. Eine alte Gewohnheit, die sich nicht ablegen lässt. Er hat dagestanden und sie mit Blicken begleitet, als sie hinten im Kleinbus der Mutter einer Freundin davonfuhr, als sie das erste Mal allein losfuhr, nachdem sie den Führerschein gemacht hatte. Die alten Impulse sterben nicht.

Sie wendet den Wagen, schiebt die Sonnenbrille über die Augen, richtet ihre Haare und fährt los. Er schaut ihr nach, bis sie in die 83 einbiegt.

Er liebt es, die Erde an seinen Händen zu fühlen, er mag den Geruch, den Blick auf die gehäufelten Reihen von Setzlingen. Er hat schon den ersten Salat geerntet, die Erbsen müssten auch bald kommen. Morgen muss er einmal gründlich jäten und die Tomaten setzen. Am Tag zuvor hat er den Zaun befestigt, um ihn gegen das Wild zu sichern, obwohl er von anderen gehört hat, dass ein Gemüsegarten in Vermont reine Glückssache ist. Koenigs Frau, Ruth, hat erzählt, dass das Wild im vergangenen Jahr alle rosa und blauen Blumen gefressen hat, die sie gepflanzt hatte. Die übrigen verschmähte es. Webster hat innen den ganzen Zaun entlang Ringelblumen angepflanzt. Das soll gegen kleine Schädlinge helfen. Größere Schädlinge sind schon da, die unterirdischen Gänge im Rasen lassen auf Maulwürfe schließen. Weiche Stellen, an denen der Fuß einsinkt. Wahrscheinlich ist es nur eine Frage der Zeit, bis die Biester in den Garten vorstoßen werden.

Webster stellt sich Rowan unterwegs mit ihrem Auto vor. Lenkt sie nur mit einer Hand? Simst sie beim Fahren?

Wenn sie in naher Zukunft weggeht, um zu studieren, hat er sie achtzehn Jahre bei sich gehabt. Mehr wird er vielleicht nicht bekommen. Er muss bereit sein, sich damit zu begnügen. Sheila hatte sie nur zwei Jahre.

Er sticht den Spaten tief in die schwarze Erde und lässt seinen Handballen auf dem Holzgriff ruhen. Er möchte sich niederlegen. Er möchte die Sorgen in der Erde versickern lassen.

Bei seiner Heimkehr vom Dienst riecht Webster den Alkohol schon in der Küche. In Riesensätzen rennt er die Treppe hinauf und stürmt in Rowans Zimmer. Sie ist nicht da. Er kann nicht erkennen, ob sie in ihrem Bett geschlafen hat oder nicht. Nachdem er in seiner Eile, ins Wohnzimmer hinunterzukommen, beinahe die Treppe hinuntergestürzt wäre, findet er Rowan dort auf dem Sofa unter einer leichten Steppdecke.

»Rowan!«, brüllt er über sie gebeugt. Es stinkt nach

Alkohol und nach etwas anderem. Er schaut zum Teppich hinunter und entdeckt ein eingetrocknetes Häufchen Erbrochenes.

Um Gottes willen!

Als er sie schüttelt, stöhnt sie nur.

Scheiße, denkt er. Ist sie bewusstlos?

Wieder schüttelt er sie und ruft dabei ihren Namen. Sie öffnet die Augen. Einen Moment scheint sie verwirrt, dann sieht er Erschrecken. Bei Bewusstsein und klar.

»Was zum Teufel soll das?«, fragt er sie.

Rowan stöhnt. »Mir geht's nicht gut.«

»Wie viel hast du getrunken?«

Unter der Decke schiebt Rowan ihre Hand zu ihrem Bauch hinunter. »Ich weiß nicht.«

»Ist das Tommys Werk?« Webster spürt, wie sein Blutdruck in die Höhe schnellt.

»Nein«, antwortet Rowan. »Er war sauer auf mich.«

»Hat er dich nach Hause gefahren?«

»O Gott, Dad, warum tust du das?«

»Ich tu gleich noch viel mehr, wenn du mir nicht antwortest!«

»Tommy hat mich in seinem Wagen mitgenommen«, sagt Rowan. »Er war nüchtern. Was danach war, weiß ich nicht mehr. Ich kann mich an nichts erinnern.«

»Herrgott noch mal, Rowan. Warum?«

»Warum was?«

»Was war mit dir los?«

Sie hustet, und er fürchtet, dass sie sich gleich wieder übergeben wird. Ist es ihr vorher so schlecht gegangen, dass sie es nicht einmal zu einer Toilette schaffte?

»Ich weiß nicht«, sagt sie schwach. »Wahrscheinlich liegt's in der Familie.«

Webster reißt sie so grob hoch, dass ihr Kopf wackelt.

Ihr Gesicht ist grün. Bei ihrem Anblick wird ihm fast übel. »Du hörst mir jetzt mal zu!«, herrscht er sie an. »Ich werde das nicht dulden. Du bist nicht alkoholkrank, verdammt noch mal, benutz das also nicht als Entschuldigung. Du hast dir das ganz allein selbst angetan. Ich weiß nicht, was du hier für Spielchen treibst, aber ich rate dir, sie zu lassen.« Als Webster sie loslässt, fällt sie zurück aufs Sofa und wendet sich ab.

Als Rowan zwölf war, hat Webster ihr erzählt, dass ihre Mutter Alkoholikerin war und deshalb fortgehen musste, um sich helfen zu lassen. Er hätte sich nicht träumen lassen, dass seine Tochter das als ihr Erbe betrachten würde. Er hat ihr so ziemlich alles über Sheila und sich erzählt, was man einem halbwüchsigen Mädchen zumuten kann, aber eine wichtige Tatsache hat er verschwiegen. Er hat ihr nicht gesagt, dass er es war, der ihre Mutter weggeschickt hat. Er wird das bald nachholen müssen.

Webster kratzt sich den Kopf mit den Fingernägeln. Scheiße. Im Moment kann er seiner Tochter gar nichts sagen. Wer weiß, ob sie sich später überhaupt an dieses Gespräch erinnern wird.

Es geht ihr nicht so schlecht, dass man sie in die Notaufnahme bringen müsste. Er muss einfach warten, bis sie ihren Rausch ausgeschlafen hat. Sie hat sich schon auf die Seite gedreht, gut. Er wird sie in den nächsten zwei Stunden jede halbe Stunde wecken. Er wünscht ihr für den nächsten Morgen dröhnende Kopfschmerzen.

Er lässt sich in einen Sessel ihr gegenüber fallen. Schlafen kann er jetzt nicht. Als seine Augen sich an das Halbdunkel gewöhnt haben, entdeckt er noch einen zweiten Fleck auf dem Teppich. Schwerfällig steht er aus dem Sessel auf und holt aus der Küche einen Eimer Wasser und einen Putzlappen. Eigentlich sollte er Rowan das saubermachen lassen, aber er weiß nicht, ob er den Geruch bis zum Morgen aushalten kann. Je länger er schrubbt und spült, desto wütender wird er. Wenn sein Blutdruck noch höher steigt, wird er einen Herzinfarkt bekommen. Er kann sich nicht erinnern, wann er seiner Tochter das letzte Mal so böse war. Vielleicht nie.

Sie kann sich an die Heimfahrt nicht erinnern. Und Tommy? Den Jungen wird er sich bei nächster Gelegenheit vorknöpfen. Der will ihr Freund sein? Im Leben nicht. Welcher Mann würde sich hinsetzen und seelenruhig zuschauen, wie seine Freundin sich bewusstlos trinkt, wenn er nicht Hintergedanken hätte? Webster schüttelt heftig den Kopf. Daran will er gar nicht denken.

Nach der Säuberungsaktion wäscht er sich die Hände, macht sich eine Tasse Kaffee und setzt sich wieder in den Sessel gegenüber dem Sofa. Er leidet unter dem Zorn auf einen Menschen, den er liebt. Alte Wunden drohen aufzubrechen. Erinnerungen, die er nicht haben will, steigen auf. Die betrunkene Sheila mit dem kleinen Kind in den Armen. Sheila bei Rowans Geburtstagsfeier. Ein Bild von Sheila, wie sie auf der 222 in Schlangenlinien fährt. Er wird nicht zulassen, dass auch Rowan so wird. Er wird es nicht zulassen.

Als er aufwacht, schimmert Licht rund um die Rollos. Und es klopft an der Tür. Wie spät ist es? Ein Blick auf die Uhr. Fast acht.

Er schaut durch das Fenster in der Küchentür, reißt sie hastig auf und schließt sie sofort hinter sich. Seine Bewegungen sind so heftig, dass Gina zwei Schritte zurückspringt. Tommy weicht zur Seite aus.

»Ich bin gespannt, was ihr zu eurer Verteidigung zu sagen habt!«, blafft Webster die beiden an. Einen Moment lang erinnert er sich an den Tommy, den er einmal gemocht hat. Eins fünfundachtzig. Dunkle Haare über einer hohen Stirn, volle Lippen, ein sympathisches, offenes Lächeln. Das erste Mal ist er Tommy begegnet, als der vorbeikam, um Rowan abzuholen, mit einem Auto, das nicht viel besser ist als ihres. Rowan, die auf einmal Manieren an den Tag legte, die sie immer für überflüssig erklärt hatte, holte Webster, um ihm den Jungen vorzustellen. Sie hatte Webster vorgewarnt, und er, erfreut und überrascht, dass sie eine Verabredung mit einem Jungen hatte, stellte kaum Fragen. »Sieh zu, dass du spätestens um Mitternacht zu Hause bist.«

Tommy antwortete an Rowans Stelle. »Sie können sich darauf verlassen.«

Webster mochte den Jungen vom ersten Moment an. Schüchtern, aber unglaublich bemüht. Offenes Gesicht. Dunkle Augen, die Websters Blick nicht auswichen. Kräftiger Händedruck. Kein Angeber. Und wie er Rowan ansah. Sie hatte irgendeine komische Bemerkung gemacht – was war es nur gewesen? –, und der Junge lachte und sah sie mit einem Blick an, der Webster alles sagte, was er wissen musste. Mehr kann man im Grunde nicht erhoffen.

Aber jetzt! Webster fühlt sich hintergangen.

»Es war nicht Tommys Schuld«, sagt Gina.

»Dann erklärt es mir gefälligst«, fordert Webster, mit wackelndem Finger bald auf den einen, bald auf den anderen zeigend, »wie es möglich ist, dass jemand sich derartig betrinkt und die guten Freunde auch noch dabei zusehen? War es lustig? Hat's euch Spaß gemacht?«

Tommy hebt die Hände. »Mr Webster, ich weiß, ich hätte da sein sollen, aber ich war nicht dabei. Wir sind zusammen auf die Party gegangen, aber ich musste dazwischen mal nach Hause, das wussten wir beide vorher, um meiner Großmutter guten Tag zu sagen, die gerade aus Indiana zu Besuch gekommen war. Als ich später wieder auf die Party kam, ist Rowan nur noch getorkelt.«

»Wie lange warst du weg?«, fragt Webster.

»Eine Stunde vielleicht.«

»Sie hat sich in einer Stunde dermaßen betrunken? Und wo warst du?«, wendet er sich an Gina.

»Ich war gar nicht dabei«, antwortet sie. »Ich bin nicht mitgegangen. Aber ich habe gehört, dass sie anfing, Wodka zu trinken, sobald Tommy gegangen war. Es tut mir so leid. Wenn ich nur da gewesen wäre. Ich hätte das nicht zugelassen.«

»Tolle Clique, mit der ihr euch da rumtreibt«, sagt Webster.

»Wie geht es ihr?«, fragt Gina.

Webster macht die Tür auf und nickt in Richtung Wohnzimmer. Gina huscht um Webster herum und läuft direkt zu Rowan.

»Sie ist immer noch da, wo du sie abgesetzt hast«, sagt er zu Tommy, als der Junge in die Küche tritt. »Du hast sie doch nach Hause gebracht?«

Tommy nickt. »Es war von Anfang an ausgemacht, dass ich fahre.«

»Warum hast du mich nicht angerufen?«

»Ich weiß nicht«, antwortet der Junge nervös. »Ich wusste, dass Sie Dienst hatten.«

»Ja, glaubst du denn, ich wäre nicht sofort nach Hause gekommen und hätte mich um meine Tochter gekümmert?«, fragt Webster. »Und warum hast du sie ganz allein hier liegen lassen?«

»Ich musste nach Hause«, erklärt Tommy zerknirscht. »Meine Eltern –«

»Dir ist klar, dass sie hätte sterben können«, unterbricht

Webster ihn. »Sie hat sich zweimal erbrochen. Gott sei Dank war sie noch so weit bei Verstand, dass sie sich über die Sofalehne gebeugt hat. In so einer Situation darf man niemanden allein lassen.«

Tommy senkt den Kopf. Es sieht aus, als würde ihm auch gleich übel werden.

»Es ist nicht deine Schuld.« Webster legt dem Jungen versöhnlich die Hand auf die Schulter. »Rowan hat sich das ganz allein eingebrockt. Ich sollte dir dankbar sein, dass du sie da rausgeholt hast.«

Als sie ins Wohnzimmer kommen, kniet Gina schon vor dem Sofa auf dem Boden und redet leise auf Rowan ein, die jetzt offenbar wach genug ist, um zuhören zu können.

Tommy bleibt verlegen hinter dem Sofa stehen. Unsicher. Er gehört hierher, aber auch nicht.

Webster läuft auf und ab.

»Wo ist Tommy?«, hört er Rowan fragen.

Er beobachtet, wie Tommy Rowan die Hand auf die Schulter legt und sie ihre Hand unter der Decke hervorzieht, um seine festzuhalten. Es ist eine schlichte Geste, aber sie bedeutet etwas. Der Junge hat Websters Zorn standgehalten. Hat Rückgrat bewiesen. Und Zurückhaltung. Ein anderer hätte sich von Webster vielleicht zu wütender Rechtfertigung provozieren lassen. Webster atmet ein paarmal tief durch. Er muss sich beruhigen.

Das Morgenlicht ist grell. Rowan schirmt ihre Augen ab und beginnt zu weinen. Webster lässt die drei allein und kriecht, von unerwünschten Erinnerungen begleitet, oben in sein Bett.

Er träumt von Sheila.

Ein Polizist erwartet sie vor der Lagerhalle. »Selbstmordspringer«, sagt er.

»Wirklich?«, fragt Webster. »Ich konnte es nicht glauben, als der Ruf reinkam. Hat's hier in der Gegend so was überhaupt schon mal gegeben?«

»Ich kann mich nicht erinnern«, antwortet der Polizist. »In der Quechee Gorge vielleicht, da ist doch diese hohe Brücke.« Er weist sie zum hinteren Teil des Gebäudes.

Koenig trägt das Spineboard und den Notfallkoffer, Webster den Rest. Sie laufen los. Eine Gruppe Polizisten steht um einen schlaff daliegenden Mann herum. Die Männer machen Platz, als sie Webster und Koenig kommen sehen.

»Er ist bei Bewusstsein. Er redet«, sagt einer der Polizisten.

Ein Flutlicht erleuchtet die nächtliche Szene mit surrealem, metallischem Glanz. Der Springer ist auf den Rücken gefallen. Sein linkes Bein ist am Knie unnatürlich nach hinten abgeknickt. Ein Knochen sticht durch die Haut. Einer der Polizisten, der neu dazukommt, sagt: »O Gott« und wendet sich ab.

Webster blickt nach oben. Zwei Stockwerke. Mit einem Sprung aus einem zweiten Stockwerk könnte man sich vielleicht umbringen.

»Der Nachtwächter vorn hat den Aufprall gehört«, fügt

der erste Polizist hinzu. »Er ist sofort nach hinten gerannt, um zu sehen, was passiert ist.«

Webster kauert neben dem Verletzten nieder und legt die HWS-Schiene an. »Das da müssen wir schienen«, sagt er zu Koenig und deutet auf den Bruch.

»C2«, sagt Koenig, den Alkoholgeruch einziehend. Er legt dem Mann die Blutdruckmanschette um den Arm.

»Sir, können Sie mir Ihren Namen sagen?«, fragt Webster.

Wieso schreit der Typ nicht? Obwohl es Ende Mai ist, trägt er eine bunte Wollmütze auf dem Kopf, die seine Großmutter gestrickt haben könnte, und darunter quillt Blut hervor. Webster legt einen Druckverband an. Der Mann hat Jeans und eine Jeansjacke an und nur einen Stiefel. Er müsste schreien wie ein Wahnsinniger vor Schmerzen.

»Randall«, antwortet er.

»Okay, Randall, können Sie mir sagen, wo Sie sich verletzt haben?«

»Am Rücken. Hat mir wahrscheinlich die Luft rausgehauen.«

»Tut Ihnen der Kopf weh?«

»Es geht.«

Webster stabilisiert den Kopf. Kopfwunden bluten immer stark. Es ist nicht so schlimm, wie es aussieht. Er prüft den Puls am Innenknöchel des Mannes.

»Wie alt sind Sie, Randall?«

»Vierunddreißig.«

Koenig wirft Webster einen Blick zu. Der Typ sieht eher aus wie Ende fünfzig. Verlebt.

»Randall, sind Sie gestoßen worden, oder sind Sie gesprungen?«

»Gesprungen.«

»Können Sie Ihr rechtes oder linkes Bein spüren?«, fragt Webster.

Der Mann versucht, den Kopf zu heben. Die Anstrengung scheint zu viel zu sein, er lässt sich wieder zurücksinken.

»Blutdruck hundertzwölf zu achtundsechzig«, meldet Koenig. »Puls schwach. Atmung vierundzwanzig.«

»Hast du die Wärmedecke da?«

Koenig holt die glänzende Decke aus dem Notfallkoffer und packt den Mann bis zur Brust darin ein.

»L1?«, fragt Webster.

»Glaube ja.«

Webster kann die Polizisten reden hören. »Wem würde es einfallen, von einem zweistöckigen Haus zu springen, wenn er sich umbringen will?«, fragt einer von ihnen, und ein anderer beginnt zu lachen.

»Gib Bescheid«, sagt Webster zu Koenig. »Sag ihnen, wir haben einen Patienten, der von einem Hausdach gesprungen ist, mögliche L1-Rückenmarksverletzung, komplizierte Sprunggelenkfraktur, Knieluxation, starke Blutung am Hinterkopf. C2. Bei Bewusstsein und ansprechbar. Ich will Ganzkörper-Immobilisierung. Und bringen Sie den RTW rüber!«, ruft er einem der vielen Polizisten zu, die sich hier nur zum Gaffen versammelt haben. Er wirft ihm den Schlüssel zu. »Machen Sie schnell«, sagt er.

Als Webster und Koenig das Spineboard unter den Patienten geschoben haben, wartet der RTW schon mit offenen Türen. »Ich kann durch die Trage spüren, wie der Typ schlottert«, bemerkt Webster. »Er ist im Schock.«

Webster steigt hinten ein und legt einen Zugang. Während Koenig vorn Meldung macht, wärmt er die Infusionslösung an und dreht den Thermostat hoch.

Der Typ zittert so heftig, dass er sich kaum verständlich

machen kann. Webster möchte ihn wach halten, versucht, ihn in ein Gespräch zu verwickeln.

»Warum haben Sie das getan?«, fragt er.

»Freundin.«

»Randall, bleiben Sie hier. Schauen Sie mich an. Sind Sie noch da?«

Randall nickt einmal.

»Was ist mit Ihrer Freundin?«, fragt Webster.

»Gestorben.«

Diese Antwort hat Webster nicht erwartet. »Das tut mir leid«, sagt er laut. »Wie ist sie gestorben?«, fragt er, während er die Vitalfunktionen des Mannes prüft.

»Sie hat sich umgebracht«, antwortet Randall.

»Nein«, sagt Webster.

»Doch. Sie ist gesprungen.«

O Gott.

Webster spürt, wie es aufsteigt, und versucht, es zu unterdrücken. Je stärker er dagegen ankämpft, desto unwiderstehlicher wird es. Ein gewaltiges Lachen, aus tiefsten Tiefen kommend, erschüttert seine Brust und droht sich Bahn zu brechen.

Gerade noch rechtzeitig wendet er sich von seinem Patienten ab. Das Gesicht der hinteren Ecke des Wagens zugekehrt, öffnet Webster weit seinen Mund und drängt das Geräusch zurück so gut er kann. Die Tränen, die ihm über die Wangen laufen, wischt er mit dem Jackenärmel ab. Das Lachen versiegt. Webster holt Atem. Es ist vorbei. Er will sich dem Patienten wieder zuwenden und muss sich sofort wieder umdrehen. Er drückt den Arm auf den Mund. Er kann nicht aufhören. Er beißt in den Ärmel. Er presst die Stirn gegen die Polsterung. Der Mann hinter ihm sagt etwas Unverständliches und löst damit die nächste Welle aus. Webster schlägt sich mit der Faust in die Handfläche, um sich zum Aufhören zu bringen. Er macht weiter, bis er sich so weit beruhigt hat, dass er sich wieder umdrehen kann. Koenig hält an der Rampe. Webster öffnet die Türen, aus der Notaufnahme kommt eine Schwester gerannt. Mit immer noch feuchten Augen berichtet er so schnell er kann. Er bedeutet Koenig mit einer Kopfbewegung, dass er den Patienten hineinbegleiten soll.

Als Koenig zurückkommt, sitzt Webster vorn auf dem Beifahrersitz.

»Was zum Teufel war denn das?«, fragt Koenig. »Ich dachte, ich kann meinen Augen nicht trauen.«

»O Gott«, sagt Webster. »Ich hab den Typen gefragt, warum er sich umbringen wollte, und er sagte, seine Freundin sei gestorben. Also frag ich ihn, woran, und er erzählt mir, dass sie gesprungen ist. Ich …« Er fängt an zu kichern. Koenig schüttelt den Kopf und beginnt zu lachen. Webster drückt mit dem Handballen fest auf sein Knie. Koenig prustet.

Nach einer Weile beruhigen sie sich.

»Das war furchtbar«, sagt Webster.

»Ja, das war ziemlich übel. Du hast dich nicht mehr richtig im Griff.«

»Ich hab noch mehr nicht mehr richtig im Griff.« Er denkt an Rowan mit dem Wasserschlauch.

»Wir brauchen nicht mehr drüber zu reden.«

»Nein.«

Koenig fährt an, zurück zur Rettungswache.

Chelsea erscheint Webster wie ein Durcheinander willkürlich hingesetzter Gewerbebauten, verlassener Häuser und zweistöckiger Wohnhäuser. Auf der Fahrt zu einem Wasserturm auf einer Anhöhe kommt er an einem Krankenhaus vorbei, das aussieht, als stamme es noch aus dem Ersten Weltkrieg, dann an einer Feuerwache, an die, soweit er von der Straße aus erkennen kann, keine Rettungswache angeschlossen ist. Die Fahrt führt ihn an einer Kirche vorbei, die St Rose heißt, und an einer Anzahl Flachdachbauten entlang einer geschäftigen Straße.

Trotz seiner MapQuest-Karte gelingt es ihm nicht, die Adresse zu finden. Er ist sicher, dass er dasselbe Schulhaus aus dunkelgrünem und rotem Backstein schon mehrmals umkreist hat. Da er ohnehin tanken muss, hält er an einer Mobil Tankstelle und fragt nach einem Stadtplan. Nein, einen Stadtplan nur für Chelsea gibt es nicht, aber der Tankwart fragt ihn, wohin er wolle, und Webster nennt ihm eine Adresse. Der Mann, auf dessen Brusttasche der Name *Peña* eingestickt ist, zeichnet Webster einen kleinen Plan auf. Webster möchte ihm mit einem Fünf-Dollar-Schein danken, aber der Mann will das Geld nicht nehmen. Webster kauft einen Kaffee und einen Donut.

Er hält sich an den neuen Plan, achtet genau auf jede Abzweigung und gelangt schließlich in eine an einem Hang gelegene Wohngegend. Er findet das Straßenschild, das er sucht, und dann auch die richtige Hausnummer. Er parkt auf der gegenüberliegenden Straßenseite.

Es ist ein zweistöckiges Haus, mit Asphaltschindeln gedeckt, rosa und grau gestrichen, das, von einem Maschendrahtzaun umgeben, direkt an der Straße steht. Nur der Bürgersteig trennt es von der Fahrbahn. Webster trinkt einen großen Schluck Kaffee und beißt in seinen Donut. Die Sonne steht hoch. Von seinem Standplatz aus kann er erkennen, dass die Leute, die in diesem Haus leben, einen phantastischen Blick auf die Skyline von Boston und eine große Wasserfläche genießen. Der Hafen von Boston? Der Mystic River? Auf seiner Straßenseite, vor einem blassgrünen Haus, stehen auf Betonsockeln rechts und links der Einfahrt zwei Marienstandbilder. Im Nachbarhaus haben sie einen Wunschbrunnen aus Pappe, aus dem ein Nikolaus hervorspitzt. Es ist die letzte Maiwoche. Die Veranda ist mit Linoleumfliesen ausgelegt.

Sheila ausfindig zu machen, ist einfacher gewesen, als er sich vorgestellt hat. Dem Internet zufolge gab es zweiundzwanzig Sheila Websters in Massachusetts, aber nur sechs Sheila Arsenaults, zwei davon in Chelsea. Er konnte natürlich nicht sicher sein, dass eine von ihnen seine Exfrau war; vielleicht lebte in diesem Ort eine ganze große Sippe von Arsenaults. Und Sheila konnte sich ebenso gut in New York oder Kalifornien niedergelassen haben. Hin und zurück brauchte man fast acht Stunden für die Fahrt, und Webster fragte sich, ob es sich lohnte, das auf sich zu nehmen, nur um dann feststellen zu müssen, dass er an die falsche Sheila geraten war. Er dachte daran anzurufen, um sicherzugehen, aber er wollte den ersten Kontakt mit ihr nicht über das Telefon. Sie mussten einander sehen, von Angesicht zu Angesicht.

Er überlegte, ob er McGill drüben auf der Polizei anrufen und ihn bitten sollte, nach ihr zu suchen, aber dann würden sie vielleicht auf einen offenen Haftbefehl für Sheila Arsenault stoßen, der sie in Teufels Küche bringen konnte. Wann verjährte eigentlich fahrlässige Körperverletzung infolge rücksichtslosen Verhaltens im Straßenverkehr? Webster wollte Sheila nur sehen. Seit Rowan volltrunken nach Hause gekommen ist, hat er das Gefühl, sie könnte ihm vielleicht mit Rowan weiterhelfen. Der Plan ist nicht durchdacht – er ist ihm einfach so in den Kopf gekommen, von einem starken Bedürfnis angestoßen, Sheila zu sehen. Was glaubt er überhaupt, dass sie tun kann? Rowan besuchen? Mit ihr sprechen? Im Grunde kann er sich beides nicht vorstellen.

Der Kaffee im Becher ist längst kalt, der Donut gegessen, als er endlich aus dem Wagen steigt und über die Straße geht. Im Haus wohnen drei Parteien, jede hat ihre eigene Türklingel. Neben der dritten steht der Name *Arsenault*. Er läutet.

Von drinnen hört er Schritte. Jemand kommt schnell eine Treppe heruntergelaufen. Er wappnet sich. Was weiß er schon, wer ihm öffnen wird – vielleicht der Bulle aus Chelsea.

»Ich habe mich schon gefragt, wann du vorbeikommen würdest.«

Sheila. Sie ist es, und sie ist es nicht. Es geht ihm wie beim Zwanzig-Jahr-Klassentreffen seiner Highschool – Gesichter hinter Gesichtern, Züge, die sich unter seinen Augen verwandeln. Nur ist dieses Gefühl diesmal so tief innerlich, dass er den Eindruck hat, seine eigene Verwandlung in einem Spiegel zu beobachten.

»Sheila«, sagt er.

Das Haar ist lang und dunkelbraun, grau an den Schläfen. Sie muss jetzt vierundvierzig sein. Sie trägt Jeans und ein kariertes Hemd, beide voller Farbspritzer. Keine Schuhe. Um die Augen haben sich kleine Fältchen zusammengezogen, aber der Mund ist genau so, wie er ihn in Erinnerung hat. Sie ist schlank, ohne athletisch zu wirken.

»Was tust du hier?«, fragt sie.

Webster schiebt die Hände in die Hosentaschen. »Ich wollte mit dir über Rowan reden.«

Kein Gedanke daran, ihr die Hand zu geben oder sie zu umarmen.

»Du bist extra aus Vermont gekommen?«, fragt sie.

»Ja.«

Sie schweigt.

»Kann ich reinkommen?«, fragt er.

Sie tritt zur Seite, um ihn einzulassen. Drinnen ist es dunkel, eine steile Treppe führt nach oben, in einem Seitenfenster schimmert buntes Glas.

Sie weist mit einer Handbewegung zur Treppe. »Zweite Etage. Ganz oben.«

»Du hast mein Auto gesehen«, sagt er, als sie oben angelangt sind.

»Ich dachte, ich werde observiert. Dann hab ich das Kennzeichen gesehen.«

Es riecht durchdringend nach Terpentin. Webster folgt Sheila in einen großen Raum mit Fenstern auf drei Seiten. Die Sonne legt helle Rechtecke auf die weißen Wände. Ein langer Holztisch mit Gläsern voller Pinsel, alten Lappen, Flaschen mit Terpentin und Leinöl, eine Palette, Dutzende eingedrückter Farbtuben. Rundum an den Wänden lehnen Leinwände unterschiedlicher Größen, alle mit dem Rücken zum Betrachter.

»Du malst?«, fragt er.

Sie breitet die Hände aus.

Er weiß nichts über die Frau, die vor ihm steht. Sie

haben beinahe drei Jahre zusammen verbracht und fünfzehn getrennt. Obwohl alles an ihr irgendwie vertraut ist – ihre Körperhaltung, der Klang ihrer Stimme, ihr Körper, ihre Gesten –, ist sie eine Fremde.

»Ich bin hergekommen, weil ich mit dir über Rowan reden wollte«, wiederholt er.

»Geht es ihr gut?«

»Ja und nein.«

»Ist sie krank?«

»Nein.«

Sheila steht mit verschränkten Armen auf der anderen Seite des Zimmers.

»Kann ich vielleicht ein Glas Wasser haben?«

Sie sieht ihn zerstreut an, geht jedoch an ihm vorbei zur Küche. Unaufgeräumt, aber gemütlich, wie er feststellt, als er ihr folgt. Tisch und Stühle stammen aus einer anderen Zeit. Die bedruckte Tapete an den Wänden ist ohne Zweifel die Hinterlassenschaft einer älteren Generation. An der einen Wand hängen, ordentlich aufgereiht und vom Herd aus griffbereit, Küchengeräte; vor einer anderen steht ein Bücherregal mit einem Bord voller Kochbücher.

»Lebst du allein hier?«, fragt er.

Sie nickt, dreht den Hahn auf und lässt das Wasser einen Moment laufen, bevor sie ein Glas darunter hält. Sie stellt es auf den Tisch.

»Und du – lebst du noch bei deinen Eltern?«

»Sie sind schon vor Jahren gestorben.« Webster greift nach dem Glas Wasser.

»Tut mir leid.« Sie sieht aus, als meinte sie es ehrlich.

»Aber ich lebe noch in dem Haus«, erklärt Webster. »Ich habe es geerbt.«

»Meine Schwester hat mir das Haus hier für einen Dollar verkauft. Ich bin hier aufgewachsen.«

Webster kann kaum glauben, wie höflich sie miteinander umgehen. Müssten sie sich nicht anschreien? Weinen? Mit Gegenständen um sich werfen?

Durch das Fenster sind Flugzeuge im Anflug auf den Logan Airport zu sehen. Das würde ihm gefallen. Nachmittags um fünf das Feierabendgetümmel am Himmel von diesem hinteren Balkon aus zu beobachten. Bei einem Glas Bier.

»Was tust du hier?«, fragt Sheila noch einmal.

»Ich dachte mir, es könnte hilfreich sein. Mit dir über Rowan zu sprechen. Sie ist vor ein paar Tagen nachts betrunken nach Hause gekommen. Sie ist plötzlich ganz anders. Wie entgleist.«

Sheila sagt nichts.

»Rowan hat sich verändert. Und nicht zum Guten.«

Sheila schweigt immer noch, kaut stumm auf der Unterlippe.

»Sie ist ein schönes Mädchen, Sheila. Sie sieht aus wie du. Und sie hat mir nie Sorgen gemacht – bis jetzt.«

Jede Zelle von Sheilas Körper hat sich verändert, seit er sie zuletzt gesehen hat.

»Bist du trocken?«, fragt er.

»Ja. Seit zehn Jahren.«

Er hat es darauf ankommen lassen. Er hätte eine betrunkene Sheila vorfinden können.

»Ich nehme an, wir sind inzwischen rechtmäßig geschieden«, sagt sie.

»Ja.«

»Und der Grund?«

»Böswilliges Verlassen. Es war das Einzige, was ich vorbringen konnte. Mein Anwalt hat versucht, dich ausfindig zu machen, aber ohne Erfolg.«

»In welchem Jahr war das?«

»Siebenundneunzig?«, antwortet er, selbst nicht ganz sicher.

»Tja, es musste wohl sein.«

»Ja, es musste sein. Schon für meinen Seelenfrieden.«

»Und – hast du ihn gefunden, deinen Seelenfrieden?«

»Wer von uns findet den schon wirklich?«

Sie dreht ihre Haare zusammen und zieht das Büschel über eine Schulter nach vorn. Er erinnert sich dieser Angewohnheit von ihr und erkennt sie mit Überraschung wieder. Es ist jetzt eine Angewohnheit von Rowan.

»Bist du verheiratet?«, fragt er.

»Nein. Und du?«

Er schüttelt den Kopf. Er zeigt auf einen goldenen Ring am Mittelfinger ihrer linken Hand.

»Er hat jemandem gehört, den ich früher einmal geliebt habe«, sagt sie.

Früher einmal.

Webster verspürt einen Schmerz, der sich wie ein dünner Faden durch seine Brust zieht.

»Es tut mir leid«, sagt Sheila, »aber ich kann nicht tun, worum du mich bittest. Ich weiß, dass du aus gutem Grund die lange Fahrt gemacht hast. Aber du kennst mich nicht mehr. Du kennst mich überhaupt nicht.«

Das Schweigen in der Küche hält so lange an, dass Webster merkt, wie er immer flacher atmet. »Sie ist siebzehn«, sagt er.

Sheila schüttelt den Kopf.

»Sie ist überzeugt, dass sie alkoholkrank ist.«

»Ist sie's?«

»Ich glaube nicht«, antwortet Webster. »Aber sie verhält sich so, und das ist gefährlich.«

Sheila zuckt zusammen. Er bemerkt, dass ihre Hände zittern.

»Das ist wirklich ein Schock. Dein Kommen.« Sie hält inne. »Ich war einmal ihre Mutter«, sagt sie, »aber ich bin es schon lange nicht mehr. Gerade du müsstest doch wissen, dass ich das Band in dem Augenblick abgeschnitten habe, als ich mich mit Rowan hinten im Wagen betrunken ans Steuer gesetzt habe.«

Webster könnte sie daran erinnern, dass er es war, der sie wegschickte, aber er will keinen Streit darüber, wer schuld ist. Er sieht kein gutes Ende dieses Gesprächs voraus.

»Willst du es dir nicht wenigstens überlegen?«, fragt er sie.

»Ob ich sie kennenlernen möchte, meinst du?«

»Ja.«

»Du hast die ganze weite Fahrt umsonst gemacht.«

»Aber du denkst darüber nach.«

Sheila schweigt.

»Darf ich mir eins von deinen Bildern anschauen?«, fragt Webster aus lauter Verzweiflung.

Sheila scheint diese unvorhergesehene Frage aus dem Konzept zu bringen. Als sie aus der Küche hinausgeht, folgt Webster ihr. Sie dreht ein Bild herum. Es zeigt einen alten Holztisch vor einer abgewohnten Gipswand, auf ihm eine glänzende, blau-weiße Schale und, im Vordergrund, eine rote Chilischote. Es ist mit unglaublicher Genauigkeit ausgeführt. Webster kennt die blau-weiße Schale. Sie gehörte früher seiner Mutter, sie hat sie Sheila geschenkt.

Eines nach dem anderen dreht Sheila alle Bilder um, und er sieht ihr dabei zu, wie sie sich zu ihnen hinunterbeugt, jedes mit großer Sorgfalt zur Hand nimmt und dann an die Wand stellt.

Auf allen sind alltägliche häusliche Dinge festgehalten, alle sind sie mit großer Genauigkeit und Klarheit gemalt.

Das nächste Gemälde zeigt wiederum drei Schalen, die vor die hässlichen Blümchenvorhänge in ihrer früheren gemeinsamen Wohnung gesetzt sind. Auf einem anderen ist eine angeschnittene Zitrone zu sehen, so realistisch wiedergegeben, dass man beinahe den Saft zu schmecken meint. Als Hintergrund dient die Tapete in der Küche. Wieder ein anderes zeigt einen Stuhl an einem Tisch, auf dem drei Äpfel und ein Buch angeordnet sind.

»Man nennt das fotorealistische Stillleben«, sagt Sheila.

»Wo hast du malen gelernt?«

»In Mexiko.«

»Und du malst aus dem Gedächtnis.«

»Ja.«

»Sie sind wirklich gut«, sagt Webster.

»Danke.«

Zwischen ihnen bleibt ein langes Schweigen. Was erhofft er sich? Dass sie es sich doch noch anders überlegen wird?

»Also«, sagt er schließlich, »dann geh ich jetzt mal.«

Widerstrebend geht er zur Tür, sieht Sheila noch einmal einige Sekunden lang aufmerksam an. Er fragt sich, ob er sie je wiedersehen wird. Ihre Hände sind zu Fäusten verkrampft. Ihr ganzer Körper ist steif.

Er wird nicht betteln. Er wird nicht versuchen zu feilschen.

»Ich hätte nicht herkommen sollen«, sagt er.

Sheila öffnet den Mund und schließt ihn wieder.

Er läuft schnell die Treppe hinunter und schlägt die Tür hinter sich zu.

Wie ein Wilder braust er aus der Stadt hinaus, ohne den geringsten Schimmer, wo er sich eigentlich befindet. Bis er zu einem Ortsschild mit der Aufschrift »Quincy« kommt, eine Vorstadt südlich von Boston, wie er weiß, nicht seine Richtung. Er biegt in eine Seitenstraße ab und hält an. Er kann von Glück reden, dass er keinen Strafzettel wegen Geschwindigkeitsüberschreitung bekommen hat.

Er kurbelt das Fenster herunter und atmet die Luft ein, die metallisch schmeckt.

Er holt sein Handy heraus und gibt die Nummer seiner Tochter ein. Sie meldet sich beim zweiten Signal. »Hallo?«, flüstert sie.

»Rowan, ich bin's, Dad«, sagt er.

»Ich weiß.«

»Ich wollte nur hören, wie es dir geht.«

»Dad?«

»Ja?«

»Es ist zwanzig nach eins.«

»Okay«, sagt er.

»Ich sitze im Geschichtsunterricht. Wenn ich nicht sofort auflege, macht Mr Cahill mich fertig.«

»Oh, tut mir leid. Daran habe ich nicht gedacht.«

»Alles okay?«, fragt Rowan, immer noch flüsternd.

»Alles in Ordnung. Bis später.«

Webster lehnt den Kopf zurück und schließt die Augen. Er wird beim nächsten anständigen Restaurant halten und etwas Richtiges essen. Dann wird er sich eine Karte besorgen und wie ein normaler Mensch nach Hartstone zurückfahren.

»Caddyshack – Wahnsinn ohne Handicap«, zum hundertsten Mal im DVD-Player. Die Neulinge schauen sich den Film in ihren ersten drei Monaten bis zum Abwinken an. Sie brauchen das hirnlose Gelächter zur Beruhigung.

Der Funkruf geht morgens um zehn nach drei ein.

Powell, der Neue, mit einem Haarschnitt wie ein Marine und dünn wie eine Bohnenstange, fährt von der Couch in die Höhe wie ein Schachtelteufel.

»An Hartstone. Wir brauchen ein Team in der High Street Nummer vier-drei-fünf. Einundfünfzigjährige Frau, Atembeschwerden und starker Brustschmerz.«

Webster meldet sich. »Sechs-null-zwei und sieben-null-vier im Haus. Weitere Informationen?«

»Patientin hat selbst angerufen. Scheint allein zu Hause zu sein.«

»Sie fahren«, sagt er zu Powell, als sie zum Wagen laufen.

Es ist Websters erste Schicht mit dem Jungen, das heißt, er muss sich nicht nur um den Patienten kümmern, sondern auch den Anfänger anleiten. Er wirft einen Blick auf den Tacho. »Sie sollten so schnell fahren wie es geht, ohne dass Sie Angst haben müssen, einen Unfall zu riskieren. Fast alle Unfälle mit RTWs ereignen sich an Kreuzungen.«

Der Junge geht im Kopf die Checkliste durch. Webster sieht es ihm am Gesicht an.

»Merken Sie sich immer den Weg zu einem Einsatzort, nicht nur, weil Sie vielleicht irgendwann wieder mal dahin müssen, sondern weil Sie auf die Art die Geografie am besten lernen. Aber natürlich müssen Sie auch die Karten studieren. Tun Sie das?«

»Ja, Sir.«

»Ich heiße Webster. Mit ›Sir‹ haben wir hier nichts am Hut.«

»Verstanden.«

»Wo haben Sie Ihre Ausbildung gemacht?«

»Am St. John's Krankenhaus. Die Stelle hier war die Einzige, die ich gefunden habe.«

»Sind Sie eigens hierhergezogen?«

»Ja.«

»Haben Sie Familie?«

»Nein.«

Webster schüttelt den Kopf. Der Junge haust wahrscheinlich irgendwo in einem möblierten Zimmer zur Untermiete. Bad im Flur. Als Anfänger verdient man bescheiden. »Haben Sie schon mal mit Herzinfarkt zu tun gehabt?«

»Nur in der Ausbildung.«

Das Haus steht am Ende einer Zufahrt, die dringend ausbesserungsbedürftig ist. Powell muss stark abbremsen, um einen Riesenbuckel zu überfahren.

Der Junge nimmt das Spineboard und seinen Notfallkoffer. Webster trägt die Medikamententasche und eine Taschenlampe. Sie gehen direkt ins Haus und finden eine Frau mittleren Alters vor, die, mit einem Eimer zu ihren Füßen, vorgebeugt auf einem Küchenstuhl sitzt. Webster kann das Erbrochene riechen.

»Sie prüfen die Vitalfunktionen, ich nehme die Geschichte auf«, weist er den Neuling an.

Er hat Block und Stift schon in der Hand. »Madam, können Sie mit Ihren Namen sagen?«

»Susan.«

»Susan, wir sind hier, um Ihnen zu helfen. Wie alt sind Sie?«

»Einundfünfzig.«

»Können Sie mir sagen, wo genau Sie Schmerzen haben?«

Webster sieht zu, wie der Junge den Puls misst, während die Frau sich erneut in den Eimer übergibt.

»Susan, wo auf einer Skala von eins bis zehn würden Sie den Schmerz einstufen?«

»Bei acht.«

»Können Sie mir zeigen, wo Sie den Schmerz spüren?«

Die Frau klopft sich auf die Brust. »Schwer«, sagt sie.

Elefant auf der Brust.

Webster legt einen Zugang. Er merkt, dass der Junge Schwierigkeiten mit der Blutdruckmanschette hat. »Probleme?«, fragt er.

»Kein Problem, nein.«

»Blutdruck?«

Der Junge zögert. »Hundertachtzehn zu achtzig«, sagt er.

»Und sonst?«

»Puls hundertvierundzwanzig. Atmung sechsunddreißig«, meldet er prompt.

Die Patientin ist verwirrt durch Websters Anwesenheit. Verwirrter als bei seiner Ankunft. »Powell, wir brauchen mehr Licht. Der Schalter da drüben.« Er zeigt darauf.

Powell knipst die Deckenbeleuchtung an, während Webster die Atemwege der Frau prüft und die Lunge abhört. Er streift ihr die Sauerstoffmaske über, beobachtet den Herzmonitor, sagt zu Powell: »Lassen Sie mich mal die Manschette sehen. Passen Sie auf, wenn sie erbricht.«

Webster misst den Blutdruck. »Sechsundachtzig zu achtundfünfzig«, sagt er laut.

Genau in dem Moment, als er die Manschette zurückgibt, zeigt der Herzmonitor Kammerflimmern an. Webster fängt die Frau auf und lässt sie zusammen mit Powell vorsichtig auf den Holzfußboden hinunter.

»Ich defibrilliere jetzt«, sagt Webster.

Er vergewissert sich, dass die Paddles sicher sitzen. Der Neuling hat immerhin etwas richtig gemacht. Webster entfernt den Sauerstoff. »Alle zurücktreten!«, ruft er.

Bevor er den Stromstoß verabreicht, bemerkt er, aus dem Augenwinkel, dass Powell nach dem Infusionsbeutel greift.

»Nicht anfassen!«, schreit er.

Powell erstarrt, die Hand fünfzehn Zentimeter von dem Beutel entfernt.

»Setzen Sie sich hin«, sagt Webster. Er wartet einen Moment. Powell sieht aus, als würde er sich am liebsten in den Hintern beißen. »Alle zurücktreten«, ruft Webster wieder. Dann verabreicht er den Stromstoß.

»Weiter drücken«, weist er Powell an.

Er wartet etwa eine Minute. Dann sagt er: »Ich versuch's noch mal. Alle zurücktreten!«

Diesmal springt Powell so schnell nach hinten, dass Webster ihn schon stürzen sieht.

Webster verabreicht einen weiteren, stärkeren Stromstoß.

»Legen wir sie auf die Trage und bringen sie in den Wagen. Immer weiter drücken.«

Sie schieben die Frau in den RTW. Webster bleibt bei

ihr und übernimmt die Herzdruckmassage. Der Monitor zeigt immer noch Kammerflimmern an. Webster möchte sie lebend ins Krankenhaus bringen. Er entfernt den Sauerstoff und verabreicht einen weiteren Stromstoß, diesmal mit hundertfünfzig Joule. Er gibt ihr ein Milligramm Epinephrin und defibrilliert noch einmal mit zweihundert Joule, bevor er ihr hundert Milligramm Lidocain spritzt.

Er funkt das Krankenhaus an. »Rettung Hartstone an Mercy.«

»Ja, Hartstone?«

»Wir sind mit einer einundfünfzigjährigen Patientin auf dem Weg zu Ihnen. Die Patientin war zunächst bei Bewusstsein, hatte aber kurz nach unserer Ankunft einen Herzstillstand. Der Monitor zeigt Kammerflimmern an. Die Patientin wurde viermal defibrilliert. Wir haben insgesamt zwei Milligramm Epinephrin und zweihundert Milligramm Lidocain gegeben. Die Patientin ist intubiert.«

»Wann kam es zum Herzstillstand?«

»Vor acht Minuten.«

»Fortgesetzte HLW?«

»Ja.«

»Auf Anweisung von Arzt Nr. dreiundzwanzig geben Sie eine Ampulle Natriumbicarbonat. Wann werden Sie voraussichtlich hier eintreffen?«

»In sieben, acht Minuten.«

»Wir erwarten Sie.«

»Okay, Susan«, sagt Webster zu seiner Patientin, die mausetot aussieht. »Wir beide machen das jetzt zusammen.« Webster entfernt den Sauerstoff und verabreicht noch einen Stromstoß. Er streift ihr die Maske wieder über und injiziert das Natriumbicarbonat.

»Sind Sie verheiratet? Ist Ihr Mann bei der Arbeit?

Haben Sie Kinder? Rauchen Sie?« Webster bricht die Herzmassage ab, entfernt den Sauerstoff und defibrilliert erneut. »Hey, Susan, ganz im Ernst, Sie müssen auch was dazu tun.« Er nimmt die Massage wieder auf.

»Okay, Susan, wir haben nichts zu verlieren. Halten Sie sich fest.« Webster wiederholt die Prozedur, diesmal bei zweihundertfünfzig Joule. »Wenn diese gottverdammte Maschine es nicht schafft, sind Sie tot.«

Der Körper der Frau schnellt von der Trage in die Höhe. Websters Blick hängt am Monitor. Erleichtert sieht er, wie Susans Herz zu einem normalen Sinusrhythmus zurückkehrt.

»Wunderbar«, sagt er hingerissen. Er liebt den normalen Sinusrhythmus. Er liebt ihn. »Bravo, Susan, gut gemacht«, sagt er und tut so, als wollte er die Frau abklatschen.

»Wie lange noch?«, schreit er nach vorn zu Powell.

»Zwei Minuten.«

»Geben Sie Gas.«

Bei ihrer Ankunft in der Notaufnahme übernehmen ein MTA und eine Schwester. Sobald die Patientin auf eine Krankenhaustrage gehoben worden ist, schiebt Powell die Trage aus dem RTW zum Wagen zurück. Webster gibt inzwischen in der Notaufnahme seinen Bericht ab: Was sie festgestellt und was sie unternommen haben. Die Kopie des Berichts reißt er ab, bringt sie in die Kabine und legt sie auf Susans Beine.

»Gute Arbeit«, bemerkt der anwesende Arzt. »Ich war sicher, wir würden hier nur noch den Tod Ihrer Patientin feststellen können.«

Webster zuckt mit den Schultern und nickt.

Wieder draußen, auf der Rampe, sieht Webster, dass die hinteren Türen des RTW geschlossen sind. Powell hat den

Wagen bereits gereinigt und desinfiziert und sitzt schon wartend am Steuer. Webster steigt ein und knöpft sich den Jungen sofort vor.

»Sie haben beim Blutdruck falsche Angaben gemacht«, sagt er streng.

Powell wird brennend rot. Seine Ohren sind riesengroß. »Ich hab keine Messung gekriegt.«

Webster braucht die Stimme gar nicht zu erheben. »Machen Sie so was nie wieder. Nie wieder, verstanden? Sagen Sie einfach, dass Sie keine Messung kriegen. Eine falsche Blutdruckangabe kann zu einer falschen Behandlung führen. Und eine falsche Behandlung kann zur Katastrophe führen. Haben Sie mich verstanden?«

Der Junge nickt stumm.

»Und was zum Teufel war das mit dem Fusionsbeutel?«, fährt Webster fort. »Bei der Ladung hätten Sie bis nach Montreal fliegen können.«

»Ich hab nicht dran gedacht«, sagt Powell.

»Sie haben nicht dran gedacht. Von jetzt an denken Sie mit, Powell. Und zwar jede Sekunde. Ich will nicht am Ende mit zwei Patienten dastehen.«

»Natürlich, Sir.«

Webster verdreht die Augen. »In der nächsten Woche werden Sie bei jedem, der Ihnen über den Weg läuft, den Blutdruck messen. Sollte ich Sie ohne Manschette antreffen, sind Sie beurlaubt. Sie werden zwanzig-, dreißigmal am Tag Blutdruck messen. Ist das klar?«

»Ja, Sir.«

»Webster. Wenn Sie sich den Namen Ihres Partners nicht merken können, werden Sie echte Probleme bekommen. Also, fahren wir.«

Der RTW rollt in die Nacht hinaus. Am Horizont schimmert der erste Streifen Morgenlicht.

Webster lehnt sich zurück und schließt die Augen. Der erste Sieg seit drei Monaten. Er lächelt. Es geht doch nichts über die Auferweckung von den Toten.

Webster sitzt im Wagen, schon in Uniform, das Spielfeld keine sieben Meter entfernt. Die Kids sind es gewöhnt, seinen Wagen zu sehen. Nicht einmal die Uniform stört jemanden. Er hat noch ungefähr eine halbe Stunde Zeit, bevor er auf der Wache sein muss. Während der Spielsaison versucht er, so viele Spiele wie möglich mitzunehmen.

Heute hat ihn die Sehnsucht nach Normalität hergetrieben, nach etwas, das so weit entfernt ist von seinem beruflichen Alltag und seinem Besuch bei Sheila wie Kansas von Vermont. Irgendwann wird er Rowan von seinem Besuch in Chelsea erzählen müssen. Was zum Teufel soll er ihr sagen? Ich habe deine Mutter gefunden, aber sie will nichts mit dir zu tun haben?

Er sperrt den Wagen ab und geht, die Hände in den Hosentaschen, langsam zum Ende der Zuschauerbänke. Die Mädchen tragen ihre Spiele samstags und mittwochs aus, meistens mittwochs, zum Glück für Rowan, die sonst ihren Job bei Giant Mart hätte aufgeben müssen. Er hat keine Ahnung, in welchem Inning das Spiel ist, es gibt keine Anzeige. Er könnte fragen, aber er hat kein Bedürfnis nach Kontakt. Die meisten der Eltern auf den Bänken kennt er – mindestens vom Sehen, wenn nicht mit Namen. Sie haben über die Jahre oft genug nebeneinander gesessen, um dieses oder jenes Spiel zu verfolgen. Rowan, in ihrem rostroten Trikot, spielt auf der Ersten Base. Langer

Schritt und große Reichweite. Gutes Auge und präziser Arm. Sie liebt diesen Sport, weil er Spannung bietet und vollen Einsatz verlangt.

Die Läuferin ist zwei lange Schritte vor der Base. Rowan, die Hand im Handschuh erhoben, lässt die Werferin, die jetzt Wurfhaltung einnimmt, nicht aus den Augen. Webster hofft, dass es ihr gelingen wird, den Ball zu fangen, bevor die Läuferin die Base erreicht, und auf diese Weise ein »Aus« herbeizuführen. Er hat es in dieser Saison zu vielleicht der Hälfte der Spiele geschafft. Wenn er seine Tochter auf dem Feld beobachtet, werden unweigerlich Erinnerungen an die Little-League-Spiele wach, als Rowan sechs, sieben Jahre alt war und er stundenlang auf der Zuschauerbank saß und seiner Tochter zusah, die in ihrer zu großen Cap und dem T-Shirt, das ihr bis zu den Knien hing, rannte wie ein kleiner Teufel, der die Hosen voll hat. Irgendwann streckte sie sich, und der Schwerpunkt verlagerte sich, aber diese frühen Jahre waren wunderbar.

Die Schlagfrau haut drauf, was das Zeug hält. Rowan springt in die Höhe, um den Ball zu fangen. Die Läuferin startet zur zweiten Base und rennt weiter, als sie sieht, dass Rowan den Ball verfehlt hat. Eine andere Spielerin, Webster kennt sie nicht, hebt den Ball auf, der aufs Spielfeld gerollt ist, und wirft ihn zu Rowan zurück. Gerade noch rechtzeitig, um einen Homerun zu verhindern, wirft Rowan ihn der Fängerin zu. Die Läuferin wartet an der dritten Base.

Rowan hätte den geschlagenen Ball gar nicht erwischen können, sagt sich Webster. Zu hoch.

Dann läuft die Mannschaft nach dem dritten Aus vom Feld. Rowan, mit wippendem Pferdeschwanz, der durch das Loch hinten in ihrer Cap gezogen ist, winkt flüchtig in seine Richtung. Es gilt zwar als uncool, während eines Spiels den Eltern zu winken, aber Rowan tut es meistens trotzdem. Eine Mannschaftskameradin wirft Rowan eine Flasche Wasser zu, und sie trinkt sie, ohne abzusetzen, aus.

Nun fragt Webster doch einen Mann, der neben ihm steht, nach dem Spielstand.

»Sieben zu fünf, Hartstone ist hinten.«

Rowan wirft die leere Wasserflasche weg und geht zum On-Deck-Circle, um sich ihren bevorzugten Schläger herauszusuchen. Die erste Schlägerin fliegt hinaus, und Rowan tritt als Nächste an. An ihrer Haltung und ihren Probeschwüngen mit dem Holz ist zu erkennen, dass sie entschlossen ist, den Ball über den Zaun hinaus zu schlagen.

Sie holt aus, schlägt und verfehlt den Ball. Strike one.

Webster liebt das Geplapper von der Spielerbank. Hey, batta, batta. Rowan geht in Stellung, wartet auf den zweiten Wurf.

Es ist ein deftiger Schlag, wie Webster ihn von seiner Tochter die ganze Saison nicht gesehen hat. Er behält die Spielerin auf der Center-Field-Position im Auge, während er Rowan beobachtet, die startet wie eine Rakete und rennt, als ginge es um den Sieg in der World Series. Teilweise wird ihr Ehrgeiz sicher davon angestachelt, dass ihr Vater zuschaut – der Eltern-Effekt –, aber der Rest ist einfach Rowan. Als sie die zweite Base umrundet, schießt in Webster die altvertraute Hoffnung auf. Die Center-Fielderin springt hoch, berührt den Ball nicht einmal mit dem Handschuh, und während sie hastig grapschend hinter sich greift, legt Rowan noch einmal Tempo zu. Ehe die Short-Stopperin den Ball abfangen und ihn der Fängerin zuwerfen kann, ist Rowan zu Hause. Homerun.

Gut gemacht, Rowan.

Webster beobachtet, wie ihre Mannschaftskameradinnen sie abklatschen. Rowan schnappt sich ein Handtuch und wischt sich das Gesicht ab.

Webster wirft einen Blick auf seine Uhr. Er hat noch zehn Minuten. Vielleicht reicht es noch für ein weiteres Inning.

Er bemerkt, dass aus der Richtung der Zuschauerbänke jemand auf ihn zukommt und dreht sich um. Er weiß, dass er die Frau kennt, kann sie aber nicht gleich einordnen.

»Mr Webster?«, fragt sie.

»Ja. Hallo.«

»Hallo. Ich bin Rowans Englischlehrerin, Elizabeth Washington.«

»Ach ja, natürlich.« Webster würde sich am liebsten mit der Hand vor die Stirn schlagen. »Wie geht es Ihnen?«

»Danke, mir geht es gut«, antwortet sie. »Meine Tochter ist dieses Jahr gerade neu ins Team gekommen. Julie Washington.«

»Spielt sie heute auch?«

»Nein, sie sitzt vorläufig noch auf der Bank.«

»Die Trainerin wird ihr bestimmt Gelegenheit zur Praxis geben«, versichert Webster ihr.

»Ich wollte eigentlich fragen«, sagt Mrs Washington, »ob bei Rowan zu Hause alles in Ordnung ist.«

Webster spürt, wie sich die kleinen Härchen in seinem Nacken aufstellen. Die Frau trägt einen grauen Blazer und Turnschuhe. Er schätzt sie auf Ende vierzig. Ihre Augen wirken verkniffen, aber vielleicht liegt das nur an der Sonne, die ihr direkt ins Gesicht scheint.

Webster will der Lehrerin nichts von Rowans Alkoholexzess erzählen. Andererseits möchte er auch nicht als achtloser Vater erscheinen, denn das ist er nicht. »Manchmal kenne ich mich gar nicht mehr aus mit ihr«, sagt er.

»Diese ständigen Stimmungswechsel, und ich habe keine Ahnung, warum.«

Elizabeth Washington nickt. »Das ist in dem Alter ganz normal, und vielleicht spielt das ja hier auch eine Rolle. Ihre Leistungen haben stark nachgelassen. Wenn sie nicht aufpasst, fällt sie in Englisch durch. Und in Mathematik auch. Ich habe nachgesehen. Sie macht ihre Hausaufgaben nicht und passt im Unterricht nicht auf. Liest die Lektüre nicht.«

Webster wippt auf den Füßen vor und zurück. Elizabeth Washington schirmt die Augen gegen die Sonne ab.

»Ich ... das erschreckt mich«, sagt Webster. »Rowan war immer so fleißig und gewissenhaft, dass ich schon vor langer Zeit aufgehört habe, ihre Hausaufgaben zu kontrollieren. Ich rede ab und zu mit ihr darüber, aber ich dachte immer, sie hätte alles im Griff.«

Er versucht, sich an ihr letztes Zeugnis zu erinnern. B+ in Englisch, da ist er ziemlich sicher. C+ in Mathe, darauf hat er sie angesprochen. Aber er weiß nicht mehr, was Rowan für eine Erklärung abgegeben hat. Sie schien aber nicht beunruhigt zu sein, obwohl ihre Noten nicht mehr so gut waren wie früher.

»Sie könnte einiges nachholen«, sagt Elizabeth Washington, »aber bis zum Abschluss sind es nur noch zwei Wochen. Ich mache mir Sorgen. Wenn sie Englisch und Mathematik nicht schafft, wird die Universität von Vermont sie vielleicht im Herbst nicht aufnehmen. Wir müssen ja die letzten Zeugnisse an die Hochschule schicken.«

»Reicht es denn wenigstens für den Abschluss?«

»Oh ja, den schafft sie. Sie hat die nötige Punktzahl. Aber es sind nicht nur ihre Leistungen. Kann es denn sein, dass ihr zu Hause etwas fehlt?«

»Im Moment ist sie sehr verschlossen«, sagt Webster.

»Sie haben den Kindern vor Kurzem eine ziemlich umfangreiche Lektüre gegeben. Irgendetwas über die Parabel.«

Elizabeth Washington lächelt. »›Die Enden der Parabel‹. Ja. Viele Schüler fanden das Buch sehr anspruchsvoll – hauptsächlich seiner Länge wegen. Aber soweit ich feststellen konnte, hat Rowan nie auch nur eine Zeile davon gelesen.«

Webster seufzt.

»Es tut mir leid«, sagt die Lehrerin. »Ich hätte früher mit Ihnen sprechen sollen. Jetzt kann man nicht mehr viel tun. Aber es hat mich interessiert, deshalb habe ich gefragt.«

Webster breitet die Hände aus und schüttelt den Kopf. Er weiß, dass die Frau ihn aus lauteren Motiven heraus angesprochen hat, weil Rowans Wohl ihr am Herzen liegt, trotzdem fühlt er sich gerügt. Er kommt sich vor wie ein Idiot, dass er nicht weiß, wie es um seine Tochter in der Schule steht. »Ich bin total überrascht«, sagt er. »Danke Ihnen, dass Sie mich angesprochen haben. Da ist ja offensichtlich etwas gar nicht in Ordnung. Ich werde bei nächster Gelegenheit mit Rowan reden.« Er schaut auf seine Uhr. »Jetzt muss ich leider zur Arbeit.«

Elizabeth Washington berührt leicht seinen Arm. »Ich wollte auf keinen Fall unterstellen, dass Sie ein schlechter Vater sind. Im Gegenteil, ich finde, Sie machen Ihre Sache mit Rowan großartig. Sie gehört zu den wenigen Schülern, die mir wirklich ans Herz gewachsen sind. Aber in letzter Zeit scheint sie eine Veränderung durchzumachen.«

Webster reicht ihr die Hand, weil er nicht weiß, wie er sonst loskommen soll. In genau zwei Minuten muss er auf der Rettungswache sein. Er wollte, er könnte sich Rowan sofort vorknöpfen, um sie nach ihren schlechten Noten zu fragen, aber eine Spielerin vom Feld zu holen, wenn kein Notfall vorliegt, ist ausgeschlossen.

Aber Versagen in Englisch und Mathematik? Ist das kein Notfall?

Er blickt zu Rowan hinüber, sie tut, als bemerkte sie ihn nicht. Ihre Lippen sind fest aufeinandergepresst.

Webster reibt sich das stoppelige Kinn, während er einen Stapel Rechnungen durchsieht, die er seit Wochen unbeachtet gelassen hat. Sonst sortiert er immer, teilt sie in drei Häufchen auf: solche, die sofort bezahlt werden müssen; solche, die bis Ende des Monats Zeit haben; und solche, die er noch ein paar Wochen länger vor sich herschieben kann. Heute gibt es kein Sortieren, er ist mit allen Rechnungen spät dran. Er denkt an die Rechnung für die Studiengebühren, die bald fällig werden. Er wird entweder zusätzliche Schichten übernehmen oder eine Hypothek aufs Haus nehmen müssen. Na ja, wenigstens sind die Gebühren der Universität von Vermont für Studenten mit ständigem Wohnsitz innerhalb des Staates halbwegs erschwinglich.

Webster ist nach Schichtende gar nicht mehr zu Bett gegangen, sondern hat in der Küche gewartet, bis Rowan erwachte, und sie mit den unerfreulichen Tatsachen konfrontiert, die er von Elizabeth Washington erfahren hat.

»Und?«, fragte Rowan, ein vergeblicher Versuch, die Sache zu bagatellisieren.

»Und?«, fragte Webster zurück. »Die werden dich auf der Uni vielleicht gar nicht nehmen.«

»Und?«, wiederholte Rowan.

»Jetzt reicht's!«, rief Webster wütend. »Her mit den Schlüsseln!«

»Das kann nicht dein Ernst sein.« Rowan hatte schon ihren Rucksack über der Schulter. Sie hatte nicht vorgehabt zu frühstücken.

»Du wirst dich wundern«, gab er standhaft zurück, obwohl er schon spürte, dass er schwach zu werden drohte.

»Und wie soll ich zur Schule kommen?«, fragte Rowan.

»Zu Fuß. Wie viele andere auch.«

Sie warf die Schlüssel auf den Tisch. »Kein Mensch geht zu Fuß, Dad«, sagte sie in einem Ton, als bedauere sie seine abgrundtiefe Ignoranz.

Er sah ihr nach, als sie aus dem Haus ging. Er stand nicht auf, um sie die Einfahrt hinuntergehen zu sehen.

Am Tisch jetzt, den Rechnungsstapel vor sich, sieht er auf seine Uhr. Halb zwei.

Morgen Abend ist Rowans Abschlussball. Ob sie bis dahin wieder mit ihm sprechen wird? Das Gespräch heute Morgen ist nicht so verlaufen, wie er es sich vorgestellt hatte. Wieso erwartet er eigentlich immer noch, mit einer Siebzehnjährigen, die nur noch ein Spielball ihrer Launen ist, ließe sich ein vernünftiges Gespräch führen? Weil er früher durchaus vernünftige Gespräche mit seiner Tochter führen konnte.

Er trinkt einen Schluck von seinem kalt gewordenen Kaffee. Er könnte ihn in der Mikrowelle aufwärmen, beschließt aber, sich lieber eine frische Kanne zu kochen. Er hat sowieso noch mindestens eine Stunde Schreibkram vor sich.

Er wischt etwas vergossenes Wasser mit dem Zipfel seines Baumwollhemds auf. Er wird es nachher, wenn er nach oben geht, in den Wäschekorb werfen. Er trägt die ausgelatschten Hausschuhe, die Rowan ihm vor zwei Jahren zu Weihnachten geschenkt hat. Sie sind mit Pelz gefüttert und zu warm für diese Jahreszeit. Er muss seine Bootsschuhe heraussuchen.

Draußen läutet es. Merkwürdig. Kein Mensch außer FedEx und UPS benutzt normalerweise die Haustür.

Ein Paket für Rowan, vermutet er, während er durch den Flur geht. Er selbst bekommt fast nie Pakete. Aber sie kauft übers Internet ein, und da es meistens bescheidene Einkäufe sind, stört es Webster nicht, wenn ab und zu eine Lieferung kommt. Außerdem sieht er zu gern ihr Gesicht, wenn sie ein wartendes Paket auf dem Küchentisch entdeckt.

Er öffnet die Tür.

Kein Paket.

»Du traust dich was«, sagt er.

»Nicht mehr als du.«

»Ich dachte, ich würde dich nie wiedersehen.«

»Eine gelungene Überraschung ist der anderen wert«, sagt Sheila.

Webster spürt die plötzliche Anspannung in seinem Körper, wie bei einem Notfall.

»Ich bin wegen Rowan hier.«

Webster tritt einen Schritt zurück. Sie nimmt es als Aufforderung, einzutreten.

Er schließt die Tür hinter ihr. Sie sieht sich in der kleinen Diele um, links das Esszimmer, die Küche geradeaus.

»Du hast nicht viel verändert.«

Er weiß nicht, ob es ein Kompliment sein soll.

Sheila trägt eine kurze schwarze Jacke über einer schmalen grauen Jeans und an den Füßen lederne Sandalen. Eine ungewöhnliche Kette aus großen Glasperlen liegt um ihren Hals, die Haare sind hochgesteckt. Er wartet schweigend, während sie sich im Haus umsieht.

Er hat sich noch nicht rasiert. Das Baumwollhemd ist

nicht mehr taufrisch. Er riecht wahrscheinlich. Er hat sich die Zähne noch nicht geputzt.

Woher dieser plötzliche Sinneswandel?

»Komm rein«, sagt er.

Er geht voraus, fegt die Papiere vom Küchentisch und deponiert sie auf dem Esszimmertisch. »Rechnungen«, bemerkt er kurz, als er zurückkommt.

Er wünschte, es gäbe eine Checkliste für das, was bevorsteht.

»Möchtest du eine Tasse Kaffee? Ich habe gerade welchen gemacht.«

»Gern«, sagt sie. »Danke. Ich verschwinde, bevor sie nach Hause kommt. Sie braucht gar nicht zu erfahren, dass ich hier war.«

»Rowan und ich haben keine Geheimnisse voreinander.«

Eine Lüge. Vor allem was die letzte Zeit angeht. Wann haben er und Sheila das letzte Mal über das Wohl ihres Kindes miteinander gesprochen? Haben sie es überhaupt jemals getan?

Er bemerkt, dass ihre Hände zittern. »Ich habe jeden Tag an Rowan gedacht, seit ich sie verlassen habe«, sagt sie.

Sie hebt den Kopf und spitzt den Mund. Der Mund ist immer noch schön. Ihr langer Hals ist fast faltenlos. Ihren Körper will er nicht ansehen.

»Wenn du jeden Tag an sie gedacht hast, warum hast du sie dann nicht einmal angerufen? Du hast gesagt, dass du seit zehn Jahren trocken bist.«

»Das ist schwierig«, sagt sie.

»Erklär's mir trotzdem.«

»Ich hatte Angst«, sagt Sheila. Webster stellt ihr einen Becher hin. »Ohne Alkohol zu leben, hat immer noch etwas Ungewohntes für mich. Ich hatte Angst, wenn ich diese Tür öffnen würde – zu dir, zu Rowan, zu Vermont –, würde ich wieder zu trinken anfangen. Ich wusste es nicht mit Sicherheit, verstehst du? Es war nur eine Furcht.«

»Es war eine Furcht?«

»Ja, deshalb bin ich hier.«

Webster wartet.

Die Standuhr in der Ecke schlägt die volle Stunde. Sheila lächelt. »Sie geht noch, du hast sie nicht angehalten«, sagt sie. »Das ist schön.«

»Es fällt einem kaum noch auf, wenn man Tag für Tag damit lebt.« Er trinkt von seinem Kaffee. »Rowan ist ein wunderbarer junger Mensch. Aber sie steht auf der Kippe. Es kann hierhin und dorthin gehen. Sie erprobt ständig ihre Grenzen. Und sie ist anscheinend überzeugt davon, dass sie eine Anlage zur Alkoholsucht hat. Ich habe dir ja erzählt, dass ich sie eines Nachts im Vollrausch hier vorgefunden habe.«

Er sieht die Bestürzung in Sheilas Gesicht. »Webster, ich möchte wirklich helfen, ich will tun, was ich kann, aber ich habe ja so vieles nicht mitbekommen.«

»Manchmal habe ich das Gefühl, Rowan ist völlig von der Rolle«, sagt Webster. »Sie hat in der Schule stark nachgelassen. Sie wollte an der Universität von Vermont studieren, aber wenn sie sich in Englisch und Mathematik nicht auf den Hosenboden setzt, wird sie im Herbst dort vielleicht nicht genommen.«

»Sie will studieren.« Ein sehnsuchtsvoller Ton liegt in Sheilas Stimme.

»Ja, und sie hat die Jahre über hart dafür gearbeitet«, sagt er. »Aber jetzt ist sie kurz davor, alles in den Sand zu setzen.«

Sheila blickt sich im Zimmer um. »Ich kann's immer noch nicht glauben, dass du nicht wieder geheiratet hast«, sagt sie. »Ich habe dich immer für den Typ Mann gehalten, der auf jeden Fall heiratet.«

»Keine Zeit«, erwidert er. »Wenn ich nicht arbeiten musste, habe ich mich um Rowan gekümmert. Ich musste ihr ja beides sein, Mutter und Vater.« Er hält inne und sieht Sheila an, als wolle er sehen, wie sie das aufnimmt. Ein unerwünschter Gedanke drängt sich ihm auf.

»Es ist schon erstaunlich«, sagt er, »wenn man bedenkt, wo du herkamst, dass du in dieser Nacht überhaupt in Vermont warst. Und mich dann geheiratet hast.« Wieder macht er eine kurze Pause. »Es könnte einem beinahe so vorkommen, als hättest du von einer Sekunde auf die andere beschlossen, mal ein neues Leben anzuprobieren, ungefähr so wie man ein neues Kleid anprobiert. Dann hast du festgestellt, dass es ein bisschen eng ist und die Ärmel nicht lang genug sind, und da hast du es einfach weggeworfen. Mich und Rowan und Vermont. Weg damit, in die Kleidersammlung.«

»Ich habe das Kleid geliebt«, entgegnet Sheila. »Es hat nicht gepasst, aber ich habe es geliebt.«

»Aber nicht so sehr, dass du ohne es nicht leben konntest.«

»Du weißt nicht, wie schwer es für mich war, Rowan aufzugeben.«

»Sag mir eins«, fährt Webster fort. »An dem Abend, als wir oben auf dem Grundstück das erste Mal zusammen waren, da hattest du doch die Pille gar nicht genommen, oder?«

»Ich weiß nicht mehr.«

»Natürlich weißt du es.«

»Es war nicht so, wie du denkst«, sagt sie. »Ich habe mir gewünscht, dass du mich rettest, ja. Das gebe ich zu. Aber ich wollte dich nie reinlegen. Ich habe mich bei dir so geborgen gefühlt, dass ich glaubte, ich brauchte mal nicht ständig aufzupassen.«

Webster hält es für klüger zu schweigen.

Sheila beugt sich vor. »Webster, ich möchte sie sehen.«

»Da muss ich Rowan erst fragen«, erwidert er. »Im Moment weiß sie noch nicht einmal, dass ich dich gefunden habe, geschweige denn, dass du hier bist.«

Sheila streicht sich mit den Händen über die Schläfen.

Webster schaut zum Küchenfenster hinaus. »Als ich bei dir in Chelsea war, warst du so kalt und fremd, dass ich es für besser hielt, sie nicht mit dir zusammenzubringen.«

»Aber ich möchte sie kennenlernen«, entgegnet Sheila. »Ich bin trotz allem ihre Mutter.«

»Ich finde, den Titel Mutter musst du dir erst verdienen«, versetzt er.

»Du hast ihn mir weggenommen.«

»Nein, das hast du schon selbst getan.«

Sie greift nach ihrer Handtasche. »Das ist ja absurd«, sagt sie.

Webster merkt, dass er sie nicht gehen lassen möchte. »Wie ist es dir eigentlich damals ergangen, nachdem du von hier abgefahren warst? Ich habe oft darüber nachgedacht.«

Mit scharfem Blick sieht sie ihn an. »Ich habe den Wagen abgestoßen und mich zu meiner Schwester nach Manhattan durchgeschlagen. Ich habe damals ständig getrunken. Sie hatte auch ein zweijähriges Kind. Ich konnte es kaum aushalten. Ich habe ihr das Leben zur Hölle gemacht. In einer Bar habe ich einen Mann kennengelernt, der in Piermont lebte, gleich nördlich von New York. Ich war verrückt nach ihm und bin sehr bald zu ihm gezogen. Aber ich habe weiter getrunken.« Sie hält einen Moment inne. »Eines Abends hatten wir einen Monsterkrach. Ich bin stockbesoffen auf die Straße rausgetorkelt und habe rumgegrölt wie eine Geisteskranke, bis mich die Polizei festgenommen und über Nacht in eine Ausnüchterungszelle gesteckt hat. Paul sagte, er würde mich rausholen, aber nur unter einer Bedingung: dass ich in eine Entzugsklinik gehe. Und zwar noch am selben Tag. Und ich bin gegangen. In eine Klinik in Upstate New York. Als er mich nach der Kur abholte, hat er mich nach Mexiko gebracht. Dort haben wir acht Jahre lang gelebt. Er war der Auffassung, wenn ich mich von altbekannten Situationen und Umgebungen fernhielte, käme ich nicht so leicht in Versuchung, wieder zu trinken. Und – es hat geklappt.«

»Und wo ist er jetzt?«, fragt Webster.

Mit einer zornigen Geste reißt sie das Gummiband von ihrem Pferdeschwanz. Das offene Haar fällt ihr über den Rücken. »Er ist an Bauchspeicheldrüsenkrebs gestorben.«

Webster schließt die Augen. »Das tut mir leid«, sagt er. »Das muss schlimm gewesen sein.«

Er steht auf. Mit dem Kleingeld in seiner Hosentasche klimpernd, geht er im Zimmer umher. Ihre große Liebe, und der Mann musste sterben. Sie tut ihm leid. Aber ist es ihm denn besser ergangen? Sie war seine große Liebe.

»Ich werde drüber nachdenken«, sagt er. »Ich meine, ich werde Rowan fragen, ob sie dich sehen möchte. Ich werde auf jeden Fall ihr die Entscheidung überlassen. Ich weiß nur nicht, ob ich's gleich tue.«

»Danke«, sagt Sheila.

»Was hat dich eigentlich umgestimmt?«, fragt er.

»Nachdem du weg warst, bin ich erst mal zusammengeklappt. Ich habe mir ein Leben aufgebaut, Webster. Es ist ein gutes Leben, aber es steht auf wackligen Füßen. Als du plötzlich vor der Tür standest – ich hatte mich immer gefragt, ob du eines Tages kommen würdest –, war das für mich eine Riesenerschütterung. Ich habe schlecht reagiert, ich weiß. Aber später haben mich die Gedanken an Rowan nicht losgelassen. Ich glaube nicht, dass ich ihr helfen kann, aber ich will es versuchen. Das ist alles, was ich dir sagen kann.«

Er nickt. Das muss fürs Erste genug sein.

Er wird Rowan fragen, ob sie ihre Mutter sehen möchte. Ohne Zweifel wird sie zunächst misstrauisch reagieren, aber vielleicht wird die Neugier siegen.

»Ich glaube, ich gehe jetzt besser«, sagt Sheila. »Darf ich mal die Toilette benutzen? Du weißt ja, es ist eine lange Fahrt.«

»Weißt du noch, wo das Bad ist?«

»Es gibt immer noch keine Gästetoilette?«

»Die lass ich einbauen, wenn ich's mal die Treppe nicht mehr raufschaffe.«

Gut drei Minuten verstreichen, bevor Webster einfällt, dass er eine Dummheit gemacht hat. Er rast die zwei Treppen hinauf und findet Sheila in Rowans Zimmer vor. Weinend sitzt sie auf dem Bett, ein Stofftier im Arm, das vielleicht einmal ein Hund war.

»Scheiße, was soll das, Sheila?«

Sie hebt den Kopf. »Den hab ich ihr geschenkt«, sagt sie. »Ich hatte keine Ahnung, dass sie – du – dass ihr ihn noch habt. Gott, wenn ich mir vorstelle, dass er all die Jahre hier war.« Sie drückt das Spielzeug an die Brust, als wäre es ein Kind. »Webster, ich hab so vieles verpasst. Jedes Stück in diesem Zimmer ist ein Teil von Rowan, von dem ich nichts weiß. So viele Jahre.« Sie stöhnt. »Der Schreibtisch, schau doch. Die Klarinette. Und das Gemälde an der

Decke. Mein Gott, Webster. All diese Dinge hier, und ich kenne nichts davon.«

Er hätte ihr diesen Moment gern erspart – oder vielleicht doch nicht? Er zieht die oberste Schublade von Rowans Schreibtisch auf und kramt einen Moment darin herum, ehe er das Foto herausnimmt, das kurz nach der Geburt ihrer Tochter aufgenommen wurde und Sheila mit Rowan im Arm zeigt. »Das hat sie immer bei sich aufgehoben«, sagt er.

Sheila betrachtet lange das abgegriffene kleine Bild. Dann drückt sie es an ihr Herz und senkt den Kopf.

Webster wendet sich ab. Welch grauenvoller Verlust. Während er seine geschiedene Frau hinter sich schluchzen hört, fragt er sich, ob er sich auch so verhalten würde, wenn die Situation umgekehrt und er der Alkoholiker wäre. Ja, mit ziemlicher Sicherheit. Mit dem Rücken zu ihr bleibt er an der Tür stehen und wartet schweigend, um sie nicht zu stören.

Er würde gern zu ihr gehen. Er ist es gewöhnt, sich um Menschen zu kümmern, die der Schmerz überwältigt, mindestens einmal in der Woche sieht er sich einer solchen Situation ausgesetzt. Aber für diese Frau kann er nichts tun.

Als er sich schließlich umdreht, ist sie schon aufgestanden. Ihr Gesicht ist wie verwüstet. Noch einmal sieht sie sich im Zimmer um, als wolle sie sich jede Kleinigkeit einprägen.

»Kannst du fahren?«, fragt er sie. Er schüttelt den Kopf. »Ich meine …«

»Ich weiß schon, was du meinst«, fällt Sheila ihm ins Wort. »Ja, ich kann fahren.« Sie hält inne. »Ich weiß, dass ich mich verändert habe, Webster. Aber du nicht. Ich kenne dich wieder.«

»Ist das gut oder schlecht?«, fragt er.
»Gut.«

Er blickt ihr nach, als sie zu ihrem Wagen geht, den sie auf der Straße geparkt hat. Er kann ihr nicht helfen. Er wollte Rowan helfen, als er nach Chelsea gefahren ist, aber erreicht hat er nur, dass ein notdürftig verheilter Bruch im Leben seiner geschiedenen Frau wieder weit aufgerissen ist.

Webster geht in Rowans Zimmer hinauf, um sich zu vergewissern, dass Sheila nicht irgendetwas liegen gelassen hat, dass der Stoffhund wieder auf seinem Platz liegt. An der Tür bleibt er erschrocken stehen. Im ganzen Zimmer hängt der Duft von Sheilas Parfum, das ihm unten gar nicht aufgefallen ist.

Mist.

Als Erstes denkt er daran, das Zimmer mit Lysol auszusprühen. Aber nein, Rowan wird sofort wissen wollen, wozu das nötig war. Er beschließt, das Fenster aufzumachen. Als er es hochzuschieben versucht, stellt er fest, dass es klemmt. Der Riegel ist geöffnet, aber das Fenster ist nicht zu bewegen. Er geht zum zweiten Fenster am anderen Ende des Zimmers, aber auch das lässt sich nicht öffnen.

Was zum Teufel?

Er hätte die beiden Fenster schon vor Monaten reparieren sollen. Er kehrt zum ersten Fenster zurück. Soll er den Holzschieberahmen wachsen? Wenn er dieses Fenster aufbekommt und unten ein Fenster öffnet, kann er immer sagen, er habe Durchzug machen wollen, um richtig zu lüften. Noch einmal drückt er mit Kraft von unten, der Rahmen lockert sich unter der Erschütterung, und von oben, vom Sims, fällt etwas herab. Ein kleines weißes Buch, vielleicht zehn mal fünf Zentimeter groß.

Er nimmt es zur Hand. Er weiß, dass er es zurücklegen sollte, aber er weiß nicht, wo genau es versteckt war. Auf der linken oder auf der rechten Seite?

Jetzt sitzt er ordentlich in der Patsche.

Er schlägt das Buch an einer beliebigen Stelle auf.

Mir liegt nichts dran, der Star meiner eigenen Superspezialfernsehshow zu sein. Ich mag es auch bei anderen nicht, wenn sie sich produzieren. Fürchterlich, diese Selbstinszenierungen.

Auf einer anderen Seite liest er: *Wie kann eine Frau so etwas ungestraft tun? Ihr Kind einfach fünfzehn Jahre lang im Stich lassen?*

Und ein paar Seiten weiter: *Er hat zwar oft keinen blassen Schimmer, aber er ist ein guter Vater. Ich versuche, das nicht zu vergessen, auch wenn er noch so nervt. Er meint es ja gut. Er bemüht sich. Er gehört zu mir. Er liebt mich. Und er ist hundertmal besser als die Väter der meisten meiner Freunde.*

Das Büchlein enthält Einträge über Tommy und Gina und die Schule, die Webster überblättert. Dann aber stößt er auf einen Eintrag, der ihn innehalten lässt.

Als Allison mir das kurz vor Weihnachten erzählt hat, war ich total schockiert, ich konnte nicht mal mehr heucheln. Meine Mutter war mit mir schwanger, als sie geheiratet haben. Erst da ist mir aufgefallen, dass ich nicht einmal weiß, wann genau sie geheiratet haben. Warum habe ich Dad nie danach gefragt? Weil ich Angst hatte, es würde ihn traurig machen? Allison wusste es von ihrer Mutter, die früher bei Opa gearbeitet hat. Ich komme nicht drüber weg, dass ich ein »Missgeschick« bin.

Webster ist bestürzt. Hat er denn darüber nie mit seiner Tochter gesprochen?

Und noch ein Eintrag: *Muss man nicht ein Kind wirklich großziehen, um Mutter genannt zu werden? Ich glaube nicht, dass ich mein Leben gegen irgendetwas eintauschen würde. Aber es hat Tage gegeben, da hätte ich gern den Rat einer Mutter gehabt, gerade bei Fragen, die speziell Frauen angehen. Und die vielen Nächte, in denen ich allein bleiben musste, obwohl ich nicht allein sein wollte. Aber ein Leben kann man nicht umtauschen. Alles nur Hypothese. Meine Mutter war nicht da. Es ist genau wie wenn ich mir vorzustellen versuche, ich hätte eine Schwester oder einen Bruder. Ein paar Minuten kann ich mich reindenken, aber es führt zu gar nichts, weil es …*

»Was tust du da?«

Webster klappt das Buch mit einem Knall zu.

Rowan steht an der Tür.

»Ich wollte das Fenster aufmachen«, erklärt Webster, »und da fiel das Buch runter, und ich hab es aufgehoben …«

»Du hast darin gelesen«, sagt sie.

»Es ist nur …«

»Du hattest kein Recht, das zu tun«, sagt Rowan.

»Es ist von selbst aufgeklappt …«, sagt er und hört genau, wie lahm das klingt.

»Verdammt noch mal, du hattest kein Recht dazu!«, schreit seine Tochter ihn an. Sie hat beide Hände an die Türpfosten gelegt, als müsste sie sich von einem Angriff auf ihn zurückhalten. »Das ist mein Buch. Das geht nur mich etwas an.«

»Ich weiß. Ich weiß es ja.« Webster lässt das Tagebuch aufs Bett fallen.

»Raus!«, brüllt Rowan. »Verschwinde aus diesem Zimmer und komm nie wieder rein. Nie wieder. *Hast du verstanden?«*

So viel Wut hat er bei seiner Tochter noch nie erlebt. Rowan stürzt an ihm vorbei ins Zimmer, und er geht. Sie knallt die Tür hinter ihm zu, dass der Dachboden zittert.

Webster weiß, dass Rowan am Nachmittag mit Gina beim Friseur war. Heute Abend wird er es ihr nicht so leicht machen, ihn zu ignorieren. In Flanellhemd und Jeans wartet er darauf, dass sie die Treppe herunterkommen wird. Jedes Mal, wenn er an das Tagebuch denkt, windet er sich innerlich.

Er hört das Klappern hoher Absätze im oberen Stockwerk. Einen Moment stockt ihm der Atem, als er Rowan auf der Treppe hört und sie dann in die Küche tritt. Das schwarze Kleid mit der hochgeschnittenen Taille hat eine erschreckende Ähnlichkeit mit dem Kleid, das Sheila bei ihrer Hochzeit getragen hat. Um den Hals trägt Rowan eine Perlenkette, ein Geschenk ihrer Großmutter. Sie tritt zu dem Spiegel beim Spülbecken und dreht sich langsam erst zur einen, dann zur anderen Seite, ein bisschen wie ein Model. Seine Tochter ist eine junge Frau, sagt er sich. Der Gedanke ist ihm schon des Öfteren durch den Kopf gegangen, aber jedes Mal, wenn er auftaucht, erstaunt er ihn von Neuem. Er versucht, nicht darüber nachzudenken, aber Rowan erinnert ihn immer wieder daran. Wenn er sieht, wie sie sich verhält, wenn Tommy da ist, beginnt es in seinem Kopf zu knistern wie in einem Fernseher mit gestörtem Empfang. Es hilft nichts, wenn er sich sagt, dass es ihn nichts angeht. Denn natürlich geht es ihn etwas an. Wie denn auch nicht?

»Das sind ja ein paar richtige Absätze«, bemerkt er, die ersten Worte, die er mit ihr spricht, seit sie ihn aus ihrem Zimmer geworfen hat.

Rowan reagiert gar nicht.

»Ich möchte dich fotografieren.«

Wenn sie jetzt ablehnt, weiß er, dass der Riss noch tiefer geht, als er befürchtet.

»Wo?«, fragt sie mürrisch.

»Am selben Platz wie immer.«

Rowan stellt sich vor das kahle Stück Küchenwand, vor dem Webster seine Tochter unzählige Male fotografiert hat: als Gespenst verkleidet zu Halloween; mit ihrem Softball-Pokal, den sie stolz lächelnd in die Höhe hält; in ihrer Pfadfinderuniform, erfolglos um eine feierliche Miene bemüht.

Hat sie das schwarze Kleid gewählt, weil er ihr von Sheilas Hochzeitskleid erzählt hat? Hat er Rowan niemals die Hochzeitsfotos gezeigt? Er weiß nicht einmal, wo sie sind – vermutlich weggepackt in einem der vielen Kartons im Keller. Hat Rowan das Kleid bewusst gewählt oder geschah es unbewusst?

Rowan schüttelt die herabhängenden Hände, um sich zu lockern. Er hat sie das vor Spielen tun sehen. Er zückt die Digitalkamera, schaut auf den Bildschirm, findet einen Winkel, der ihm gefällt. Sie lächelt nicht. Er drückt auf den silbernen Knopf.

Sie bittet ihn nicht, ihr das Bild zu zeigen.

Sie kämpft mit dem kleinen Täschchen und sortiert aus, was sie mitnehmen wird und was nicht. Lippenstift ja, Haarbürste nein, Haarspray nein, Schlüssel ja, Spiegel ja, Handy ja, Handcreme nein.

Es ist ein schöner Sommerabend. Er erinnert sich, dass das Wetter bei seinem Abschlussball ähnlich schön war. Er lieh sich damals einen Smoking aus. Tun die Jungs das heute auch noch? Er erinnert sich genau an das Mädchen, das er begleitet hat, Alicia, sie hatte ein bauschiges Kleid mit gepolsterten Schultern an. Er war damals gespannt, ob sie ihn ranlassen würde, war aber nichts. Er ist ziemlich sicher, dass sie einen netten Abend miteinander hatten.

Er schaut auf die Uhr über der Spüle. In der Einfahrt hört er Tommys Wagen.

Rowan öffnet ihr Täschchen und sieht den Inhalt noch einmal durch.

Ausgerechnet jetzt muss sie so anrührend schön aussehen.

Sie nimmt ein Tuch vom Stuhl, öffnet die Hintertür und schließt sie ohne ein Wort. Webster geht ins Esszimmer und schaut zum Fenster hinaus. Tommy ist aus dem Auto gestiegen und auf dem Weg zum Haus. Er und Webster hätten sich die Hand gegeben. Vielleicht einen Blick schweigenden Übereinkommens getauscht.

Webster hätte vielleicht über Rowans Gestöckel in den hohen Absätzen gelacht. Tommy öffnet ihr die Autotür, nett. Auf dem Weg um den Wagen herum zieht er sein Sakko gerade. Kein Smoking. Als der Motor anspringt, wendet Webster sich ab.

Kein Abschiedskuss. Keine Umarmung. Keine Gelegenheit, seiner Tochter zu sagen, dass sie wunderschön aussieht.

Webster wartet fünfzehn Minuten, dann steigt er in seinen Wagen. Er hat noch eine Stunde Zeit, bevor er seinen Dienst antreten muss.

Er fährt aus dem Ort hinaus und einen lang gestreckten Hang hinauf. Der Mond ist fast voll. Er öffnet alle Fenster und lässt die warme Luft durch den Wagen streichen. Wenn er das Radio an hätte und zwanzig Jahre jünger wäre, würde er singen. Er war seit bald zwanzig Jahren nicht mehr oben auf dem Hügel. Er hatte Einsätze in der Nähe, aber er hat nie wieder den Ort aufgesucht, dem einmal sein Lebenstraum galt.

Er stellt den Wagen am Straßenrand ab und steigt aus. Die Berge sind tiefviolett, grün und rostfarben, es hängt ganz von der Beleuchtung und den hoch am Himmel stehenden Wolken ab. Er watet durch das hohe Gras. Es wundert ihn, dass die Leute, denen das Land gehört, es nicht an einen Bauträger verkauft oder selbst darauf gebaut haben. Der frühere Eigentümer ist inzwischen gestorben.

Wie sahen seine Träume damals aus, vor all den Jahren? Was erhoffte er sich?

Ein Haus mit einem großen Fenster.

Jetzt sind seine Hoffnungen so viel komplizierter.

Die Gräser bewegen sich. Ein Teil des Hauses, in dem der Eigentümer wohnte, ist eingestürzt, und das Dach hängt wie eine Austernschale über der Leere.

Hätte er sich vielleicht ein oder zwei Schafe gehalten? Hunde? Hätte er einen Gemüsegarten gehabt, der die Bezeichnung wert gewesen wäre? Ein Haus, das er großteils mit den eigenen Händen gebaut hätte?

Webster wendet den Blick in Richtung Highschool, aber er kann sie nicht erkennen. Zu seinen Füßen liegt der Ort, in dem er sein Leben lang gelebt hat. Wird er hier auch sterben? Wird Rowan hier in der Nähe leben, oder wird sie mit einer Familie wegziehen, vielleicht weil ihr Mann näher bei einer Großstadt leben muss? Webster kann sich die Zukunft nicht vorstellen. Zum ersten Mal, seit er ein Junge war, fühlt er sich allein.

Irgendwo in der Nähe ist die Stelle, wo Sheila und er Rowan gezeugt haben.

Webster will dieses Jahr nicht in Enttäuschung enden lassen. Er will nicht, dass die Zeit mit seiner Tochter ein so hässliches Ende nimmt. Er hat von jungen Leuten gehört, die ohne ein Wort des Abschieds zur Tür hinausmarschiert sind und ihrer eigenen Wege gingen, ohne je wieder von sich hören zu lassen.

Er schaut auf die Uhr. In zwölf Minuten muss er auf der Wache sein. Er kann es in fünf schaffen.

Wenn Rowan aus Hartstone weggeht, sagt er sich, wird er auch fortgehen. Vielleicht in eine größere Stadt ziehen, um zu sehen, was da so läuft. Vielleicht Vermont ganz verlassen. Wie wäre es, wenn er nach New York ginge und dort als Sanitäter arbeitete, in Manhattan zum Beispiel, oder in der Bronx. Blödsinn, die würden ihn hochkant rausschmeißen. Rettungsarbeit ist von Region zu Region verschieden. Er denkt an den »Selbstmordspringer«, eine Kuriosität in Vermont. Andererseits haben die Sanitäter in der Bronx wahrscheinlich nie ein von einem Traktor zerquetschtes Bein gesehen.

Es liegt etwas in dieser Landschaft, und er bekommt es nicht zu fassen. Er möchte es ergreifen. In sich spürt er ein ungeheures Verlangen festzuhalten – ein Gefühl, das ihm neu ist und altbekannt zugleich.

Er fegt mit der offenen Hand über die hohen Gräser.

»Was tust du hier?«, fragte Koenig.

»Ich hab die Schicht getauscht, damit ich zur Abschlussfeier gehen kann«, antwortet Webster, während er sich Kaffee einlaufen lässt. »Und was tust du hier?«

»Sie haben zusätzliche Leute reingerufen. Feuerwerk auf dem Turnip Hill und der …« Koenig bricht ab.

»… Abschlussball«, vollendet Webster den Satz. »Ja, ich weiß.«

»Ist Rowan auch dort?«

»Ja, natürlich«, antwortet Webster. »Aber sie ist mit einem netten, vernünftigen Jungen unterwegs. Vernünftiger als sie, um ehrlich zu sein.«

»Dann wirst du heute hoffentlich nicht den ganzen Abend nervös hin und her rennen wie letztes Jahr beim Ball der elften Klasse.« Koenig macht mit dem Finger eine Kreiselbewegung über seinem Kopf.

»Nein.« Webster trinkt von dem heißen Kaffee. Eigentlich hätte er lieber einen Eistee. »Ich bin völlig fertig von der ständigen Aufregung. Ganz im Ernst, wie hast du nur diese Zeiten mit Annabelle überstanden? Das ist ein echter Höllenritt.«

»Und dabei ist Rowan doch ein braves Ding«, erinnert ihn Koenig.

Webster schwenkt die Hand hin und her. »Im Moment hängt der Haussegen ziemlich schief«, gesteht er.

»Wieso? Was ist denn los?«

»Sie hat mich dabei erwischt, wie ich ihr Tagebuch gelesen habe«, sagt Webster.

»Das ist nicht dein Ernst.«

»Doch.«

»Na, da hast du es dir jetzt wohl gründlich vermasselt?«

»Das kannst du laut sagen«, erwidert Webster. »Sie redet nicht mehr mit mir.«

»Wie konntest du das nur tun?«, fragt Koenig kopfschüttelnd.

»Das ist eine lange Geschichte. Es ist von einem Sims runtergefallen, ich hab's aufgehoben und ...«

»Ja, ja, ich weiß.«

»Mit wem fährst du heute Abend?«, fragt Webster. Koenig ist jetzt der Leiter des ersten Teams. Webster hat das neue übernommen.

»Mit Dunstan. Hat sich aus Bennington hierher versetzen lassen, weil seine Frau hier eine Stellung als Lehrerin bekommen hat. Lehrer tun sich heutzutage bei der Jobsuche noch schwerer als Sanitäter.«

»Ach was? Das wusste ich gar nicht. Tja, es wird eben überall gespart.«

»Stimmt, aber bei der Rettungsarbeit kann sich die Gemeinde keine zu großen Einschnitte leisten. Den Schulen ist in den letzten Jahres so ziemlich alles gestrichen worden. Jetzt haben sie endlich die Leseförderung wieder eingeführt. Und da brauchten sie eine Lehrkraft.«

»Dunstan kenn ich nicht. Ich fahre mit unserem Neuen.«

»Dem mit den großen Ohren?«

Webster nickt. Koenig kommt näher und senkt die Stimme. »Der Junge ist total besessen vom Blutdruckmessen. Er knallt jedem, der ihm über den Weg läuft, sofort die Manschette um den Arm. Sogar bei mir hat er's versucht.«

Webster schaut zu Powell hinüber, der mit einem Lehrbuch in einer Ecke sitzt. Er lächelt. Es ist vielleicht an der Zeit, den Jungen zu erlösen.

Er geht auf ihn zu. »He, Powell.«

Der Junge springt auf. Gleich wird er salutieren, denkt Webster. Aber er sagt nur: »Webster?«

»Wie läuft's denn mit dem Blutdruckmessen?«

»Ganz gut.«

»Okay.« Webster rollt seinen Ärmel auf. »Messen Sie meinen.«

Der Junge legt die Manschette an. Er wirkt ganz sicher. »Hundertdreiundvierzig zu siebenundachtzig«, sagt er, als er fertig ist.

»Sicher?« Webster kann der Messung nicht glauben. »Messen Sie noch mal.«

Nervös geworden wiederholt der Junge die Messung. Webster fällt auf, wie sehr dessen Schuhe glänzen.

»Das gleiche Ergebnis«, sagt Powell.

»Genau das gleiche?«

»Hundertfünfundvierzig zu sechsundachtzig.«

»Koenig, komm doch mal her!«, ruft Webster.

»Chef?«, fragt Koenig, als er vor ihm steht.

»Miss doch mal meinen Blutdruck.«

Der Junge reicht Koenig die Manschette. Der wiederholt die Messung. »Hunderteinundvierzig zu achtundachtzig«, stellt er fest. »Ein bisschen hoch, hm?«

Webster stöhnt laut. »Danke«, sagt er zu Koenig.

»Sie sind erlöst«, sagt er zu dem Jungen. »Und ich geh wohl besser mal zum Arzt.«

Ziemlich erschüttert setzt er sich in einen Lehnsessel. Er sollte aufs Laufband im Fitnessraum nebenan steigen.

Kuchen und Pasta lassen. Er hat immer einen niedrigen Blutdruck gehabt und sich deshalb nie Gedanken gemacht. Das Alter, der tägliche Stress?, fragt er sich.

Er ist im Lehnsessel eingeschlafen und bekommt den Anfang des eingehenden Rufs nicht mit. Mit einem Ruck setzt er sich auf und sieht sich nach Powell um, der schon an der Tür steht.

»Was gibt's denn?«, fragt er den Mann, der neben ihm steht, Dunstan vielleicht, der aus Bennington gekommen ist.

»Zwei junge Mädchen, siebzehn und achtzehn, im Gray-Steinbruch. Eine atmet nicht mehr, Verdacht auf Ertrinken. Die andere ist bewusstlos, aber sie atmet.«

Webster springt aus dem Sessel. Sein Blick fliegt zu Koenig.

»Ich bin direkt hinter euch«, sagt sein alter Partner.

»Ich fahre!«, ruft Webster dem Jungen zu und läuft schon zum RTW hinaus.

Mit heulender Sirene rast er los. Der Junge neben ihm ist hoch konzentriert, sein Gesicht blass.

Webster jagt den Wagen auf hundert und donnert bei Rot über die zwei Kreuzungen in Hartstone. »Tun Sie, was ich sage, nicht, was ich Ihnen vormache!«, schreit er Powell zu. Hundert Meter hinter sich kann er die Scheinwerfer von Koenigs Wagen erkennen.

Er wehrt sich gegen die Bilder, die sich aufdrängen. Stattdessen leiert er im Stillen Checklisten herunter. In diesem Fall so gut wie beten.

Er rast die 83 hinunter, treibt die Fahrzeuge vor sich auf die Seitenstreifen. Er weiß genau, wo der Marmorsteinbruch ist. Als Kind hat er dort oft gebadet. Er erinnert sich, wie er am Anfang seiner beruflichen Laufbahn, als er noch ein Neuling war, einen Jungen gerettet hat, der beinahe in dem dunklen Wasser ertrunken wäre.

Zwei junge Mädchen mitten in der Nacht dort im Wasser. Sie konnten nicht die Hand vor Augen gesehen haben.

Der Wagen rumpelt durch die Schlaglöcher in der Straße, die zum Steinbruch führt. Vor sich kann Webster das Licht eines Feuers erkennen.

Er springt aus dem Wagen, bevor Powell noch die Tür geöffnet hat. Ein junger Mann, der neben einem der Mädchen gekniet hat, richtet sich auf.

Es ist Tommy.

Webster stürzt vorwärts und hockt sich rittlings über seine Tochter. Ihre Augen und ihr Mund sind blutverschmiert. Jemand – vielleicht Tommy – hat versucht, das Blut abzuwischen.

»Es war eine Mutprobe. Nur deswegen ist sie da raufgeklettert. Ich hab ihr gesagt, sie soll's nicht tun. Als ich sie wieder oben auf der Felsplatte hatte, hat sie nicht geatmet«, berichtet Tommy, »aber ich habe ihre Atemwege geprüft und sie wiederbelebt, bis sie zu husten angefangen hat. Sie hat sich auch übergeben.«

Webster senkt den Kopf zu Rowans Mund hinunter und zählt. Zehn Atemzüge in der Minute. Seine Tochter stinkt nach Alkohol und Erbrochenem.

»Atmung zehn!«, ruft er Powell zu. »C2. Messen Sie Puls und Blutdruck. Ich brauche die HWS-Schiene.«

Powell reicht sie ihm, und er legt sie an. Er reißt seine Taschenlampe heraus und prüft Rowans Pupillen. Isokor und seitengleiche Reaktion auf Licht. Gut. »Rowan!«, schreit er sie an, prüft ihre Ohren. Kein Austritt von Gehirn-Rückenmarks-Flüssigkeit. Er spürt zwei energische Hände auf seinen Schultern.

»Ich behandle«, sagt Koenig.

»Es ist Rowan«, entgegnet Webster, ohne sich von der Stelle zu bewegen.

»Ich weiß, dass es Rowan ist, Webster. Los, komm! Steh auf.«

Webster steht auf und tritt zur Seite, während Koenig neben Rowan niederkniet. Er ruft nach dem Spineboard. Jetzt erst fällt Webster auf, dass Rowan nur in Höschen und Büstenhalter ist.

»Um Gottes willen, Koenig, deck sie zu.«

Koenig breitet eine Wärmedecke über ihr aus. Tommy steht in seiner nassen Unterwäsche da und weint. Webster dreht sich um. Zwei Sanitäter eines anderen Teams versuchen, das zweite Mädchen wiederzubeleben. Sie reagiert nicht. Ihre Haut beginnt schon, sich grau zu färben, man kann es selbst im Schein des künstlichen Lichts erkennen. Ein Polizist neben den Sanitätern stellt Fragen und notiert sich Namen. Über ihnen schwanken die Zweige der Bäume im Schein des Vollmonds. Das Licht spielt auf dem dunklen Wasser.

»Bringt dem Jungen eine Decke!«, ruft Webster und deutet auf Tommy. »Wie ist das passiert?«, fragt er ihn.

»Rowan und Kerry haben gewettet, wer sich am weitesten auf den Ast da raustraut, und ein Typ hat sie noch angestachelt.« Webster fällt auf, dass Tommy den Namen nicht nennt. »Rowan hatte getrunken, ich hab ihr gesagt, sie soll den Blödsinn lassen. Ich hab sie sogar festgehalten. Aber sie hat mich abgeschüttelt und ist einfach losgeklettert. Ich hab vorsichtshalber meinen Anzug ausgezogen. Und dann ist sie gestürzt, und sie muss sich unter Wasser den Kopf angeschlagen haben, denn ich hab sofort gemerkt, dass was nicht stimmte. Ich bin rein, um ihr zu helfen.«

»Wer hat versucht, dem anderen Mädchen zu helfen?«

»Der Typ, der sie angestachelt hat.«

»Du hast Rowan ans Ufer gebracht. Du hast sie wiederbelebt.«

Tommy nickt.

»Wo hast du das gelernt.«

»Bei den Pfadfindern. Vor Jahren.«

»Die Vorgehensweise hat sich geändert, aber du hast ihr wahrscheinlich das Leben gerettet«, sagt Webster.

Koenig versucht es mit schmerzendem Druck auf das Brustbein, ohne dass etwas passiert.

Rowan. Wach auf, Liebes.

»Powell, gib Bescheid!«, schreit Koenig. »Wir brauchen einen Hubschrauber.«

»Siebzehnjährige Patientin, nicht ansprechbar, braucht Lufttransport nach Burlington«, spricht der Junge in sein Funkgerät. »Schädel-Hirn-Trauma nach Sturz auf einen Felsen. Verdacht auf Schulterfraktur rechts. C2. Atmung zehn. Blutdruck hundertzehn zu vierundsechzig. Reagiert nicht auf Schmerzreize. Wir brauchen voraussichtliche Ankunftszeit und Treffpunkt für den Lufttransport.«

Der Junge hilft Koenig dabei, das Spineboard unter Rowan zu schieben. Koenig befestigt die orangefarbenen Fixierblöcke für den Kopf mit Klettverschluss zu beiden Seiten der Stirn und des Kinns. Unter der glänzenden Decke sieht Rowan aus wie eine Mumie aus einer fremden Welt.

»Wir bringen sie auf den Sportplatz der Highschool«, sagt der Junge zu Koenig. »Das Luftrettungsteam bereitet sie dann auf den Lufttransport vor.«

Webster wendet sich ab und erbricht. Er weiß, was ein Lufttransport bedeutet.

Ein Polizist nimmt ihn beim Arm. »Geht's Ihnen nicht gut?«, fragt er.

»Doch, doch, alles in Ordnung.« Webster richtet sich

auf und wischt sich den Mund mit dem Ärmel. »Ich fahre mit ihr«, sagt er zu Koenig.

»Ich behandle«, erinnert Koenig ihn.

»Rubbel noch mal ihr Brustbein.«

»Sie reagiert nicht.«

»Versuch's trotzdem.«

Koenig gibt alles.

»War das ein Stöhnen?«, fragt Webster.

»Ich hab nichts gehört.«

Webster hält Rowans Hand, während der RTW zur Highschool rast, die seine Tochter erst vor Kurzem verlassen hat. Er massiert ihre Finger, dann hält er einfach ihre Hand fest, hält sich an ihr fest wie an einem Rettungsanker, von dem sein Leben abhängt. Denn ohne sie ...

Webster spürt, wie Rowans Hand sich verkrampft, kurz bevor der Anfall eintritt. Unzählige Male hat er solche Anfälle gesehen, aber er ist nahe daran, die Nerven zu verlieren. Koenig ist schon da, gibt ihr Diazepam zur Unterdrückung des Krampfanfalls. Websters Herzfrequenz steigt mit Rowans Zittern. Ein Anfall ist nie ein gutes Zeichen.

Allmählich lässt der Anfall nach. Kein Sanitäter verabreicht einem Patienten unter Alkoholeinfluss gern Diazepam, aber es muss sein. Webster und Koenig sprechen kein Wort. Webster streicht seiner Tochter das Haar aus dem Gesicht.

Er denkt an die Prozeduren, die Rowan vor dem Lufttransport erwarten. Die Vorbereitungen: dafür sorgen, dass alle Geräte und Apparate, an die Webster gar nicht denken will, in Bereitschaft sind; Präoxygenierung über fünf Minuten; Prämedikation: 1,5 Milligramm Lidocain pro Kilo Körpergewicht zwei Minuten vor der Intubierung. Anästhesie: Man wird bei Rowan für die Dauer des Transports nach Burlington die Muskelfunktion ausschalten, um neue Krampfanfälle zu verhindern. Bei der Vorstellung, dass man seine Tochter künstlich bewegungsunfähig machen wird, würde Webster am liebsten laut schreien.

Die Feuerwehr hat alle ihre Fahrzeuge geschickt, um einen Landeplatz einzurichten. Webster drückt Rowans Hand. Es ist immer gut, mit einem bewusstlosen Patienten zu sprechen. Manche würden behaupten, dass Rowan hören kann, was um sie herum geschieht, auch wenn sie nicht reagieren kann.

»Also, Rowan, mein Schatz«, sagt Webster. »Wir sind jetzt auf dem Sportplatz bei der Highschool. Hier wird gleich ein Hubschrauber landen, der dich dann in ein sehr gutes Krankenhaus in Burlington bringt. Direkt ins Universitätskrankenhaus. Wenn das nicht Ironie ist. Du wirst in die Universität gebracht. Ich bin die ganze Zeit bei dir. Du hast zwar ziemlich eins auf die Birne bekommen, aber das ist alles reine Routine. Erinnerst du dich, ich habe dir doch schon von Lufttransporten erzählt? Ein Kinderspiel. Genau wie jeder andere Einsatz, nur mit einem anderen Verkehrsmittel. Ich halte deine Hand. Du bist stark, Rowan. Das wissen wir doch beide. Wenn sie dich ins Krankenhaus gebracht haben, wird es langsam Zeit zum Aufwachen. Das ist jetzt wichtig, Rowan, hör mir also gut zu. Du wirst dich voll konzentrieren müssen, wenn es so weit ist. Es wird dir vielleicht schwerfallen, aber du musst es versuchen. Und hab keine Angst, wenn du dich nicht mehr an alles erinnerst, was ich gesagt habe. Ich bin ja da, ich halte deine Hand und sorge dafür, dass sie alles richtig machen. Du bist in guten Händen. Okay? In den besten Händen.«

Webster sieht den Hubschrauber kreisen und landen. Der Pilot wird Webster nicht in der Maschine haben wollen. Er tritt hinter Rowan, als er das Team mit seinem eigenen Spineboard vom Hubschrauber zum RTW laufen sieht. Der Pfleger und der Notarzt werden sich Koenigs Bericht anhören, Rowan umlagern und dann zum Hubschrauber zurückkehren.

»Gewicht?«, fragt der Pfleger.

»Sechzig Kilo«, antwortet Webster.

»Der Kollege ist der Vater«, erklärt Koenig.

»Der Vater der Patientin ist Sanitäter?«

»Er hat sie beruhigt«, erklärt Koenig. »Hat mit ihr geredet.«

Webster springt aus dem RTW, sobald die Hubschraubermannschaft Rowan auf ihr Spineboard genommen hat. Er läuft mit ihnen und hält Rowans Hand. Er spricht mit dem Arzt, der vor ihm läuft.

»Ich habe ihr versprochen, dass ich sie begleite«, sagt er.

Der Arzt antwortet nicht.

»Ich wiege einundachtzig Kilo. Sie wiegt sechzig. Das macht zusammen hunderteinundvierzig. Unter der Grenze.«

Der Arzt reagiert immer noch nicht. Webster würde ihn am liebsten anschreien, aber er weiß, dass sie ihn dann ganz sicher nicht mitnehmen werden.

Die rundum aufgestellten Feuerwehrfahrzeuge haben ihre Fernlichter eingeschaltet und erleuchten den Platz mit grellem Schein, den die Augen kaum ertragen. Webster spürt die Asche unter den Sohlen seiner Schuhe, dann das Gras. Der Wind des Rotors bläst durch sein Haar. Die Szene hat etwas Traumhaftes und Beängstigendes. Er muss Rowans Hand loslassen, als sie die Maschine erreichen.

Der Pilot funkt den Arzt an, um zu hören, wie viel die Patientin wiegt und wie lange die Vorbereitung dauern wird. »Zwanzig Minuten für die Vorbereitung«, antwortet der Arzt. »Das Mädchen wiegt sechzig Kilo. Der Vater ist Sanitäter. Können wir ihn mitnehmen?«

»Gewicht?«

»Einundachtzig«, antwortet der Arzt.

»Du hast ihn vor dir«, sagt der Pilot. »Gewicht?«

»Einundachtzig«, wiederholt der Arzt ohne Zögern.

»Weise ihn ein.«

»Ich weiß, wie es läuft«, sagt Webster, bevor ihm der Vortrag gehalten werden muss. Er klettert in den Hubschrauber und setzt sich vorn zum Piloten. Er wird Rowan nicht die Hand halten können, aber er wird da sein. Vielleicht spürt sie seine Anwesenheit, auch wenn sie tief betäubt ist. Er hat von bewusstlosen Patienten gehört, die später behaupteten, Gespräche im Hubschrauber mitbekommen zu haben.

Die zwanzig Minuten Vorbereitung sind eine Qual für Webster. Er möchte, dass der Hubschrauber endlich abfliegt. Er möchte Rowan so schnell wie möglich in der Obhut des Krankenhauses wissen.

Als er spürt, wie die Maschine abhebt, zieht er sich in schweigende Beobachtung zurück, als wäre er das erste Mal bei einem Rettungseinsatz dabei. Den Kopf nach rückwärts gewendet, konzentriert er sich auf die Hände des Arztes, die Infusionsschläuche, den Monitor, den Pfleger und sieht dem Ablauf der Dinge zu. Das Gesicht seiner Tochter, das viel zu still ist, versucht er, nicht anzusehen.

Die Zeit zählt nichts auf diesem Flug. Er bemerkt die Lichter von Burlington und wartet darauf, dass der Hubschrauber auf dem Dach des Krankenhauses aufsetzen wird. Dort wird ein anderes Team Rowan in Empfang nehmen und versorgen.

Er erinnert sich an etwas, das seine Mutter gesagt hat: *Bereue nie, was zur Geburt deiner Kinder geführt hat.* Webster möchte dem einen Begleitsatz hinzufügen: *Bereue immer, wenn du etwas getan hast, das deinem Kind geschadet hat.* Hätte er nur Rowan verboten, auf das Fest zu gehen. Wenn er ihr Tagebuch nicht gelesen hätte, dann hätte sie vielleicht im Haus auf Tommy gewartet, und diese wenigen Minuten hätten irgendwie alles geändert, sodass sie nicht so viel getrunken hätte, nicht so bereit gewesen wäre, sich auf eine Mutprobe einzulassen. Wenn er früher versucht hätte, mit Sheila Verbindung aufzunehmen. Wenn er seine Frau damals nicht weggeschickt und Rowan um ein normales Familienleben gebracht hätte.

Er spürt den Stoß, als der Hubschrauber landet. Arzt und Schwester von der Notaufnahme haben die Türen augenblicklich offen und rollen Rowan schon ins Krankenhaus, während der Notarzt nebenherläuft und berichtet. Webster springt heraus und läuft der Gruppe nach. Mit dem Personal der Notaufnahme wird es keine Probleme geben. Niemals würde man Eltern den Zutritt zu ihrem Kind verweigern.

In der Notaufnahme nimmt der Arzt eine erste Einschätzung vor. Er ordnet Bluttests an, Röntgenaufnahmen der Schulter, ein CT des Gehirns. Wenn das nicht ausreicht, wird er noch eine Kernspinnuntersuchung machen lassen. Webster hofft, dass Rowan vorher von selbst aufwacht.

»Sie sind der Vater?«, fragt der Arzt.

»Ja. Wie sieht es aus?«

»Im Augenblick kritisch. Nach den Untersuchungen werden wir hoffentlich mehr wissen. Wie Sie wissen, ist bei Kopfverletzungen bei der Prognose Vorsicht geboten. Wir müssen wissen, wie groß die Schwellung im Gehirn ist. Sie sollten einen Kaffee trinken gehen und etwas essen. Nach den Untersuchungen wird sie auf die Intensivstation gebracht, da können Sie bei ihr sein.« Der Arzt umfasst mit fester Hand Websters Oberarm, und die Geste macht ihm Angst. Weiß der Arzt mehr, als er verrät?

Webster fragt sich zur Cafeteria durch und stellt sich an. Das Krankenhausessen ist überall gleich: Es macht dick und ist ungesund. Es würde ihn interessieren, wie viel er wirklich wiegt. Vielleicht wird er erst wieder auf die Waage steigen, wenn er zwei Wochen regelmäßig gelaufen ist. Er geht die ganze Glastheke entlang und findet nichts, was er jetzt hinunterbringen würde außer einer Mandarine ganz am Ende und die Tasse Kaffee. Er sucht nach einem freien Tisch. Er will jetzt nicht reden, und die Uniform könnte für andere Anlass sein, ihn anzusprechen.

Er fragt sich, was aus Rowans Kleid geworden ist. Wo Tommy ist und wie es ihm geht. Vielleicht wird er den Jungen später anrufen und ihm berichten und ihn bitten, seinen Wagen nach Burlington zu bringen. Nein. Das geht gar nicht. Er hat ja den Wagenschlüssel in seiner Tasche. Egal. Das ist alles nicht wichtig.

Wichtig ist jetzt nur, wie stark die Schwellung im Kopf seiner Tochter ist.

Webster hält Rowans Hand. Die leisen Pieptöne des Tropfs, die gleichmäßigen akustischen Signale des Monitors und die regelmäßigen Pumpgeräusche der Blutdruckmanschette vereinigen sich zu einer Geräuschkulisse, die zugleich grauenvoll und tröstlich ist. Der Beweis, dass sie noch lebt, während er auf einen Moment des Erkennens wartet. Er stellt sich den langen Sturz durch die Nacht vor, den Felsen, der unbemerkt aus dem schwarzen Wasser ragt. Einen Jungen, der in seiner Unterwäsche am Ufer steht und ruft und bettelt. Mitten im gedämpften Gelächter den dumpfen Aufschlag, die ungewöhnliche Kurve, das Aufspritzen seichten Wassers unter herbeieilenden Füßen, die hörbare Mahnung, schnell zu machen, schnell, schnell …

Er stellt sich den roten Feuerschein vor, die entgeisterten Gesichter. Die einen augenblicklich alarmiert, während andere noch verständnislos gaffen. Den Jungen, wie er in den tintenschwarzen Steinbruch springt und wieder ruft und weint. Den Widerstand, während der Junge das Mädchen zum Ufer schleppt, das wie schweres, nasses Tuch im Wasser hängt.

Die Beleuchtung in der Intensivstation ist grell und gnadenlos. Sie scheint auf die bläulich violetten Schatten unter Rowans Augen, den Mull um ihren Kopf. Webster betet, wie er seit Jahren nicht mehr gebetet hat. »Bitte«, sagt er laut. »Bitte.«

Er zieht Rowans schmale Hand an seine Stirn und flüstert.

Nach einiger Zeit steht er auf und geht in einen Korridor hinaus, wo er telefonieren darf. Er sucht in seiner Brieftasche nach einem Zettel, den Sheila ihm gegeben hat, bevor sie gegangen ist. Er wartet, während es läutet, und ist erleichtert, als sie sich meldet.

»Du musst kommen«, sagt er.

Je länger ein Patient im Koma liegt, desto unwahrscheinlicher wird seine Genesung. Webster weiß das, und er fragt sich, während er am Bett sitzt, wie eigentlich der Prozess der Heilung in ihrem Kopf vor sich geht und warum er so lange braucht.

Sheila trägt eine schwarze Baumwollhose und eine weiße Bluse, als sie kommt, und sieht so hilflos aus, wie er sich fühlt. Sie hat eine kleine Reisetasche bei sich.

»Sie haben gesagt, in den nächsten achtundvierzig Stunden wird es sich entscheiden«, berichtet Webster ihr draußen auf dem Korridor.

Wird sich was entscheiden?, würde Webster gern wissen. Er hat nicht gefragt, aus Angst vor der Antwort. »Sie sagten, dass vielleicht ein zweites CT gemacht werden muss.«

Sheila lehnt an der Wand.

»Heute wollen sie die Schulter operieren. Ich habe den Neurochirurgen gefragt, ob sie Rowans Schädel aufbohren müssen, um den Druck herauszunehmen, und er sagte, sie hielten das vorläufig nicht für notwendig.«

»Vorläufig nicht.«

»Ja.«

»Du siehst völlig erschöpft aus«, sagt Sheila.

»Das bin ich auch, aber ich kann sie nicht allein lassen.«

Wenn er bei seiner Tochter sitzt, spricht er mit ihr,

obwohl er nicht mehr glaubt, dass sie ihn hören kann. Er tut es trotzdem, so wie vielleicht ein Agnostiker zur Sicherheit betet. Er hat ihr alles erzählt, was ihm aus ihrer Kindheit in Erinnerung ist, nicht sehr viel, da seine Erinnerungen sich auf die Fotos beschränken, die er von ihr gemacht hat, und die meisten zur Feier irgendeines besonderen Anlasses aufgenommen wurden. Wenn man den Bildern glauben will, hat der größte Teil von Rowans Leben aus besonderen Anlässen bestanden. Von der letzten Aufnahme, die er gemacht hat – Rowan in ihrem schwarzen Kleid und den High Heels, ohne ein Lächeln – hat er nicht gesprochen. Er kann sich nicht vorstellen, dass er dieses Foto je wieder ansehen kann. Sollte es dazu kommen, so wird er Koenig die Bilder auf der CD ausdrucken lassen, alle bis auf dieses eine.

Aber es wird nicht »dazu kommen«. Niemals.

»Lass mich eine Weile bei ihr bleiben«, schlägt Sheila vor.

Das Angebot überrascht Webster. »Es wird sie vielleicht zu sehr aufregen, wenn sie aufwacht und du da bist.«

»So viel Glück sollten wir haben!«, sagt Sheila.

Er führt Sheila ins Zimmer und beobachtet sie, als sie das erste Mal ihre siebzehnjährige Tochter sieht. Ein dünner Körper unter der Decke, mit allen möglichen Geräten verkabelt, ein verbundener Kopf. Sheilas Gesicht verliert alle Farbe.

»Ich weiß. Es ist schrecklich«, sagt Webster.

»Sie ist so schön«, sagt Sheila.

»Manchmal rede ich mit ihr. Ich halte ihre Hand.«

Sheila setzt sich. Lange bleibt sie ganz still. Dann macht sie eine zaghafte Bewegung zu Rowans Hand.

»Keine Sorge«, sagt Webster. »Die Verletzung ist auf der anderen Seite.«

»Meine Hände sind kalt.«

»Sie wärmt dich schon auf.«

Sheila ergreift Rowans Hand. Es ist ein friedvoller Moment, auch wenn Webster die Spannung im Raum spürt. Er erinnert sich, wie er vor fünfzehn Jahren an Rowans Seite gewacht hat, allein, weil Sheila ihm nicht beistehen konnte.

»Es muss schon ein Wunder geschehen, damit ich schlafen kann«, sagt er. »Wahrscheinlich bin ich in einer Stunde wieder da. Zum Krankenhaus gehört ein Hotel, da wollten sie mich einquartieren, nachdem wir hier angekommen waren. Du hast meine Handynummer. Ruf mich an, wenn sich irgendetwas verändert.«

»Natürlich«, sagt sie.

»Hast du Angst?«, fragt er.

»Ja.«

Bei seiner Rückkehr sagt er Sheila, dass er im Hotel ein Zimmer für sie genommen hat. Er gibt ihr den Schlüssel.

»Hast du geschlafen?«, fragt sie.

»Ein bisschen gedöst vielleicht.«

»Besser als gar nichts.«

»Ist hier irgendwas passiert?«

»Ich habe ihre Hand gehalten«, sagt Sheila.

»O Gott«, sagt Webster. »Das ist ein Albtraum.«

»Ich habe mit ihr geredet.«

»Und was hat sie gesagt?«

»Sie sagte, dass es ihr gut geht.«

Tommy und Gina kommen mit Blumen, die auf der Intensivstation nicht erlaubt sind. Gina weint, als sie Rowan sieht, Tommy wendet sich ab. Koenig und seine Frau kommen eigens angefahren und bringen eine selbst gekochte Mahlzeit mit, die Webster nicht essen kann. Sogar der junge Powell kommt direkt nach seiner Schicht vorbei und bleibt, der Situation nicht gewachsen, stumm in der Nähe der Tür stehen. Webster dankt ihm, bevor er wieder geht.

Webster beugt sich zu Rowan hinunter und küsst sie auf die Wange. Er möchte ihren Atem fühlen.

»Deine Mutter ist hier«, sagt er seiner schlafenden Tochter. »Sie ist extra aus Boston gekommen. Genauer gesagt, aus Chelsea, da wohnt sie nämlich. Sie ist gekommen, um auf dich aufzupassen. Ich glaube, du wirst sie mögen. Sie ist eine hervorragende Malerin. Ich habe die Bilder gesehen. Dir würden sie auch gefallen. Weißt du, ich glaube, sie hat immer an dich gedacht. Sie hat geweint, als sie Puppy gesehen hat. Nein, vergiss das.«

Webster denkt nach.

»Ich habe vergessen, dir zu sagen, dass sie Humor hat. Ich dachte, sie hätte ihn verloren, aber er ist noch da. Und vielleicht kommt er ja vollständig wieder zurück, keine Ahnung. Sie hat hier bei dir am Bett gesessen, wenn ich drüben in dem Hotel, das zum Krankenhaus gehört, geschlafen habe. Sie hat deine Hand gehalten. Ich weiß nicht, ob du das fühlen konntest. Sie sagt, sie hätte mit dir geredet und du hättest gesagt, dass es dir gut geht. Hoffentlich hast du die Wahrheit gesagt ...«

Webster fällt nichts mehr ein, was er Rowan noch erzählen könnte. Entfernt sie sich mit jeder Stunde, die verstreicht, weiter und weiter von ihm? Das ist das, was er am meisten fürchtet. Dass alles schon verloren ist, er es nur noch nicht weiß.

Er erschrickt, als er erwacht und sein Blick auf die Uhr fällt: die neunundvierzigste Stunde. Im Zimmer sind Leute.

Alarmiert springt er auf. »Was ist los?«

»Wir nehmen sie mit. Wir brauchen noch ein CT«, antwortet eine der Schwestern.

»Warum?«, fragt Webster.

»Der Arzt wird gleich hier sein und mit Ihnen sprechen. Es ist reine Routine«, fügt die Schwester hinzu. »Kein Grund zur Beunruhigung.«

»Routine?«, wiederholt Webster ungläubig. »Was ist daran Routine, wenn ein Kind seit neunundvierzig Stunden im Koma liegt?«

»Es wird nicht lange dauern«, versichert die Schwester.

Webster geht zum Fenster und starrt auf den erleuchteten Parkplatz hinaus. Es ist noch dunkel, halb vier Uhr morgens. Zwei volle Tage, seit Rowan und das andere Mädchen, Kerry, in den See im Steinbruch gefallen sind. Er denkt an den anderen Vater, der mit seinem eigenen Schrecken leben muss. Er hätte die Eltern anrufen sollen. Er weiß nicht einmal den Nachnamen des Mädchens. Keine Freundin Rowans, die er kannte. Er könnte Tommy anrufen, aber er möchte nicht anrufen, nur um dem Jungen mitzuteilen, dass die Situation unverändert ist.

Zwei Tage sind nichts, sagt er sich. Er kennt Fälle, da war der Patient eine ganze Woche oder länger im Koma und erholte sich wieder. Nicht zu hundert Prozent, aber er kam zurück, das war schließlich die Hauptsache. Nein, stimmt nicht. Rowan muss ganz zurückkommen, so wie sie war, mit allen ihren Fähigkeiten und Gaben. Darum betet er immer noch. Vielleicht wird ein Tag kommen, an dem er in der Lage sein wird, weniger zu akzeptieren. Er kann es sich nicht vorstellen.

»Mr Webster.«

An der Tür steht der Neurologe, ein Mann namens Lockhart, im sportlichen Sakko mit gelockerter Krawatte. Volles dunkles Haar. Sieht aus wie zweiundzwanzig. »Wir haben Ihre Tochter zu einem CT nach unten gebracht«, sagt der Arzt. »Achtundvierzig Stunden sind um, und ich finde, es ist an der Zeit, noch einmal hinzusehen. Ich brauche Ihnen nicht zu sagen, dass die Lage umso kritischer werden kann, je länger es dauert, bis sie wach wird.«

Nein, das brauchtest du mir nicht zu sagen.

»Ich hoffe, dass wir etwas erkennen können, das uns zeigt, wie wir am besten weiter verfahren. Wenn wir den Schädel öffnen müssen, um den Druck zu vermindern, werden wir das tun. Auch wenn wir es nicht gern tun.«

Webster schweigt. Entsetzt.

»Ich habe selbst häufig Wunder erlebt, Mr Webster. Ich will Ihnen keine übertriebenen Hoffnungen machen, aber ich habe erlebt, wie Patienten nach einer Woche, sogar nach zwei wieder vollständig gesund wurden ...«

»Wieso dauert es so lange?« Webster kann die Frage nicht unterdrücken.

»Das Gehirn ist und bleibt ein Geheimnis. Wenn wir über ein Mittel verfügten, sie ohne Risiko aufzuwecken, würden wir es anwenden.«

Webster dankt dem Arzt und geht hinunter zur Cafeteria. Das Zimmer ohne Rowan ist ein Ort des Grauens.

Später am Vormittag kommt Sheila, um ihn abzulösen. Webster steht auf und geht ihr zur Tür entgegen. Sie fragt, ob sich irgendetwas verändert habe. Er berichtet ihr, was Lockhart ihm gesagt hat. Sheila schließt die Augen und schüttelt den Kopf.

»Tu das nicht«, sagt er.

»Was denn?«

»Die Augen zumachen und den Kopf schütteln. Ich darf Angst haben, aber du nicht. Du musst stark bleiben. Sag mir einfach immer wieder, dass sie es schafft.«

»Okay.«

Webster bleibt draußen stehen, während Sheila hineingeht und sich ans Bett setzt. Diesmal nimmt sie gleich Rowans Hand. Webster kann erkennen, dass sie mit ihrer Tochter spricht.

Webster schläft fünf Stunden, dann kehrt er ins Zimmer zurück. Sheila sagt, sie werde etwas essen gehen. Allein mit seiner Tochter setzt er sich und betrachtet dasselbe reglose Gesicht, das er nun seit mehr als zwei Tagen betrachtet. Er versucht, sich zu erinnern, wie es war, als er ihr Little-League-Trainer war.

»Okay, Rowan. Du packst das. Jetzt wird gespielt. Da draußen ist nichts, wovor du Angst haben musst. Du brauchst nur zur Home Plate zu gehen. Dann stell dich auf und mach dich fertig zum Schlag. Lass dir Zeit. Nimm nicht gleich den ersten Wurf an. Aber wenn der nächste fette Ball geflogen kommt, haust du drauf, was das Zeug hält. Ich hab dich schon weit über den Zaun schlagen sehen, ich weiß, dass du das schaffst. Es geht ums Ganze. Ihr seid im letzten Inning, dein Team liegt einen Punkt hinten. Ihr habt einen Läufer auf der ersten Base. Du brauchst nichts weiter als einen guten, soliden Treffer. Mit einem guten Treffer schafft's der Läufer nach Hause. Dann kannst du dir noch zwei Aus-Schläge leisten. Für mich habt ihr das Spiel schon in der Tasche. Aber es kommt auf dich an. Keine Double Plays, okay? Sonst seid ihr draußen. Das Spiel wird nicht damit enden, dass du knapp einen Homerun verfehlst. Ich bin dein Trainer, und du musst auf mich hören.«

Webster hält inne. »Fragen?«.

Er wartet.

»Hast du mir was zu sagen? Hast du Fragen? Denn jetzt bist du dran, und du musst es packen.«

Webster wartet.

»Rowan?«, fragt er. »Liebes?«

Nichts.

Webster sitzt tief über sie geneigt. Er hat sich den Mund mit Listerine gespült. Vielleicht reißt das sie hoch.

»Okay, hör mir zu. Ich warte hier. Das Spiel kann auch warten. Aber sobald du bereit bist, gibst du das Zeichen, und wir sind da. Ich halte deine Hand. Ich lasse dich nicht allein. Du gibst mir das Zeichen.«

Das CT zeigte keine Besserung.

Sechzig Stunden vergehen.

Sheila und Webster wechseln einander im Sechs-Stunden-Rhythmus ab. Einmal, als er am Zimmer vorbeikommt, sitzt Sheila tief über Rowans Gesicht gebeugt und spricht leise mit ihr. Ein andermal sitzt sie am Fußende des Betts, den Kopf zur Bettdecke gesenkt.

Einmal, als Webster bei Rowan sitzt, kommt Tommy mit seinem Vater. »Wir haben Ihnen ein Auto gebracht«, sagt Tommy.

Webster steht auf und begrüßt Tommys Vater. Er ist kleiner als sein Sohn, hat eine breite Brust und schütteres Haar. »Wir warten alle mit Ihnen«, sagt der Vater. »Wir beten mit Ihnen. Hier sind die Schlüssel. Es ist ein dunkelblauer VW, und in der Vase am Armaturenbrett steckt eine rosa Margerite.«

Webster blickt vom Vater zum Sohn. Tommy hat nur Augen für Rowan.

»Der Wagen gehört meiner Frau«, bemerkt Tommys Vater. »Daher die Blume.«

»Vielen Dank«, sagt Webster. »Tommy, würdest du einen Moment bei Rowan bleiben? Ich bin erledigt. Ich brauche frische Luft. In zehn Minuten bin ich wieder da.«

Tommys Vater und Webster nehmen den Aufzug zur Eingangshalle hinunter. »Vielleicht könnten Sie mit mir zum Wagen gehen, dann weiß ich gleich, wo er steht«, schlägt Webster vor.

»Mein Sohn macht sich schreckliche Vorwürfe«, sagt der Vater, als sie losgehen. »Er glaubt, wenn er energischer gewesen wäre, wäre es nicht passiert.«

»Das sehe ich ganz anders. Ihr Sohn hat getan, was er konnte, um sie aufzuhalten, aber Rowan war betrunken und hat einfach nicht auf ihn gehört. Sie können stolz sein auf Ihren Jungen. Er hat ihr das Leben gerettet, weil er sofort mit der Wiederbelebung angefangen hat. Ich bin stolz auf ihn. Ich bin ihm dankbar.«

»Im Moment ist er zu nichts zu gebrauchen«, sagt der Vater.

»Das ist doch kein Wunder.«

»Für Sie muss das die Hölle sein.«

»Ja, es ist grauenhaft«, sagt Webster, als sie sich dem Parkplatz nähern. »Aber nicht so schrecklich wie für die Eltern des anderen Mädchens.«

Tommys Vater schiebt die Hände in die Hosentaschen. Die Sonne funkelt auf den Windschutzscheiben.

»Die Beerdigung ist morgen. Tommy weiß nicht, ob er hingehen soll oder nicht.«

»Ich würde hingehen, wenn ich am Ort wäre«, sagt Webster. »Aus Achtung.«

»Das werde ich ihm sagen.« Tommys Vater deutet auf einen dunklen VW. »Da ist der Wagen.«

Webster schirmt die Augen vor der Sonne ab. »Ah ja,

ich sehe ihn«, sagt er. »Nochmals vielen Dank. Ich kann nicht sagen, wie lange ich hier sein werde.«

»Machen Sie sich keine Gedanken.« Tommys Vater reicht ihm zum Abschied die Hand. »Meine Frau wollte das für Sie und Rowan tun.«

»Ich schicke Tommy runter.«

Als Webster auf die Intensivstation zurückkommt, kann er durch das Glas erkennen, dass Tommy weint. Das ist gut, denkt er. Er wartet einen Moment, dann sieht er eine Schwester kommen.

»Würden Sie mir einen Gefallen tun?«, fragt er sie. »Könnten Sie mal kurz reingehen und so tun, als wollten Sie nach Rowan sehen? Der Junge da drinnen ist ihr Freund, und er weint. Ich möchte ihm gern die Zeit geben, sich wieder zu fassen, bevor ich hineingehe.«

Die Schwester lächelt. »Schon erledigt.«

Webster geht ein Stück zur Seite, um nicht gesehen zu werden, und wartet noch ein Weilchen. Als er schließlich ins Zimmer tritt, steht Tommy mit geröteter Nase und ebenso geröteten Augen am Fußende des Betts.

»Dein Vater wartet auf dem Parkplatz. Bitte sag deiner Mutter Danke von mir.«

»Mach ich«, sagt Tommy.

»Sie wird wieder gesund«, verspricht Webster dem Jungen und sieht, dass Tommy ihm nicht glaubt.

Nach weiteren fünfeinhalb Stunden Wache an Rowans Bett erscheinen mehrere Schwestern und bitten Webster hinauszugehen, weil sie Rowan waschen wollen. Sheila findet ihn in der Cafeteria.

»Hat es aufgehört zu regnen?«, fragt er sie.

»Es ist heiß und schwül.«

Sie mustert das Tablett, das vor ihm steht. »Das Übliche? Kaffee und ein Teilchen?«

»Was anderes krieg ich nicht runter.«

»Ich bin gleich wieder da«, sagt sie.

Webster hebt seine Tasse und stellt sie wieder hin. Wenn das hier vorbei ist, wird er vielleicht nie wieder Kaffee trinken. Sheila kommt mit einem Tablett zurück. Sie reicht Webster eine Schale mit Suppe. »Minestrone.« Dann stellt sie ihm einen kleinen Teller hin. »Ein Schinkenbrot.« Sie legt ihm Besteck und eine Serviette hin.

»Danke«, sagt Webster.

»Du siehst schrecklich aus.«

»Du siehst hübsch aus.«

Eine Erinnerung steigt auf. Webster versucht, sie zu fassen zu bekommen. Keezer's, als Sheila dort bedient hat und er gerade von der Nachtschicht gekommen ist. Achtzehn Jahre ist das her.

Er tut etwas, das ihn selbst überrascht. Er umfasst Sheilas Handgelenk. »Ich glaube nicht, dass ich das viel länger aushalten kann«, sagt er. »Es ist die Hölle. Die absolute Hölle.«

»Du musst es aushalten«, entgegnet Sheila. »Du hast keine Wahl.«

Er lässt sie los. Seine Finger haben rötliche Male auf ihrem Arm hinterlassen. »Für dich muss es doch auch die Hölle sein.«

»Ja. Aber ich bin froh, dass ich hier bin. Ich glaube nicht, dass es Rowan auch nur im Geringsten hilft, wenn ich bei ihr sitze, aber es hilft mir.«

Webster nickt. Das versteht er.

Kurz nach Mitternacht am Mittwoch glaubt Webster, den Kopf an die Bettkante gelehnt, zu spüren, dass Rowans

Finger in seiner Hand sich bewegen. Mit einem Ruck fährt er in die Höhe, unsicher, ob er träumt oder nicht. »Rowan?«

Er muss zehn Minuten warten, ehe sie es wieder tut. Er muss sicher sein, dass es nicht nur ein Reflex ist.

»Rowan, ich bin's, Dad. Deine Hand liegt in meiner. Wenn du mich hören kannst, dann drücke meine Hand oder wackele mit den Fingern.«

Er spürt die Bewegung ihrer Finger sofort.

»O Gott! O Rowan!«

Webster steht auf, reißt die Tür auf und ruft laut nach einer Schwester.

Die Schwester beugt sich über Rowan, um ihre Pupillen zu prüfen, aber seine Tochter, dieses wunderbare Kind, öffnet ganz von selbst die Augen und erschreckt die Schwester damit. Nie hat Webster etwas Schöneres erlebt.

Rowan scheint benommen, ihr Blick ist verschwommen. Sie kann nicht sprechen. Aber Webster macht das nichts aus. Er weiß jetzt, dass sie wieder ganz gesund werden wird.

»Aua«, sagt Rowan, ihr erstes Wort. »Mein Kopf.«

Webster hält ganz fest ihre Hand. Wird sie vielleicht nie wieder loslassen.

»Das ist kein Wunder«, sagt er. »Du hast ihn dir ganz schön angestoßen.«

»Wirklich?«

»Erinnerst du dich nicht?«

»Nein.« Sie versucht nachzudenken, aber er sieht ihr an, dass das eine zu große Anstrengung ist.

Dr. Lockhart ruft mit schallender Stimme von der Tür her: »Ich höre, es gibt gute Neuigkeiten.« Er tritt auf die andere Seite des Betts. »Tja, sieht ganz so aus. Willkommen zurück, Rowan Webster.«

Webster merkt, dass Rowan verwirrt ist.

»Ich bin Dr. Lockhart«, erklärt ihr der Neurologe. »Ich bin Ihr behandelnder Arzt. Sie haben eine ziemlich üble Kopfverletzung.«

Webster beobachtet Lockhart, der Rowans Pupillen prüft. Der Arzt bittet sie, ihre Arme und Beine zu bewegen, mit den Zehen zu wackeln, auf seine Hände zu drücken und seine Finger zusammenzupressen. Dann stellt er ihr Fragen. Welches Jahr? Wie heißt der Präsident? Welcher Monat? Ihre Adresse? Das Jahr weiß Rowan auf Anhieb, mit dem Präsidenten braucht sie ein bisschen, beim Monat gerät sie durcheinander, aber ihre Adresse weiß sie.

»Das ist ein ›B‹«, sagt der Arzt. »In zwei Stunden komme ich wieder und frage Sie noch einmal, und ich garantiere, dass Sie dann eine bessere Note bekommen.«

»Bin ich im Mercy Hospital?«, fragte Rowan ihren Vater, nachdem der Arzt gegangen ist.

»Nein, wir sind in Burlington.«

Rowan blickt sich im Zimmer um. »Warum sind wir in Burlington?«

»Sie haben dich mit dem Hubschrauber hierher gebracht. Was ist das Letzte, woran du dich erinnerst?«

Sie sieht ihn eine Weile nachdenklich an. Er hofft, dass nicht er das Letzte ist, woran sie sich erinnert. »Ich war auf einem Fest«, sagt sie schließlich.

»Erinnerst du dich an irgendetwas danach?«

»Es war heiß in der Aula«, sagt sie. »Und jemand sagte, wir sollten schwimmen gehen.« Sie hält inne. »Und ich erinnere mich, dass ich Angst hatte, aber ich weiß nicht mehr, wovor.«

Es wäre ein Wunder, würde Rowan sich an jede Minute vor ihrem unglücklichen Sturz erinnern. Trauma löscht Zeit aus.

»Ich erzähle dir, was passiert ist«, sagt Webster. »Du wolltest auf einen Baum über dem Gray-Steinbruch klettern. Du bist abgestürzt und hast dir den Kopf an einem unter Wasser versteckten Felsen angeschlagen. Das war am Samstagmorgen um halb drei. Tommy ist sofort ins Wasser gesprungen, um dich herauszuholen, aber als er dich ans Ufer brachte, hast du nicht mehr geatmet. Er hat dich wiederbelebt. Du hast dann wieder angefangen zu atmen, aber du bist nicht aufgewacht. Warte mal. Das alles ist sehr früh am Samstagmorgen passiert. Jetzt ist es Dienstagabend. Du warst drei Tage einfach weg.«

Rowan versucht, das zu begreifen. »Und wo war ich?«

»Das würde ich auch gern wissen«, antwortet Webster lachend.

»Deshalb siehst du so fertig aus.«

»Du hast ja keine Ahnung«, sagt er. »Das waren die schlimmsten drei Tage meines Lebens.«

»Ich bin also in einem Hubschrauber hergebracht worden?«

»Stimmt.«

»Und das hab ich verpasst? Ich hab's überhaupt nicht gemerkt? Wo ich doch noch nie mit einem Hubschrauber geflogen bin.«

»Du hast überhaupt nichts verpasst«, sagt Webster. »Es war ein schrecklicher Flug. Irgendwann, wenn es dir wieder besser geht, erzähl ich dir alles. Und dann machen wir beide einen Rundflug im Hubschrauber, zum Spaß.«

»Hast du gewusst, dass ich wieder aufwachen würde?«

»Nein.«

»Ach, Dad, es tut mir so leid«, sagt Rowan.

Webster lächelt. »Rowan, dir braucht gar nichts leidzutun. Du bist aufgewacht. Das reicht für eine Amnestie.«

»Für immer?«, fragt sie.

»Das habe ich nicht gesagt.« Er lacht.

Ein Schwesternteam bittet ihn, das Zimmer zu verlassen. Er ist mit Freuden bereit, alles zu tun, was sie verlangen. Sie erklären ihm, dass sie sehen wollen, ob Rowan sich aufsetzen, vielleicht sogar stehen kann. Sie möchten den Katheter entfernen und sie waschen. Er könne ja inzwischen etwas essen gehen, schlagen sie vor.

»Und sie ist hier, wenn ich wiederkomme?«, fragt Webster, um ganz sicherzugehen.

»Sie erwartet Sie hier.«

»Ich lasse sie nämlich nicht gern allein.«

»Ich verspreche Ihnen, dass sie hier sein wird«, versichert ihm eine der Schwestern, »aber es kann sein, dass sie dann schläft.«

»Na gut«, sagt Webster widerstrebend und macht sich auf den Weg.

Als er die Cafeteria erreicht, überfällt ihn ganz unerwartet ein Heißhunger auf etwas Süßes. Er holt sich gleich zwei Stück Apfelkuchen und einen Donut, dazu eine Tasse Kaffee. Der Kuchen schmeckt so köstlich, dass er am liebsten laut schmatzen würde. Nach dem Essen ruft er zuerst Tommy an, dann Gina und schließlich Koenig. Tommy ist sprachlos, Gina beginnt zu weinen, und Koenig jubelt.

Sheila, die er schon auf dem Weg zur Cafeteria angerufen hat, war am tiefsten erleichtert. Sie sagte: »O Gott, ich bin so glücklich«, und er spürte die Erlösung in ihrer Stimme, das Aufatmen nach der schrecklichen Belastung.

»Ich komme sofort rüber«, sagt sie.

»Ich glaube, es ist besser, wenn du noch wartest. Sie weiß ja gar nicht, dass du hier bist. Sie weiß nicht einmal, dass ich mit dir Kontakt habe. Lass mich erst mit ihr reden, dann rufe ich dich an.«

»Schafft sie es zu ihrer Abschlussfeier?«

»Und wenn ich sie hintragen muss.«

Bei seiner Rückkehr ins Zimmer schläft Rowan. Er setzt sich zu ihr ans Bett, aber er weckt sie nicht, obwohl er es gern tun würde, nur um sicher zu sein.

Das Zimmer sieht viel freundlicher aus jetzt, da sie aus dem Koma erwacht ist. Die Vorhänge sind nicht mehr so trist; die Wände nicht mehr so öde. Webster weiß, dass es nur seinem Gemütszustand zuzuschreiben ist. Er vertieft sich in den Anblick seiner Tochter.

Sie mussten ihr eine Stelle am Kopf rasieren, um die tiefe Platzwunde nähen zu können. Auf dem ziemlich großen kahlen Fleck, der zurückgeblieben ist, beginnt gerade erster zarter Flaum zu sprießen. Solange sie im Koma lag, war ihr Haar flach an den Kopf gedrückt und ihre Stirn mit dem spitzen Haaransatz wirkte übergroß. Aber in der letzten Stunde hat sich jemand die Zeit genommen, ihr das Haar zu kämmen, sodass der Pony den größten Teil der Stirn bedeckt. Rowan wird im Hinblick auf ihre Abschlussfeier entsetzt sein über die kahle Stelle.

Obwohl – vielleicht wird es ihr unter diesen Umständen gar nichts ausmachen.

Als eine Schwester eintritt, dreht Webster sich um.

»Sie war doch noch ziemlich benebelt, als wir sie aufsetzten, deshalb haben wir gar nicht versucht, sie aufstehen zu lassen. Aber wir haben den Katheter herausgenommen. Sie kommt jetzt in ein Doppelzimmer und muss dort noch zwei oder drei Tage bleiben, vielleicht auch länger. Sie muss ohne Hilfe gehen können, bevor wir sie entlassen. Kann sein, dass sie zunächst noch Probleme mit dem Gleichgewicht hat.«

»Am Sonntag ist ihre Abschlussfeier in der Schule.«

Die Schwester verzieht den Mund. »Das wird ziemlich eng werden.« Sie sieht ihn an. »Und wie geht es Ihnen?«

»Hundert Prozent besser.«

»Sie sollten sich mal gründlich ausschlafen«, sagt die Schwester. »Ich kann es Ihnen nicht befehlen, aber Sie wissen, dass ich recht habe.«

»Ich lasse sie so ungern allein.«

»Wir sind hier auf der Intensivstation. Sie wird jede Sekunde überwacht.« Die Schwester lächelt. »Sie ist über den Berg, Mr Webster. Ich glaube, Sie können sich jetzt allmählich entspannen.«

Er steht zwanzig Minuten lang reglos unter der Dusche und lässt alle Anspannung der vergangenen Tage vom warmen Wasser wegspülen. Dann schrubbt er sich ab, wäscht sich die Haare und kriecht ins Bett. Es ist fast Morgen, als er die Augen schließt.

Gegen Mittag wird er wach, schreckt hoch und muss sich erst ins Gedächtnis rufen, dass seine Tochter aus dem Koma erwacht ist. Er legt sich wieder hin, die Arme unter dem Kopf verschränkt, und kostet das herrliche Gefühl aus. Helles Sonnenlicht versucht, an den Rändern der Vorhänge ins Zimmer einzudringen. Er überlegt, ob es zu früh wäre, heute mit Rowan über Sheila zu sprechen. Es ist ein Risiko, darauf zu setzen, dass Rowan mit der Vorstellung, Sheila zu treffen, in der neutralen Umgebung des Krankenhauses besser fertigwerden wird als zu Hause, wo alles voller Erinnerungen ist, aber er findet, er sollte es auf jeden Fall versuchen.

Nachdem er sich angekleidet hat, eilt er im Laufschritt ins Krankenhaus zurück. Rowan, schon in ihr neues Zimmer verlegt, sitzt aufrecht im Bett vor ihrem Mittagessen. Er bleibt staunend an der Tür stehen. Ein so alltäglicher Anblick und doch so wunderbar.

»Hey«, sagt er.

»Wer sind Sie?«, fragt Rowan.

Sein Herz beginnt wie rasend zu klopfen.

»Sind Sie mein Arzt?«

»Rowan, ich bin's, Dad. Erinnerst du dich nicht an mich?«

»Mein Vater arbeitet beim Rettungsdienst in Hartstone.«

Sein Herz beruhigt sich.

»Rowan. Liebes.«

»Oh, jetzt hab ich dich aber richtig reingelegt. Du solltest dein Gesicht sehen.«

»Du …« Er packt ihren Fuß unter der Decke und schüttelt ihn.

Sie lacht. »Ich habe zum Mittagessen ein Sandwich mit Truthahn und Vanillepudding bekommen. Ich habe nie gewusst, dass mir Vanillepudding so gut schmeckt.«

»Du kleiner Satansbraten.« Es fällt ihm immer noch schwer, seinen Augen zu trauen. »Du siehst großartig aus.«

»Von wegen! Ich sehe aus wie eine Witzfigur. Mit kahlem Kopf und Gipsschulter.«

»Jetzt hör aber auf, die kahle Stelle ist nicht größer als dein Handteller.«

»Aber sie kommt mir riesig vor. Ich wollte, ich könnte eine Mütze aufsetzen.«

»Mal sehen, was die Schwestern meinen. Dann kauf ich dir eine.«

»Eine Red-Sox-Cap«, sagt sie.

»Wie wär's mit einer UVM-Cap?«, fragt er.

»Stimmt, wir sind ja ganz in der Nähe der Uni, nicht?«, sagt sie, als hätte sie das eben erst registriert.

»Wir sind quasi *in* der Uni«, entgegnet er.

»Aber nimm keine Baseballcap. Besorg mir so eine, ach, du kennst die Dinger wahrscheinlich nicht. Sie sieht aus wie eine Golfcap, nur größer, und ich krieg meine Ohren drunter. Ach, wenn ich sie doch selbst aussuchen könnte.«

»Ich werd sehen, was ich tun kann«, verspricht er.

»Schade, dass Gina nicht hier ist. Sie wüsste sofort, was ich meine. Weißt du eigentlich, was aus meinem Handy geworden ist?«

Er hat weder das Handy gesehen noch das Täschchen, das sie mitgenommen hatte. Vielleicht hat Tommy die Sachen an sich genommen. »Ich werde mich mal erkundigen«, sagt er.

Er setzt sich zu ihr aufs Bett. Wem werden solche Atempausen geschenkt?

»Möchtest du die Hälfte von meinem Brot?«, fragt sie.

Er lehnt dankend ab, obwohl er Appetit auf etwas Gesundes hat. »Gina hat dich besucht«, sagt er. »Tommy war mit seinem Vater hier. Er hat dir das Leben gerettet. Habe ich das schon erwähnt?«

Rowan reagiert beunruhigt. »Wenn ich mich doch an irgendwas erinnern könnte.«

»Das wird vielleicht noch kommen«, sagt er und kommt nun doch auf Rowans Angebot zurück und nimmt sich die andere Hälfte ihres Sandwichs. Kalter Truthahn, weißes Brot, keine Zutaten. Schmeckt wunderbar. »Aber es ist vielleicht besser, wenn es nicht kommt.«

»Ich hatte getrunken, oder?« Sie wischt sich den Mund mit einer Serviette ab. Sie muss jetzt alles mit der rechten Hand tun.

»Ja.«

»Bist du böse?«

»Böse? Ja.« Er sieht ihr in die Augen. »Aber vor allem habe ich Angst gehabt. Du hattest wirklich unglaubliches Glück.«

Webster sagt nichts von Kerry, dem Mädchen, das kein solches Glück hatte. Noch nicht.

»Aber ich werde fuchsteufelswild werden, wenn du dich je wieder betrinkst.«

»Es tut mir leid.«

»Weißt du, warum du es getan hast?«

»Ich hab's einfach getan.« Sie schiebt das Tablett zur Seite.

»Du warst wütend, als du aus dem Haus gegangen bist.«

»Vielleicht war ich immer noch wütend«, meint sie. »Ich weiß es nicht.«

»Tommys Vater hat mir ein Auto mitgebracht«, erzählt Webster ihr. »Mein Wagen steht auf der Wache, und ich hatte die Schlüssel in der Tasche. Das ist eine nette Familie.«

»Ich hab gewusst, dass sie dir gefallen würden«, sagt Rowan. »Dad, es tut mir so leid. Ich kann mir nicht vorstellen, wie schrecklich das für dich war. Und ich war so gemein.«

»Das kann man wohl sagen«, erwidert er. »Wenn du dich kräftig genug fühlst, solltest du ein bisschen für die Schule arbeiten. Wenn du Mathe und Englisch nicht schaffst, kannst du nicht auf die UVM.«

»Ich bin doch hier schon auf der UVM.«

»Kannst du dich an das letzte Mal erinnern, als du mich gesehen hast?«

»Das war am Abend vom Abschlussball. Ich war stinksauer auf dich.«

»Weißt du noch, warum?«

»Du hattest mein Tagebuch gelesen.«

»Bist du immer noch sauer?«

»Jetzt? Da müsste ich ja verrückt sein. Obwohl – ein bisschen angesäuert bin ich schon, wegen meiner Haare.«

»Ich habe wirklich nicht viel gelesen, wenn dir das ein Trost ist.«

Sie zuckt mit den Schultern und setzt sich gerader hin. »So eine große Sache ist es auch wieder nicht. Aber ich will nicht dran denken. Es ist peinlich.«

»Nichts ist peinlich«, widerspricht er.

»Ich hab immer noch Hunger. Wie lange habe ich eigentlich nichts gegessen?«

»Vier Tage.«

»Cool. Vielleicht hab ich abgenommen.« Sie drückt die Bettdecke rund um ihre Hüften herunter.

»Na, dein Gewicht ist ja wohl das Letzte, worum du dich sorgen musst.« Webster grapscht wieder nach ihrem Fuß unter der Decke und hält ihn fest. »Hör zu, ich muss was mit dir bereden.«

Rowan wartet.

»Deine Mutter ist seit deinem Unfall fast die ganze Zeit hier gewesen.«

»Meine was?«

»Ich habe sie letzte Woche gefunden. Als ich ihr von dem Unfall erzählte, ist sie sofort hergekommen. Dank ihr hab ich nicht den Verstand verloren.«

Rowan starrt ihn mit großen Augen an. Er wartet, lässt ihr Zeit, die Neuigkeit zu verarbeiten.

»Wo hast du sie gefunden?«, fragt sie.

»Sie wohnt in Chelsea«, antwortet er, näher an sie heranrückend.

»Wo ist das?«

»Das ist eine Kleinstadt in der Nähe von Boston. Ich glaube, als du jünger warst, haben wir einmal darüber geredet, woher sie kommt, und ich habe es dir auf der Karte gezeigt.«

Rowan lehnt sich zurück und zieht die Decke höher zum Kinn hinauf. »Wie hast du sie gefunden?«

»Übers Internet. Es war einfacher, als ich dachte. Dann bin ich nach Chelsea gefahren und habe mit ihr geredet.«

»Und hast mir kein Wort davon gesagt?«

»Du warst nicht in der Stimmung, dass ich mit dir hätte reden können«, antwortet er. »Und ich musste erst mal darüber nachdenken, wie ich es dir am besten beibringe. Und ehe ich richtig dazu kam, hattest du den Unfall.«

»Wie ist sie?«

»Sie ist Malerin, Rowan. Eine sehr gute. Sie hatte es

nicht leicht im Leben. Ich erzähle dir das, weil sie dich gern sehen würde.«

»Sie will mich sehen?« Rowan zieht die Decke bis zum Mund hinauf. Webster hofft, dass nicht gerade jetzt eine Schwester hereinplatzen wird.

Rowan sieht aus wie vom Blitz getroffen.

»Wenn du sie treffen willst«, sagt Webster, »lässt sich das einrichten.«

»Hier? So wie ich aussehe?«

»Möchtest du lieber warten, bis du wieder zu Hause bist?«

Rowan senkt nachdenklich den Blick. »Bin ich bis zur Abschlussfeier wieder zu Hause?«

»Ganz bestimmt. Aber wahrscheinlich nicht viel früher.«

»Kann ich drüber nachdenken?«

»Natürlich«, sagt er. »Denk drüber nach, so lange du willst. Ich sage ihr kein Wort, bevor du dich nicht entschieden hast.«

Rowan mustert ihn aufmerksam. »Seid ihr beide – seid ihr …?«

»Sind wir was?«

»Du weißt schon … wieder zusammen?«

»Nein.« Er schüttelt lächelnd den Kopf. »Nein, Rowan, wir sind nicht wieder zusammen. Wir haben viel geredet, aber vor allem über dich.«

»Wie ist sie denn nun?«

»Wie früher und doch anders. Nicht mehr so rastlos. Reifer. Aber das alles sagt dir wenig, da du dich ja nicht erinnern kannst, wie sie früher war.«

»Nein, aber ich kann mir ein Bild machen. Oder versuchen, mir eins zu machen.«

»Etwas muss ich dir noch sagen, bevor du mit ihr zusammentriffst.«

»Was denn?«, fragt Rowan.

»Deine Mutter ist nicht einfach gegangen. Ich habe sie weggeschickt.«

Rowan sieht ihn verständnislos an.

»Ich habe sie weggeschickt«, wiederholt er.

»Sie ist nicht einfach weggefahren?«, fragt Rowan perplex.

»Doch, schon, aber sie ist weggefahren, weil ich sie dazu gezwungen habe.«

Rowan schaut zum Fenster hinaus. Von ihrem Bett aus kann sie nur Himmel sehen.

»Ich habe dir doch erzählt, dass sie fortgegangen ist, weil sie krank war, sie war Alkoholikerin und brauchte professionelle Hilfe.«

»Ja.«

»Und so war es auch. Aber nach dem Unfall, bei dem du mit im Wagen warst, konnte ich dich ihr nicht mehr anvertrauen. Ich konnte aber auch nicht jede Minute auf dich aufpassen. Da habe ich sie weggeschickt.«

Webster beobachtet Rowan.

»Wenn ich sie nicht weggeschickt hätte«, fügt er hinzu, »wäre sie ins Gefängnis gekommen.«

»Dann hast du sie gerettet«, sagt Rowan.

Er schüttelt den Kopf. »Nein, Rowan. Ich habe dich gerettet.«

»Und dich selbst?«

»Da bin ich mir nicht so sicher.«

Rowan nickt. »Aber hatte sie denn nicht versprochen, in eine Klinik zu gehen?«

»Wir konnten uns eine Klinik nicht leisten. Das war nie eine Möglichkeit. Damals gab es noch nicht so viele solche Einrichtungen wie heute.«

Obwohl er Sanitäter ist und die Anzeichen von Angst

und Nervosität kennt – das heftige Herzklopfen, den trockenen Mund, die schweißfeuchten Hände –, ist er machtlos gegen die Symptome. Er hat sie alle.

»Ihr konntet es euch nicht leisten?«, fragt Rowan.

Webster denkt an das Angebot seines Vaters, eine Entziehungskur zu bezahlen. Einzig Stolz hatte ihn davon abgehalten, diese Hilfe anzunehmen. »Es war in dem Moment keine Alternative. An dem Tag, meine ich. Wenn sie zwei Stunden länger geblieben wäre«, erklärt Webster, »hätte die Polizei sie verhaften müssen.«

Rowan ist blass geworden. »Und sie wäre wirklich ins Gefängnis gekommen?«

»Ich glaube schon, ja«, antwortet Webster. »Es war ihr zweiter Autounfall unter Alkoholeinfluss. Und diesmal hatte sie andere Menschen verletzt. Sie hätten sie mit Sicherheit eingesperrt.«

Rowan zieht unter der Decke die Knie hoch. »Hätten sie sie nicht gezwungen, in eine Entziehungsklinik zu gehen?«

»Na ja, in gewisser Weise ist das Gefängnis ja eine Entziehungsklinik. Nicht immer allerdings. Ein Gefängnis ist kein schöner Ort. Es tut fast niemandem gut. Sie hätte das in ihrem Zustand damals wahrscheinlich nicht heil überstanden.«

Rowan schweigt.

»Aber sie wäre schon vor Jahren wieder draußen gewesen«, sagt sie schließlich, »und dann wäre sie vielleicht in eine Klinik gegangen, und wir hätten wieder eine Familie sein können.«

Die Worte tun weh. Wieder eine Familie. Er hat das selbst tausendmal gedacht. Indem er Sheila fortschickte, hat er die Familie zerstört. »Ganz ehrlich«, sagt er, »ich glaube, deine Mutter und ich wären innerhalb eines Jahres geschieden gewesen. Ich konnte ihr nicht mehr vertrauen. Es tut mir leid, dass ich dir das sagen muss. Ich hatte gehofft, dazu würde es nie kommen müssen. Das Trinken war ein Hinweis darauf, wer sie war. Oder vielleicht hat es sie zu der gemacht, die sie war. Sie war verantwortungslos, sie suchte das Abenteuer. Sie hat Dinge verheimlicht.«

»Wenn sie das Abenteuer suchte, was wollte sie dann mit dir?«

Webster lächelt. »Als ich deine Mutter kennenlernte«, sagt er, »war sie auf der Flucht vor einem gewalttätigen Freund in Boston. Sie waren beide Trinker. Sie wollte eine Weile verschnaufen. Sie fand wohl, ich wäre der Richtige, um ihr zu helfen, eine Zeit lang unterzutauchen. Sie hat das Wort selbst einmal gebraucht: untertauchen.«

»Sie war schwanger, als du sie geheiratet hast.«

»Ja.«

»Allison Newman hat mir das kurz vor Weihnachten erzählt. Ihre Mutter hat früher in Opas Laden gearbeitet.«

Webster versucht, sich die Frauen ins Gedächtnis zu rufen, die bei seinem Vater gearbeitet haben. Er kann sich nur an drei erinnern und kennt sie alle nur mit Vornamen.

»Hättest du sie auch geheiratet, wenn sie nicht schwanger gewesen wäre?«

Webster beugt sich vor. »Das kann ich dir wirklich nicht sagen, Rowan. Ich habe sie geliebt. Es gab eine Zeit, da habe ich sie bis zum Wahnsinn geliebt.« Er hält inne. »Aber wenn die Beziehung ihren normalen Lauf genommen hätte«, fügt er hinzu, »und ich ihre Lügen und ihre Trinkerei mitbekommen hätte, dann hätte ich sie vielleicht beendet. Wir haben ja nicht einmal zusammengelebt, als sie schwanger wurde.«

»Damit bin ich also was?«, fragt Rowan. »Ein Missgeschick?«

Webster nimmt seine Tochter am Arm. »Rowan, sieh mich an«, sagt er. »Fühlst du dich wie ein Missgeschick?«

Sie braucht eine Weile für die Antwort. »Manchmal schon.«

Webster schließt kurz die Augen. Warum hat er darüber nicht mit Rowan gesprochen, als sie jünger war? Aber woher soll ein Vater wissen, wann seine Tochter für so ein Gespräch bereit ist?

»Rowan, hör mir zu. Ein Kind ist niemals ein Missgeschick. Niemals. Ein Kind ist genau das Gegenteil von einem Missgeschick.«

Rowan wendet sich ab.

»Du bist vom Moment deiner Geburt an geliebt worden«, fügt Webster hinzu. »Von mir und von deiner Mutter.«

»Wenn sie mich so sehr geliebt hat, warum hat sie mich dann verlassen? Und warum hat sie so viel getrunken? Warum hat sie mein Leben aufs Spiel gesetzt?«

»Ich glaube, diese Fragen musst du ihr selbst stellen.«

Er hält einen Moment inne.

»Ein Trinker muss etwas ändern wollen. Tief von innen heraus. Sonst hilft gar nichts. Deine Mutter war noch nicht so weit.«

Wieder macht er eine Pause.

»Ich konnte nicht zulassen, dass sie mit dir im Auto betrunken herumfährt. Ende der Geschichte. Und ich vermute, das war nicht das erste Mal, dass sie dich ins Auto gesetzt hat, nachdem sie getrunken hatte. Ihr beide hattet damals unglaubliches Glück. Auf der 222, eine unerwartete Kurve, eine verlangsamte Reaktion? Sie kann von Glück sagen, dass sie nicht frontal gegen einen Baum geprallt ist.«

»Ist sie jetzt trocken?«

»Ja.«

»Haben Nana und Opa sie gemocht?«

»Am Anfang nicht. Genauer gesagt, es hat ihnen nicht gefallen, dass ich sie heiraten wollte. Aber nach der Hochzeit war es gut. Und als du geboren wurdest, waren sie überglücklich.«

»Waren sie froh, als du sie weggeschickt hast?«

»Nein, überhaupt nicht. Ich musste es ihnen erklären. Ich meine, sie wussten es natürlich, sie hatten ja Augen im Kopf, aber ich habe trotzdem mit ihnen gesprochen. Es war gar nicht zu vermeiden. Wir beide, du und ich, haben damals bei ihnen im Haus gelebt.«

»Wie war ich eigentlich, als ich auf die Welt gekommen bin?«

Webster lächelt. »Klein und runzlig, mit einem krebsroten Gesicht. Und du hattest einen spitzen Kopf.«

»Was?«

»Alle Babys haben spitze Köpfe. Jedenfalls die, die auf natürlichem Weg geboren werden. Und, Mann, hattest du es eilig. Du bist praktisch im Auto geboren.«

»Echt?«

»Ich war schon drauf gefasst, dich eigenhändig holen zu müssen.«

»Was hat – meine Mutter – gedacht?«

»Sie hat gar nichts gedacht, Rowan. Sie hatte nur Schmerzen.«

»Sind die Schmerzen wirklich so fürchterlich?«

Webster wirft seinen Becher in einen Papierkorb. »Ich glaube, das ist wieder eine Frage für deine Mutter.«

»Ich hätte vielleicht Geschwister haben können.«

Webster beugt sich vor. »Rowan, Schatz, hör mir zu. Du hast keine bekommen. Okay? Damit musst du leben. Du hattest lange in deinem Leben keine Mutter. Auch damit musst du leben. Du kannst wünschen, es wäre anders gewesen, aber das wird dir nicht guttun und nicht helfen. Wenn man anfängt, sich selbst zu bemitleiden, kann man gleich einpacken.«

»Und woher weißt du das alles?«

Webster zuckt mit den Schultern. »Ich weiß nicht alles. Ich weiß viel von manchen Dingen. Ich weiß, wie es ist, ein Kind aufzuziehen.«

Rowan kneift die Augen zusammen. »Aber du weißt nicht alles.«

Genug gesprochen für einen Tag, findet Webster.

»Du hast Monate und Jahre Zeit, um das zu verdauen. Das Wichtigste ist jetzt, dass du dich erholst.«

»Das Wichtigste ist jetzt, dass meine Haare nachwachsen«, sagt Rowan.

Webster wartet bis zum nächsten Tag, bevor er wieder auf Sheila zu sprechen kommt. Er hat ihr bereits angekündigt, dass sie Rowan wahrscheinlich am Vormittag sehen wird. Für den Nachmittag haben sich Tommy und Gina angemeldet. Webster muss dafür sorgen, dass die Begegnung zwischen Sheila und Rowan am Vormittag stattfindet, wenn sie überhaupt stattfinden soll.

»Und – wie geht's dir heute?«, fragt Webster, als er zu Rowan ins Zimmer tritt.

»Gut«, sagt sie. »Sie wollen heute mit der Physiotherapie für die Schulter anfangen, und sie üben das Laufen mit mir, damit ich nicht nach ein paar Schritten das Gleichgewicht verliere. Ich darf's nicht riskieren, auf die Schulter zu fallen.«

Webster setzt sich aufs Bett. Er lächelt.

»Du hast gar nicht bemerkt, dass sie mir die Haare gewaschen haben.«

»Doch. Du siehst prima aus.«

»Ich überlege dauernd, was ich mit der kahlen Stelle machen soll.« Auf einem Haken an der Tür hängt die Mütze, die Webster ihr gekauft hat. Er war erst im Laden auf dem Campus und hat dort eine junge Frau gefragt, ob sie wisse, was Rowan meinte. Die Frau hat ihn in eine Boutique in der Nähe geschickt, wo die entsprechenden Modelle verkauft werden.

»Rowan, du weißt, dass ich dich gefragt habe, ob du deine Mutter sehen möchtest.«

»Ja.«

»Hast du darüber nachgedacht?«

»Ich möchte sie sehen«, sagt sie. »Aber ich möchte, dass du dabei bist und dass wir beide vorher ein Zeichen verabreden, damit ich es dich wissen lassen kann, wenn ich möchte, dass sie geht. Du kannst ja zum Beispiel rausgehen und eine Schwester holen oder so was.«

»Und wie soll das Zeichen aussehen?«

Rowan überlegt. »Ich glaube, ich sage einfach: ›Ich brauche eine Schwester.‹«

Webster lacht. »Na, das ist ziemlich deutlich.« Er steht auf. »Ich darf hier drinnen nicht telefonieren. Ich muss in den Korridor hinausgehen. Aber ich bin gleich wieder da.«

»Okay«, sagt Rowan. »Ach, gib mir doch vorher meine Mütze.«

Webster wirft sie ihr zu.

Als Webster zehn Minuten später Sheila im Korridor bemerkt, sagt er zu seiner Tochter: »Sie ist da, Rowan. Soll ich sie reinholen?«

»Ich hab Angst«, sagt Rowan.

»Ich auch.«

Webster geht in den Korridor hinaus und winkt Sheila.

»Bist du sicher, dass das eine gute Idee ist?«, fragt Sheila.

»Nicht absolut, aber ich halte es doch für richtig. Kann natürlich sein, dass sie es nicht länger als ein, zwei Minuten aushält.«

Sheila trägt eine kurze weiße Jacke zu einem langen, schwarzen T-Shirt und Jeans. Sie hat das offene Haar hinter die Ohren gestrichen. Webster hat keine Ahnung, wie sich diese Begegnung entwickeln wird. Das Ganze ist ein

Wagnis, ein schreckliches Wagnis vielleicht. Wenn Rowan damit überfordert ist, kann das für beide ernste und nachhaltige Folgen haben.

Webster tritt zur Seite, um Sheila eintreten zu lassen. »Rowan, das ist Sheila Arsenault.«

Sheila geht einen Schritt näher. »Wie geht es dir?«, fragt sie Rowan.

Rowan sagt keinen Ton. Es ist, als wären ihre Stimmbänder eingefroren. Sie scheint etwas sagen zu wollen, aber sie kann es nicht.

Jetzt, da Rowan wach und lebendig ist, erkennt Webster die frappierende Ähnlichkeit zwischen den zwei Frauen.

Sheila tritt noch einen Schritt näher ans Bett. Sie neigt den Kopf ein wenig zur Seite und sieht Rowan direkt an. »Ist es dir recht, wenn ich mich setze?«, fragt sie. Von Rowans Platz aus muss Sheila einschüchternd wirken. Webster bemerkt, dass seine Tochter immer noch ihre Mütze in den verkrampften Händen hält.

»Natürlich.« Rowan hat endlich ihre Stimme wiedergefunden. Sie stemmt sich auf ihrem gesunden Arm ab, um sich ein wenig aufrechter zu setzen.

»Das war ja ein schlimmer Unfall, den du hattest.«

Niemand hat die Wörter *Mutter* oder *Tochter* ausgesprochen. Sheila könnte eine Freundin von Webster sein, die auf einen Sprung vorbeigekommen ist. Er fragt sich, ob Rowan oder Sheila aufgefallen ist, wie ähnlich sie einander sehen.

»Du siehst gut aus«, sagt Sheila.

Webster rechnet jeden Moment mit Rowans Zeichen, selbst er gewinnt langsam den Eindruck, dass die Idee mit dem Treffen doch nicht so gut war. Rowan, klein und dünn im Krankenhausbett, gleicht einem in die Enge getriebenen Tier.

»Die Ärzte haben gesagt, dass sie in zwei Tagen nach Hause kann«, bemerkt Webster.

»Rechtzeitig zu deiner Abschlussfeier«, sagt Sheila.

Rowan scheint überrascht, dass Sheila von der Abschlussfeier weiß. »Dad hat gesagt, dass du malst«, sagt sie.

»Das stimmt«, antwortet Sheila. Sie stellt ihre Handtasche neben dem Bett auf den Boden und setzt sich. Webster bleibt am Fuß des Betts stehen, um das Gesicht seiner Tochter im Auge zu haben. Um kein Zeichen zu übersehen. Wie klein sein persönliches Universum ist.

»Dad hat auch gesagt, dass du sehr gut bist.« Rowan setzt sich noch ein Stück aufrechter. Sie hält immer noch die Mütze in ihren Händen, aber nicht mehr so krampfhaft. Sie hat die kahle Stelle auf ihrem Kopf preisgegeben, scheint sich dessen aber nicht bewusst zu sein.

»Dein Dad ist sehr großzügig«, erwidert Sheila. »Ich erkenne dich, aber du bist so anders. Du bist ein schönes Mädchen.«

Rowan errötet prompt. Webster hält einen Moment den Atem an. Das kann jetzt so oder so laufen.

»Wie groß bist du?«, fragt Sheila.

»Eins zweiundsiebzig. Und du?«

»Eins fünfundsiebzig. War ich jedenfalls mal. Es heißt ja, dass man mit den Jahren schrumpft.«

»Du hast sehr groß ausgesehen, als du vorhin da gestanden hast.«

Sheila lächelt.

»Unsere Haare haben die gleiche Farbe«, sagt Rowan.

Sheila nickt. »Das ist mir auch gleich aufgefallen. Deine waren viel heller, als du noch klein warst.«

Da ist die Verbindung geknüpft. Ein Stück gemeinsame Geschichte, auch wenn Rowan kaum etwas darüber weiß.

»Das ist alles so irre«, sagt Rowan. »Ich hab – ich weiß nicht – ungefähr eine Million Fragen.«

»Ich zwei Millionen«, sagt Sheila.

Nichts bisher von Verlust oder Schuld. Zorn oder Reue. Es wird kommen, das weiß Webster. Aber vielleicht nicht heute. Beide sind klug genug, es vorläufig zu meiden. Jetzt scheint es nicht mehr, als wäre eine Fremde zu Besuch gekommen; eher eine verloren geglaubte Tante.

Sheila legt ihre weiße Jacke ab, vielleicht ist sie ihr einfach zu warm, vielleicht schwitzt sie vor Nervosität.

Rowan setzt sich aufrecht und beugt sich vor, um Sheila die kahle Stelle auf ihrem Kopf zu zeigen. »Was soll ich da bloß machen?«, fragt sie. »In drei Tagen ist meine Abschlussfeier.«

Sheila nimmt die Frage ernst. »Verschwindet das nicht unter diesen flachen Deckeln – diesen Baretten –, die ihr da tragen müsst?«

»Ja, aber am Ende müssen wir die in die Luft werfen«, wendet Rowan ein.

Wieder neigt Sheila den Kopf leicht zur Seite. »Darf ich?«, fragt sie, den Arm schon zu Rowans Haaren ausgestreckt.

Rowan nickt.

Sheila lässt Rowans Haar durch ihre Finger gleiten und inspiziert noch einmal die kahle Stelle. »Du könntest dir die Haare schneiden«, meint sie. »So ganz kurz und stachelig. Deine Haare sind dick genug. Und der kahle Fleck ist dann einfach die besondere Note. Wirklich vertuschen lässt er sich nicht. Ich dachte, du könntest die Haare vielleicht irgendwie darüber drapieren, aber das sähe wahrscheinlich zu gewollt aus.«

Rowan fährt sich mit den Fingern durch ihr Haar. »Ich habe immer lange Haare gehabt.«

»Wirklich?«, fragt ihre Mutter.

»Jedenfalls seit ich zwölf war.«

»Vielleicht ist jetzt der Moment für eine Veränderung.«

Rowan sieht ihre Mutter an. »Kannst du Haare schneiden?«, fragt sie dann.

»Nein«, antwortet Sheila. »Aber da lässt sich bestimmt jemand finden.«

»Der hierher kommt?«

»Das organisiere ich schon, wenn die Schwestern es erlauben.«

Webster kann nur sprachlos zusehen. Er weiß, dass dies nur ein Anfang ist und dass ein Weg voller Fallgruben vor ihnen liegt, ein ganzer Krater vielleicht. Merkwürdig, wie Frauen über Diskussionen über die äußere Erscheinung zueinanderfinden. Bei Männern hätte wahrscheinlich der Sport diese Funktion.

Nachdem Sheila sich bei den Schwestern die Zustimmung geholt hat, bestellt sie für den Nachmittag eine Friseurin ins Krankenhaus. Webster geht aus dem Zimmer, als die Friseurin eintrifft, und ist ziemlich sicher, dass Rowan seine Abwesenheit gar nicht bemerkt. Einen Moment lang sieht er von draußen zu. Die Schwestern haben Rowan in einen Rollstuhl gesetzt und mit Laken zugedeckt. Sheila sitzt auf dem Bett und beobachtet die Friseurin, die prüfend Rowans Haar durch ihre Hände gleiten lässt. Sie fragt Rowan, ob sie wirklich zu diesem radikalen Schritt entschlossen sei, und nickt, als Rowan tapfer bejaht. Dann erklärt sie der Friseurin, was ihr vorschwebt. Webster, wie gebannt von dem Bild, denkt: Vielleicht wäre sie doch eine gute Mutter gewesen.

Nach der Physiotherapie und dem Besuch von Gina und Tommy (Webster und Sheila, die draußen im Flur stehen, hören Gelächter aus dem Zimmer), erklärt Rowan, die wenigen Übungen, die sie machen musste, seien absolut brutal gewesen, und die Schulter werde noch eine Menge Arbeit brauchen. Da die Schwestern Rowan immer wieder ermuntern, möglichst viel zu laufen, macht Webster einen Spaziergang mit ihr durch die Korridore. Einmal geht er mit ihr ins Freie hinaus, um sie den Spätfrühlingsabend genießen zu lassen. Von Websters Blickwinkel aus ist die kahle Stelle auch in dem kurzen Stachelhaar noch zu erkennen, aber sie fällt nicht mehr so stark auf. Er fragt Rowan, wie sie Sheila findet, aber Rowan ist nicht so mitteilsam, wie er gehofft hat. Er weiß nicht, ob Rowan ihre Eindrücke einfach für sich behalten möchte, oder ob sie sich über ihre Gefühle nicht ganz im Klaren ist.

»Die Schwestern haben mir erzählt, dass bei mir für den Flug mit dem Hubschrauber die Muskelfunktionen ausgeschaltet worden sind, dass ich also praktisch gelähmt war. Hast du das gemacht?«

»Nein«, antwortet er. »Das machen die Sanitäter von der Luftrettung.«

»Eine Schwester hat gesagt, dass sie von Patienten weiß, die sich zwar von der ursprünglichen Verletzung erholt haben, aber gelähmt geblieben sind.«

Idiotin. »Davon habe ich auch schon gehört«, sagt Webster. »Aber ich kenne niemandem, dem das passiert ist.«

»Aber du wusstest das schon, als sie es mit mir gemacht haben«, sagt sie.

»Ja. Es hat mir überhaupt nicht gefallen, aber bei Kopfverletzungen ist das vor einem Lufttransport das übliche Verfahren.«

»Da hast du bestimmt Angst gehabt«, sagt Rowan.

»Ich hatte Todesangst.«

Sie umfasst ihn mit ihrem gesunden Arm. »Das tut mir leid.«

Als Webster am folgenden Morgen kommt, ist Sheila schon da. Sie sitzt auf einem Stuhl dicht neben Rowans Bett, und die beiden reden. Rowans Blick drückt Staunen und Bewunderung aus, und Webster kann ihr Lachen durch das Glas hören. Er will die beiden nicht stören und wandert durch die Gänge, um sich die Zeit zu vertreiben. Alle zwanzig Minuten sieht er nach ihnen.

Als er das zweite Mal vorbeikommt, sind sie immer noch ins Gespräch vertieft.

Als er sich dem Zimmer das dritte Mal nähert, sieht er Rowan lachen. Er fragt sich, ob Sheila ihr Geschichten von früher erzählt, als sie noch ein kleines Kind war.

Bei seiner vierten Stippvisite sind sie noch näher zusammengerückt, und ihre Gesichter sind ernst. Diesmal tritt er ins Zimmer.

Beide heben die Köpfe, wie überrascht von seinem Erscheinen. Sheila lehnt sich auf ihrem Stuhl zurück. Rowan schweigt.

»Störe ich?«, fragt Webster.

Rowan zuckt mit den Schultern.

»Möchte vielleicht jemand was vom Automaten?«, fragt Webster hilflos.

Rowan und Sheila schütteln die Köpfe.

»Okay, dann gehe ich jetzt einen Kaffee trinken«, erklärt er.

Er gibt ihnen fünfzehn Minuten. Als er wieder ins Zimmer kommt, ist Rowan in Tränen aufgelöst.

Scheiße.

Sheila wendet sich ihm zu und macht eine dämpfende Bewegung mit beiden Händen, als wolle sie sagen: Reg dich nicht auf. Es ist nicht so, wie es aussieht.

Rowan nimmt sich ein Papiertaschentuch und schnäuzt sich. »Wenn du sie nicht weggeschickt hättest, wären wir all die Jahre eine Familie gewesen.«

Sheila hebt die Hand, bevor Webster etwas erwidern kann. »Dein Vater hat richtig gehandelt, als er mich wegschickte, Rowan«, sagt sie. »Sonst hätte ich dir vielleicht noch das Leben genommen. Es ist eigentlich sowieso ein Wunder, dass es nicht so weit gekommen ist.«

»Dann bist du nicht böse darüber, dass er dich weggeschickt hat?«

»Doch, manchmal war ich böse«, antwortet Sheila. »Aber ich habe nicht den kleinsten Zweifel, dass er es getan hat, um dich zu retten.«

»Ich habe niemanden gerettet«, sagt Webster. Er stellt seinen Kaffeebecher auf das Fensterbrett. »Es ist passiert, und es kann nicht ungeschehen gemacht werden. Wir haben alle darunter gelitten.« Er hält inne. Glaubt er das? Ja, das glaubt er.

»Rowan und ich haben viel nachzuholen«, sagt Sheila. Sie steht auf.

»Du gehst?«, fragt Rowan enttäuscht.

»Wenn meine Uhr richtig geht«, antwortet Sheila, »kommt in fünf Minuten der Physiotherapeut und holt dich. Außerdem muss ich auch mal wieder nach Hause. Ich fahre nicht gern, aber ich muss.«

Rowan wirft die Decke ab und setzt sich auf die Bettkante. Ihre Beine sind dünn und weiß. Es wundert Webster immer wieder, wie viel Muskelmasse innerhalb kurzer Zeit verloren gehen kann.

»Wenn du am Sonntag auf die Bühne trittst«, sagt

Sheila, »dann halt den Kopf hoch und vergiss den kahlen Fleck auf deinem Kopf. Außerdem wachsen die Haare ja sowieso schon nach.«

»Echt?« Rowan betastet ihren Kopf.

»Ich rufe dich an, sobald ich zu Hause bin. Jetzt muss ich laufen und mein Zimmer im Hotel räumen, sonst berechnen sie mir einen zusätzlichen Tag.«

Rowan sieht verzweifelt ihren Vater an, als wolle sie sagen: Tu was.

»Bleib doch noch«, schlägt Webster Sheila vor. »Außer du musst unbedingt zurück. Komm mit nach Hartstone, du kannst ja hinter uns herfahren. Du kannst dir im Bear Hollow Inn ein Zimmer nehmen.«

Wo sie geheiratet haben.

»Und wenn da alles besetzt sein sollte, suchen wir etwas anderes. Möchtest du denn dieses arme, kleine, kahlköpfige Geschöpf nicht zu seiner Abschlussfeier begleiten?«

»Doch«, sagt Sheila. »Doch, natürlich.« Sie wendet sich Rowan zu. »Willst du es denn?«

»Ja«, sagt Rowan.

Sheila, die schon frühzeitig vom Bear Hollow Inn herübergekommen ist, zieht den Reißverschluss im Rücken von Rowans Kleid zu, was bisher Websters Aufgabe war. Und immer hatte Rowan dazugesagt: »Aber nicht schauen!«

Meine beiden Frauen, liegt es ihm auf der Zunge. Er weiß noch, dass er das vor Jahren an einem Nachmittag schon einmal gedacht hat, als er Sheila und Rowan schlafend im Garten hinter der Eisdiele fand. Aber Sheila ist nicht mehr seine Frau. Trotzdem hat die Szene etwas – eine Mutter und eine Tochter, die sich bei letzten Vorbereitungen gegenseitig helfen –, das ihn beglückt.

Rowan ist nervös. Webster weiß, dass es teilweise an den Haaren liegt, teilweise an einer leichten Unsicherheit beim Gehen, teilweise an der Vorstellung, all ihre Freunde wiederzusehen.

Fünfzehn Jahre ist es her, dass sie alle drei zusammen in diesem Haus waren. Aber daran erinnert sich Rowan nicht.

Webster ist dabei, als Sheila Rowan ihr Geschenk zum bestandenen Schulabschluss überreicht, eine kurze Halskette mit taubenblauen Steinen und kleinen Kugeln aus gehämmertem Silber. Ihre Bewegungen, als sie Rowan das Päckchen übergibt, erscheinen ihm zaghaft. Als glaube sie, kein Recht zu haben, ihrer Tochter ein Geschenk zu machen. Die unbeschwerte Freude an Rowan, die sie noch vor zwei Tagen gezeigt hat, scheint ihr abhandengekommen zu sein.

»Wie seh ich aus?« In ihrem hellblauen Kleid, an dem wegen des Gipsverbands ein Ärmel aufgeschnitten ist, tritt Rowan vor ihren Vater.

»Umwerfend«, sagt er. »Sehr schick und elegant.«

Rowan schneidet eine Grimasse. »Was verstehst du denn von Chic und Eleganz?«

Sheila zieht an ihrer weißen Jacke und zupft am Bund ihrer Hose. Webster bemerkt flüchtig ein seidig glänzendes Trägerhemd unter der Jacke.

Im Krankenhaus hat Webster Rowan gesagt, dass sie von ihm zum Schulabschluss eine viertägige New-York-Reise zusammen mit Gina bekommt. Sie sollen sich amüsieren, Museen besuchen, ins Theater gehen, in nette Restaurants. »Aber dass du mir nicht trinkst«, mahnte Webster. »Du darfst nicht trinken. Das weißt du.«

»Ja.«

»Mein Vater hat oft zu mir gesagt, ich hätte nichts von der Welt gesehen«, erzählte Webster. »Er würde sich freuen, wenn er wüsste, dass du es anders machst.«

»Aber Dad, würdest du denn nicht lieber selbst mitkommen, anstatt Gina fahren zu lassen?«

Doch, das hätte er gern getan. »Mit mir würdest du dich zu Tode langweilen«, sagte er. »Ich würde lange Märsche durch die Stadt machen und mir andere Rettungseinrichtungen ansehen wollen. Und ich würde spätestens um zehn in meiner Koje liegen wollen. Mit Gina wirst du viel mehr Spaß haben.«

»Sie wird total ausflippen, wenn sie das hört«, sagte Rowan. »Danke dir, Dad.«

Es ist ausgemacht, dass Rowan mit Tommy zur Abschlussfeier vorausfahren wird. Sie müssen ja noch ihre Talare anlegen und sich zum feierlichen Zug aufstellen. Zu den Klängen von »Pomp and Circumstance« werden sie auf den Platz hinausmarschieren wie einst Webster. Er denkt an die Eltern der einen Schülerin, die nicht dabei sein wird. Als er Rowan gesagt hat, dass Kerry tot ist, hat sie stundenlang geweint. Er sorgt sich, dass Rowan die unvermeidliche Schweigeminute vielleicht allzu sehr erschüttern wird. Er sorgt sich, dass es zu viel für sie sein wird, so lange in der heißen Sonne zu stehen. Der Arzt hat sie beide vor dem möglichen Auftreten von Krampfanfällen gewarnt. In den nächsten zwei Wochen darf Rowan nicht allein sein.

Auch Webster und Sheila werden etwas früher losfahren, um noch zwei vordere Plätze zu ergattern. Metallstühle werden in Reihen vor der Bühne aufgestellt werden. Webster weiß schon jetzt, dass mindestens eins der vier Beine im weichen Gras einsinken wird, sobald er sich setzt. Webster wird seinen Fotoapparat mitnehmen, hat ihn eigens aufgeladen, um auch hinterher noch ein paar Bilder schießen zu können. Er möchte unbedingt eins von Rowan vor der kahlen Wand in der Küche machen, aber sie wird das vielleicht nicht wollen, weil sie sich mit ihrer eigenwilligen Frisur und in Sheilas Beisein geniert. Und müsste er dann nicht, was ziemlich brenzlig wäre, Sheila und Rowan bitten, sich zusammen von ihm aufnehmen zu lassen? Er wird auf jeden Fall nach der Feier ein paar Aufnahmen von Rowan machen, einmal im Talar und einmal in ihrem blauen Kleid.

»Das ist ja raffiniert«, sagt Sheila, als sie den silbernen Würfel auf dem Fensterbrett über der Spüle bemerkt. »Sagt das Ding wirklich das Wetter voraus?«

»Das hab ich Dad zum Geburtstag geschenkt.« Rowan

nimmt den Würfel vom Fensterbrett und erläutert die verschiedenen Funktionen. Dann schüttelt sie ihn ein wenig und stellt ihn auf den Tisch. »Auf dieser Seite erfährt man seine Zukunft«, sagt sie und neigt den Kopf, um den Spruch zu lesen. »Lass dir Zeit und sei vorsichtig«, liest sie vor. »So was Blödes. Das hatte ich doch schon. Wessen Zukunft ist das überhaupt?«

»Deine«, sagt Webster. »Du hast ihn geschüttelt.« Er findet den Spruch eine gute Empfehlung für seine Tochter.

»Aber der Würfel gehört dir«, kontert sie. »Ich hab ihn dir geschenkt.«

»Okay«, sagt er, froh, dass bei der Schüttelei nichts Heikleres herausgekommen ist. »Ich nehme das Sprüchlein an.«

Rowan schüttelt den Würfel von Neuem. »Ein Schatz wartet auf dich, wenn du ihn finden kannst«, liest sie vor und zieht ein Gesicht. »Was soll das denn heißen?«

»Ich vermute, es heißt genau das, was da steht«, antwortet Webster. »Etwas Wunderbares erwartet dich, du musst es nur erkennen.«

»Aber was denn?«

»Genau das musst du entdecken«, sagt er.

»Mach du mal.« Rowan hält Sheila den Würfel hin.

Sheila weicht einen Schritt zurück. »Nein, danke«, sagt sie. »Vielleicht ein andermal.«

Überraschungen sind nichts für sie.

Sheila und Webster gehen über grünen Rasen. Sie sind doch nicht so früh dran, wie Webster geglaubt hat. Die vorderen Reihen sind schon alle besetzt. Die Absätze von Sheilas Schuhen sinken in der weichen Erde ein, und einmal müssen sie anhalten, damit Sheila einen Schuh befreien kann.

Webster wählt einen Platz direkt am Gang. Immer der Drang zum schnellen Aufbruch, eine Folge seiner täglichen Arbeit. Sheila setzt sich neben ihn, während er Ginas Mutter Eileen zuwinkt, die ihre Neugier bezüglich Sheila gar nicht zu verbergen sucht. Webster lässt den Blick über die Menschenmenge schweifen. Großeltern und Geschwister neben Eltern seines Alters und älteren Jahrgangs. Er wird merken, welcher Clan zu welchem Schüler gehört, wenn die Absolventen über die Bühne gehen. Die ganze Familie wird ihren Sprössling mit Bravorufen, lautem Klatschen und Pfeifen bejubeln. Webster ist froh, dass er Sheila an seiner Seite hat. Wie viel Radau kann ein Vater allein schon machen?

Vor Jahren haben seine Eltern hier gesessen wie jetzt er. Er erinnert sich, dass er nur mit seinen Freunden feiern und von Party zu Party ziehen wollte, bis er am Ende der Nacht so fertig war, dass er bei irgendwelchen fremden Leuten auf dem Fußboden genächtigt hat.

Eine Frau, die ihm unbekannt ist, kommt auf ihn zu. In ihrer Begleitung ist ein junger Mann mit Sonnenbrille. »Mr Webster?«, fragt die Frau.

»Ja?«

»Das ist der Junge, dem Sie vor neunzehn Jahren auf die Welt geholfen haben. Aaron und ich sind wegen Joshua hier, Aarons jüngerem Bruder.«

»Na, das ist ja eine Überraschung.« Webster steht auf. Er blickt von der Mutter zum Sohn. Er fühlt sich geschmeichelt. »Hallo Aaron.«

Der Junge gibt ihm die Hand.

»Gott, was hatte ich in der Nacht Angst«, sagt die Frau.

»Fragen Sie mich mal. Ich war ein blutiger Anfänger damals.«

»Seit Jahren wollte ich Ihnen danken, aber unsere Wege haben sich so selten gekreuzt, und wenn, waren Sie immer in Begleitung.«

»Aber es war ein großartiges Erlebnis für mich.«

»Wollen Sie wissen, womit Sie mir die Angst genommen haben? Sie sagten: ›Mann, dieses Baby kommt mit einem Riesengeschrei daher. Ich kann's jetzt schon brüllen hören.‹ Das hat mich zum Lachen gebracht, und da wusste ich, dass alles gut werden würde.«

Sie gibt Webster einen leichten Klaps auf den Arm. »Ich werde das nie vergessen.«

Webster setzt sich wieder. Er hat einige der Leute, die hier versammelt sind, behandelt. Er ist kein Lokalheld. Im Gegenteil, er ist jemand, von dem sie hoffen, dass sie ihn niemals bei sich zu Hause oder mitten auf einem Highway sehen werden. Aber er ist ein Teil des Sicherheitsnetzes, das Hartstone umfängt, und dafür sind sie dankbar.

Die Sonne brennt ihm auf den Kopf, und die Temperatur steigt. Vielleicht schon um die zwanzig Grad? Männer ziehen ihre Jacken aus, Frauen legen ihre Halstücher ab. Das grüne Feld scheint groß und fruchtbar. Aus den Lautsprechern ertönt Musik, und alle stehen auf. Eine Reihe von Schülern in rostroten Talaren wartet am Eingang. Die Lehrer gehen voraus, einige in Talaren. Mrs McDougal, die Direktorin, trägt ein schwarzes Samtbarett. Auf den Zuschauerplätzen holen schon die ersten Frauen Taschentücher heraus. Es ist die Musik, die so auf die Tränendrüsen drückt.

Die jungen Leute im Zug wirken ausgelassen, zu allem bereit. Ist die Schule so fürchterlich, dass sie es nicht erwarten können, sie hinter sich zu lassen? Oder feiern sie einfach ein denkwürdiges Ereignis? Webster weiß Sheila neben sich und ist froh, dass sie groß genug ist, um den

Zug sehen zu können, der sich den Gang hinunterbewegt. Webster wird fast bis zum Ende warten müssen, um seine Tochter zu sehen. Er findet es schade, dass sich die meisten Eltern abgewandt und wieder gesetzt haben werden, wenn Rowan an ihm vorbeikommt. Er wird stehen bleiben, bis alle Schüler sich vorn aufgestellt haben.

Ihm sitzt ein Kloß in der Kehle – die Musik muss eigens mit diesem Ziel geschrieben worden sein. Er wirft einen Blick auf Sheila. Ihr Lächeln ist starr, aber es wird lebendig, als sie Rowan entdeckt. Webster dreht sich um und beobachtet seine Tochter auf ihrem Weg zur Bühne. Sie hat den Talar gerade weit genug geöffnet, um die blausilberne Halskette zur Schau zu stellen – ein Geschenk an ihre Mutter. Das Barett scheint seinen Zweck zu erfüllen. Ausnahmsweise einmal hält Rowan sich kerzengerade. Sie geht mit sicherem Schritt und strahlt eine Mischung aus Feierlichkeit und Frohsinn aus. Als sie an Webster vorüberkommt, zwinkert sie ihm zu.

Der allgemeine Lärm legt sich, als Mrs McDougal vortritt. Sie bittet um eine Schweigeminute für Kerry Coolidge, und Webster bemerkt, dass viele der Mädchen aus der Abschlussklasse weinen. Auch Eltern. Es ist ein bewegender Augenblick, und Webster muss daran denken, wie leicht es Rowan hätte sein können, deren Andenken man hier ehrt. Es ist ein unerträglicher Gedanke. Er fragt sich, ob Kerrys Eltern hier sind. Wäre seine Tochter gestorben, so wäre er zu Hause geblieben. Oder er wäre in Afrika. Überall, nur nicht auf diesem Platz.

Mrs McDougal kehrt schnell zur Tagesordnung zurück, indem sie berichtet, was für ein großartiges Jahr dies für die Abschlussschüler war. Sie zählt eine nach der anderen die Gemeinschaftsleistungen der Klasse auf, an denen das einzig Interessante ist, dass die Debattiergruppe die bundessstaatliche Meisterschaft gewonnen hat. Die Football-Mannschaft hat sich ebenso wenig hervorgetan wie das Hockeyteam. Die Direktorin berichtet, dass fünfundachtzig Prozent der Absolventen eine Universität besuchen werden. Die Menge applaudiert. Und was ist mit den anderen fünfzehn Prozent?, denkt Webster. Fachhochschule? Militär? Landwirtschaft? Mrs McDougal fügt hinzu, dass sie besonders stolz auf das soziale Engagement der Schüler ist, die in Obdachlosenheimen mitgearbeitet und auf Freizeit verzichtet haben, um in Grundschulen mit benachteiligten Kindern zu arbeiten.

Dann tut Mrs McDougal etwas, womit Webster nicht gerechnet hat. Sie bittet alle Eltern, sich zu erheben. Dann wendet sie sich an die Schüler und fordert sie auf, ihren Eltern Applaus zu spenden für die Liebe, die sie ihnen gegeben, und die Opfer, die sie gebracht haben, um ihnen den Weg auf dieses Bühne zu bereiten.

Webster hat nur Augen für Rowan, die lachend den gesunden Arm schwenkt, da sie wegen der verletzten Schulter nicht klatschen kann.

Dann sieht er zu Sheila hinüber, die aussieht, als hätte sie eine Ohrfeige bekommen. Er versucht, sie zum Aufstehen zu bewegen, aber sie bleibt stocksteif sitzen und wartet, bis der Applaus endet.

»Das tut mir leid«, sagt Webster, als er sich wieder setzt. »Ich hatte keine Ahnung, dass sie das tun würde, sonst hätte ich dich darauf vorbereitet.«

Sheila zuckt nur ein wenig mit den Schultern, als hätte es keine Bedeutung, aber Webster erkennt den Schmerz in ihren Augen. Siebzehn Jahre lang musste sie kein Opfer für ihre Tochter bringen. Sie war einfach nicht da.

Die Hitze steigt, während eine Rede der anderen folgt. Sportpreise werden überreicht, erhalten dadurch mehr

Gewicht als die Auszeichnungen für schulische Leistungen, die bei einer gesonderten Feier in der vergangenen Woche verliehen wurden. Webster hat gegen diesen Brauch nichts einzuwenden. Er ist zum Teil für die Schüler gedacht, die sonst nichts vorzuweisen haben, von denen manche kaum den Abschluss geschafft haben, die noch nicht wissen, wohin im nächsten Jahr. So kommen auch sie zu ihrem Applaus, ihren fünfzehn Sekunden im Rampenlicht.

Webster und Sheila konnten Rowan im Krankenhaus dazu überreden, zwei Hausarbeiten fertigzustellen. Sie schaffte sie mit Leichtigkeit, was Webster als Beweis dafür ansah, dass sie sich absichtlich selbst sabotiert hatte. Elizabeth Washington rief den Zulassungsausschuss der Universität an und erklärte Rowans schwierige Situation in der letzten Zeit. Rowan wird im Herbst anfangen zu studieren.

Webster legt seine Jacke ab, Sheila ihre ebenso. Die Lehrer in ihren Talaren fächeln sich mit den Programmen Luft zu. Webster lockert seine Krawatte. Das Wetter wird bei den Mittagessen zur Feier des Tages Gesprächsthema sein: wie weit die Vorhersagen wieder einmal danebenlägen; dass man glauben könnte, es wäre August und nicht erst Juni. Gestylte Frisuren werden in sich zusammenfallen, Hemdsärmel werden aufgekrempelt werden.

Als die Direktorin zu dem Buchstaben T kommt, stößt Sheila ihn an und bittet um den Fotoapparat.

»Lass nur, ich mach das schon«, sagt Webster im Hinblick auf den Moment, wenn er seinen Platz verlassen und sich im Gang mit den Eltern der Buchstaben T, U und V niederhocken wird, die Fotos von ihren Töchtern oder Söhnen beim Empfang des Abschlusszeugnisses machen wollen.

»Ich möchte aber, dass du es siehst«, entgegnet Sheila. »Du kannst nicht richtig zuschauen, wenn du mit dem Fotoapparat rumfummeln musst.«

»Weißt du denn, wie der Apparat funktioniert?«, fragt er in der Befürchtung, sie könnte in letzter Minute nicht wissen, welchen Knopf sie drücken muss.

»Natürlich«, antwortet sie.

Als die Direktorin den Buchstaben S halb durch hat (es sind immer viele S), schiebt sich Sheila an Webster vorbei und eilt in ihrem weißen Seidentop und der schwarzen Hose im Laufschritt nach vorn. Auf nackten Füßen, wie er bemerkt.

Gerade noch rechtzeitig, um Rowan auf der Treppe zur Bühne zu sehen, hebt er den Kopf. Er hört, wie sie aufgerufen wird. Rowan Webster. Viele Schüler klatschen und rufen ihr zu, als sie über die Bühne geht und der Direktorin die Hand gibt. Überrascht stimmt er mit seinen eigenen Zurufen und Pfiffen ein. Er weiß, hinter dem Applaus steckt die Freude darüber, dass Rowan, die so schwer verletzt war, da ist, dass sie zusammen mit den anderen ihr Zeugnis in Empfang nehmen kann. Rowan lächelt, lüftet ihr Barett, beugt sich weit hinunter und deutet auf die kahle Stelle auf ihrem Kopf. Die Zuschauer brüllen.

Bevor Rowan die Bühne verlässt, stellt sie sich zu dem obligaten Foto in Positur, das jedem Schüler im Lauf des Sommers zugeschickt werden wird. Ihr Gesicht wird zur Seite gewandt sein, und Webster und Rowan werden sich erinnern, warum. Sie sucht nach ihrem Vater, der mit beiden Armen winkt.

Das ist es, sagt sich Webster, während er über den Platz mit den vielen Eltern und ihren Kindern blickt. Mehr brauche ich nicht im Leben.

Sheila setzt sich wieder auf ihren Platz. »Ich habe ein paar richtig gute«, sagt sie und bückt sich, um wieder in ihre Schuhe zu schlüpfen.

Und als hätte er es jeden Tag in seinem Leben getan, als hätte er es erst am Vortag getan, streicht Webster mit den Fingern leicht über Sheilas Rücken bis zu ihrem Nacken hinauf.

Sheila dreht den Kopf. »Lass dir Zeit und sei vorsichtig«, sagt sie.

Danksagung

Mein großer Dank gilt Linda O'Leary, Rettungsassistentin bei der Manchester Rescue Squad in Manchester, Vermont, die Stunden geopfert hat, um mir bei den Rettungsdienstszenen zu helfen. Sollten sich Fehler eingeschlichen haben, so habe ich allein sie zu verantworten.

Herzlichen Dank auch Genevieve Martland, die mir Chelsea, Massachusetts gezeigt hat. Auch hier bin für Fehler allein ich verantwortlich.

Dank allein reicht nicht für Asya Muchnick, meine wunderbare und begabte Lektorin; für Jennifer Rudolph Walsh, meine liebenswerte Agentin; für Michael Pietsch, dem ich alles verdanke; für Terry Adams, meinen treuen und klugen Taschenbuchlektor; und für John Osborn, Liebe meines Lebens.